엄마

엄마

박충훈 소설

도화

소설은 거짓말이 아니다

소설이 거짓말에 빗대어지며 더럽혀지고 있다. 국어사전에 小說을 이렇게 정의한다. '작가가 경험하거나 구상한 사건 속의 진리와 인생의 美를 형상화하여 보여줌으로써 독자를 감동시키는 창조적 문학예술의 형태'라고 했다.

소설은 아무나 쓰지 못한다. 문학은 창작예술이기에 그러하다. 작금에 엉뚱한 사람들이 소설가도 아닌 사람들을 빗대어 '삼류 소설을 쓴다'며 소설을 거짓말에 비유한다. 소설은 三流가 없고 따라서 삼류 소설가도 없다.

「'문형文衡'이란 문화의 저울대, 내지는 지성의 저울대란 뜻이다. 고시 합격하고, 정치권력을 잡고, 돈을 많이 벌었다고 해도 아무나 문형을 쥐는 것은 아니다. 열 장관이 소설가 한 명만 못하다고 해도 과장된 말이 아니다.」

어느 풍수학 유학자의 말이다. 밥 먹고 똥 싼다고 모두 사람인가? 모든 동물은 먹고 싼다. 하지만 사람은 다르다. 사람은 가장 진보된 고등동물이며 지능이 높고, 두 발로 걷고, 말을 하고, 연모와 불을 사용하며 문화를 만들어내는 동물이 태초부터 사람이었다.

사람 사는 세상이 어찌 되려는지, 사람을 아무렇지도 않게 살해하고, 인격과 인권을 무자비하게 짓밟는 인간이 점점 많아진다. 사람과 인간은 다르다. 사람이 인간이 되는 것은 때때로 순간적이다. 그 원인은 천성적인 거짓말에서 비롯된다.

거짓말에도 색깔이 있다. 누구나 어쩔 수 없이 하게 되는 선의의 하얀 거짓말. 천진한 아이들의 고스란히 드러나는 노란 거짓말. 허세에서 오는 파란 거짓말. 표정 하나 바꾸지 않고 하는 새빨간 거짓말. 자신을 속이고 남을 속이는 음흉한 새까만 거짓말이 있다.

열한 권째 작품집을 엮는다. 35년간 대하역사소설 『대왕 세종』을 비롯하여 35권의 책을 펴냈다. 생각해보면 과過했나 싶기도 하지만, 등단 2년 만에 사업을 정리하고 전업작가를 선언했으니 작품을 쓰지 않고는 전업작가가 아니었을 터였다. 하여 보람도 회한도 느끼게 된다. 살아갈 날들에 있어서 오늘이 가장 젊은

날이니, 말을 글로 엮는 작업을 멈출 수 없겠다는 생각을 하게 된다.

'서중자유황금옥書中自有黃金屋' 책 속에는 황금으로 만든 집이 있다.

癸卯년을 보내고 甲辰년을 맞이하며 새해에는 책 속에 황금으로 집을 짓겠다는 각오를 새롭게 다짐한다.

癸卯년 세밑

朴忠勳

차례

머릿글
소설은 거짓말이 아니다

엄마

엄마! 사람 사는 세상에서 가장 아름답고, 부드럽고, 가슴이 따뜻해지며 사랑이 뭉클 한아름 느껴지는 말이며 단어가 '엄마'다. 동물도 어미와 새끼의 행위와 소리로 보아 사랑의 감정과 느낌이 사람과 다르지 않음을 알 수 있다. 언제부터인지 동물의 어미만도 못한 사람의 엄마가 많아진다는 것을 알게 된다. 사람 사는 세상이 어쩌다 이렇게 되는지 슬프다.

밥 먹고 똥 싼다고 모두 사람인가? 모든 동물은 먹고 싼다. 하지만 사람은 다르다. 사람은 가장 진보된 고등동물이며 지능이 높고, 두 발로 걷고, 말을 하고, 연모와 불을 사용하며 문화를 만들어내는 동물이 태초부터 사람이었다.

'思覽사람' 생각 사思. 볼 람覽. 사람의 한자漢字다. 생각하면서 보고, 보면서 생각하는 고등동물을 일컫는다. 모든 동물이 생각하면서 보고, 보면서 생각한다면 수적으로 열세였던 두 발 가지 동물인 사람은 일찍이 멸종했을 것이다. 착한 사람. 인자한 사람. 아름다운 사람. 너그러운 사람. 자상한 사람. 사람다운 사람. 이러한 덕德을 갖춘 동물이 '思覽'이다.

'人間인간' 사람人. 사이간間. 인간의 한자다. 인간도 사람을 일컫는다. 글자 그대로 '인간'은 사람과 사람 사이를 이른다. 사람은 홀로 살아갈 수 없다. 하여 더불어 사는 것이 사람 사는 세상이다. 그러나 '인간'은 '사람'처럼 쓰이지 않고 취급도 다르다. 잔인한 인간. 악독한 인간. 모진 인간. 금수만도 못한 인간. 개 같은 인간. 더러운 인간. 저것도 인간인가.

먹는 것 이상으로 사랑을 갈구하는 유일한 포유류가 사람이다. '먹는다'는 표현은 단순히 신진대사를 위한 생물학적 욕망을 의미하지 않는다. 미국의 심리학자 케네스 케이가 말했다. '젖을 빠는 포유동물 가운데 젖꼭지를 문 채 잠시 멈추었다가 다시 빠는 동물은 사람밖에 없다.' 왜 젖을 먹다 말고 멈추는 것일까? 엄마의 존재를 확인하고, 엄마의 관심을 끌기 위해서다. 태어난 지 사나흘 된 아기도 그런 짓을 한다. 신생아의 시력은 대게 0.05 정도 되는데, 사물을 볼 수 없어 엄마를 체온과 체취, 젖을 먹는 감각으로 느낀다. 엄마는 무의식적으로 아기를 꼭 안아주거나 엉덩이를 토닥여주면 다시 젖을 빤다.

그렇게 주기적으로 젖을 빨다 멈추면, 엄마가 흔들어 반응을 보이며 말없이 대화를 나눈다. 전문가들은 이런 현상을 '엄마와 아기의 발레'라고 아름답게 표현한다. 아기를 가볍게 흔들어 주는 동작이나 엉덩이를 가볍게 토닥여주는 동작은 엄마와 아기만의 독자적인 리듬이 있는 무언의 발레 동작인 셈이다.

아기가 엄마의 젖을 빠는 것은 신진대사에 의한 배고픔에서 오는 욕구만이 아니라 엄마와의 일체화, 유대를 형성하는 행위이기도 하다. 먹는 것을 통해 사랑을 구하고, 먹는 것 이상의 유대를 형성하는 유일한 포유류가 사람이다.

이유기쯤의 앞니가 나기 시작하는 아기는 엄마 젖을 빨다가 엄마가 아파 깜짝 놀라도록 젖꼭지를 깨문다. 엄마는 질겁을 하여 아기 엉덩짝을 사정없이 때린다. 이유기의 아기는 이미 배가 커져서 양이 차지 않으니까 무의식적으로 그런 행동을 한다. 아기는 볼기짝이 아프지만, 방긋 웃으며 엄마를 쳐다본다. 이 시기부터 엄마 얼굴을 알아보면서 아픔보다 더한 사랑을 느끼기 때문이다. 엄마는 엉겁결에 때린 것이 미안하여 아기를 꼭 안아준다. 엄마와 아기가 그런 행동을 하는 사이에 말랐던 젖샘에 다시 젖이 분비된다는 사실을 엄마도 아기도 모른다.

사람과 비슷한 행위를 하는 포유류가 있다. 어미 소와 송아지다. 갓 태어난 송아지도 어미 젖을 빨다가 젖꼭지를 놓고 머리로 젖퉁이를 쿡쿡 들이받는다. 그런 행동 역시 사람과 마찬가지로 어미가 관심을 보여 달라는 신호다. 어미는 되새김질을 하다가 멈추고 새끼 등이나 젖을 빠는 머리를 핥아준다. 어미가 새끼에게 사랑을 느끼고 행동을 하면 고갈되던 젖샘에 다시 젖이 돌며 송아지는 배를 채운다.

자기가 낳은 아기에게 젖을 먹이지 않는, 또는 먹이지 못한 엄마들은 사람의 기초적인 자식과의 일체화와 유대관계를 뇌에 깊이 인지할 수 없을 것이다. 아기도 마찬가지다. 태어나면서부터 엄마 젖을 빨지 못하고 자라는 아기들도 그러한 사람 본능의 기초적인 정서를 깊이 느끼지 못할 것이다. 그래서 생긴 우스갯소리가 있다. '우유를 먹고 자란 아이들은 송아지다.' 웃을 수 없는 우스갯소리에 마음이 간지럽다.

먹는 것 이상의 모성애적 사랑을 느끼지 못한 인간이어서 그런지 모르지만, 사람이 아닌 인간이 우리 사는 세상에 의외로 많다. 사람도 아니고 인간도 아닌, 포악한 악마이며 잔혹한 짐승과 다름이 아니기에 이르는 말이다. 이런 인간들이 밥 먹고, 똥 싸고, 사랑의 행위를 하면서 우리와 함께 살고 있어서 하는 말이다. 입에 담기조차 끔찍하고, 꺼림칙하고, 말한 입안에 종기가 나지 않을까 겁이 날 정도로 악독한 인간. 우리 사는 세상에 이러한 인간들이 함께 살고 있으며, 그 잔혹성과 포악함이 어디까지인지

가늠도 되지 않아 불안하고 안타깝다.

두 돌도 안 된 여자아기를 온몸이 시퍼렇게 멍이 들도록 두들겨 패고, 그것도 시원찮아 발로 짓밟아 갈비뼈가 모조리 부러지고 여린 췌장이 으스러졌다. 아기가 병원에 왔을 때 의사가 말했다든가. '저토록 배가 시퍼런 것은 배에 피가 가득 찼기 때문'이라고 했다. 아기는 온몸의 뼈가 모조리 골절되었다. 검찰에서는 뼈의 골절 시기가 각기 다르며 상처 발생 시기도 다르다고 했다. 매일 아기를 개 패듯이 팼다는 증거였다. 이들 부부는 아기를 입양한 양부모였는데, 습관적으로 즐기며 때렸을 것이다.

아기는 생후 7개월 되었을 때, 양부모에게 입양되었다. 이들 부부는 세 살배기 친딸이 있으면서 7개월 된 아기를 입양했다. 아기가 마음에 안 들면 파양을 하면 되는데, 왜 9개월을 데리고 살면서 그토록 모질게 학대를 해서 죽였을까? 부부는 어린 아기를 때리며 온몸이 시퍼렇게 멍이 드는 것을 보고 즐기기 위해서, 몸부림치며 자지러지는 울음소리를 재즈 음악으로, 뮤지컬처럼 즐기며 보고 듣기 위해서 아기를 입양했을까? 가족 수를 늘려 1순위로 아파트 분양받을 욕심이었을까? 그도 저도 아니면 지원금 몇 푼 받는 욕심이었을까. 부부는 밤이 늦도록 즐기며 아기를 두들겨 패고, 고통으로 꽁꽁거리며 잠드는 아기 옆에서 아기를 때리던 흥분 상태로 환상적인 부부간 사랑의 행위를 즐겼을지도 모른다.

아기가 죽기 두어 달 전, 다니던 어린이집에 왔다. 아기는 온몸에 시퍼렇게 멍이 들어있었다. 원장은 아기를 보고 깜짝 놀랐는데, 그때 이미 아기는 삶은 포기한 듯한 표정이고 행동이었다고 말했다. 대체 말도 못 하는 아기의 삶을 포기한 표정이며 행동은 어떠했을까? 눈을 감으면 그 모습이 아련히 떠오른다.

엄청난 고통 속에 처연懷然하게 짧은 생을 마감한 아기는 2019년 6월 12일에 태어났다. 어떤 환경에서 태어났는지, 당시 아기가 몇 개월이었는지는 모르지만, 아기는 홀트아동복지기관에 맡겨졌다. 기관에 등록된 아기 이름은 '예진'이었다. 예진이는 2020년 2월 어느 날, 홀트아동복지회에서 30대 중반의 젊은 부부에게 입양되었다.

입양 이유를 묻는 직원에게 엄마가 될 여자가 대답했다.

"세 살 된 딸에게 동생을 만들어주고 싶었어요. 우리 부부는 아기를 낳을 수 없게 되었습니다."

아름다운 대답에 아빠가 될 남편이 자랑스레 덧붙였다.

"평범한 사람도 입양하는 걸 보여주어서, 젊은 부부들이 귀여운 아기들을 입양하는 계기가 되었으면 좋겠습니다."

젊은 부부의 말이 하도 아름다워 아동복지회에서는 기꺼이 예진이를 보냈을 것이다. 행복하게 잘 자라기를 믿어 의심치 않았을 것이다. 생후 7개월 된 예진이를 입양한 부부는 아기 이름을 아빠 성을 따라 '윤정아'라고 지었다. 입양 후에 이들 부부는 입양 사실을 아빠 회사에도 널리 알리고, SNS에도 올리고, 방송국에도 출연하며 자랑을 했다.

손이 많이 가고 마음을 쓰지 않을 수 없는 7개월 아기의 엄마가 된 여자는 불과 열흘이 지나면서부터 본성이 드러나기 시작했다. 어느 날 퇴근한 남편에게 잔뜩 짜증을 섞어 푸념했다.

"애한테 정이 안 붙어서 걱정이야. 먹기는 많이 먹고 싸기도 많이 싸면서 울기는 또 왜 그렇게 우는지 신경질만 나."

남편은 소파에서 잠든 아기와 아내를 번갈아 보다가 대답했다.

"애들이 다 그렇지 뭐, 환경이 바뀌어서 그럴 거야. 이제 몇 달 지나면 괜찮아지겠지."

여자는 신경질적으로 내쏘았다.

"몇 달을 어떻게 견뎌, 당신은 몰라서 그래. 입양을 너무 쉽게 생각했어. 내가 순간적으로 너무 우기기는 했지만, 당신이 적극적으로 말렸어야지."

남편도 발끈했다.

"거기서 어떻게 더 말려. 당신은 그때 제정신이 아닌 거 같았다구."

"그럴수록 말렸어야지. 내 정신을 돌렸어야 했잖아."

"지금 그걸 말이라고 해? 이젠 어쩔 수 없어. 꾹 참고 몇 달만 견뎌봐. 나도 도와줄 테니까. 첫돌만 지나면 유아원에 보내면 되 잖아."

여자는 팔을 걷어붙이고 대들었다.

"당장 못하겠으니까 그렇지. 뭔 애가 도대체 정이 안가. 하는 짓마다 밉다구."

"정 그러면 미라 때처럼 베이비시터를 불러."

"내가 그걸 몰라서 그래? 알아봤는데 열 시간 봐주고 2백5십만 원 달래. 한 달에 2십5만 원 받아먹고, 열 배를 물어내잖아. 그 돈 당신이 줄래?"

"지금 그걸 말이라고 해? 내 월급 몽땅 당신 통장에 들어가잖 아."

여자는 제 복장을 두드리며 남편을 잡아먹을 듯이 대들었다.

"그럼 그만소릴 왜 해서 속을 뒤집어. 나 죽는 꼴 볼래?"

아내의 성격을 아는 남편은 할 말이 없어 멀거니 서서 잠든 아 이를 보다가 방으로 들어갔다. 침대에 앉아 아빠 엄마 말싸움에 잔뜩 긴장하여 에멜무지로 인형 머리를 빗겨주던 세 살배기 딸 미라가 아빠에게 달려들어 안겼다.

"아빠, 이제 왔어? 나 배고파. 빨랑 밥 먹자."

엄마가 들어왔다.

"우리 자장면 시켜 먹자. 하루 종일 애한테 시달려 지쳤어."

미라가 종알거렸다.

"유치원에서 점심도 라면 먹었어. 난 밥이 먹고 싶단 말이야."

엄마는 금방 쥐어박을 듯이 말했다.

"지금 언제 밥을 해. 넌 짜장밥 시켜. 당신은 짬뽕이지? 나두 짬뽕."

남편은 잔뜩 우거지상으로 돌아서서 전화기를 열어 번호를 찍으며 입술을 달싹거렸다.

양모 장아영은 결혼하기 전 부모의 도움으로 미국 유학을 다녀왔으며, 미국의 어떤 입양단체에서 해외입양 봉사활동을 한 경력이 있다고 자랑했다. 하지만 그 내용을 아는 사람은 없다고 한다. 경북 P시의 대학원에 다니다가 윤장호를 만나 결혼한 이들 부부는 처음부터 성격이 맞지 않아 아옹다옹 다투며 살았다.

장아영은 성격이 까칠하고 병적으로 깔끔한 여자였다. 밥 먹는 식기며 숟가락도 부부가 따로 쓰고, 음식을 조리하고 설거지하기도 싫어 외식하거나 집에서 시켜 먹기가 다반사였다. 견디다 못한 남편이 밥을 하고, 반찬은 사다 먹고 설거지도 도맡았다. 그러다가 장아영이 서른한 살 되던 해에 딸을 낳았다.

임신해서도 남편을 달달 볶았다. 산달이 가까워지면서부터 죽을 것 같다며 툭하면 병원에 입원하여 집안을 뒤집어놓곤 하였다. 딸을 낳고부터 여자는 더 괴팍해지기 시작했다. 몸매가 나빠진다며 아기에게 젖을 먹이지 않는 것은 물론 똥 냄새가 역겹다며 기저귀 갈아주기를 죽기보다 싫어했다.

　남편이 출근하고 나면 종일 기저귀를 갈아주지 않아 아기 사타구니가 벌겋게 부풀기도 했다. 그렇게 한 달이 되면서부터 견디다 못한 남편이 베이비시터를 들였다. 오전 8시부터 오후 7시까지 근무하고 2백만 원을 주는 조건이었다. 그에 따라 장아영은 다니던 직장에 복직했다.

　술을 즐기고 사교성이 있던 윤장호는 딸이 태어나면서부터 모든 자유를 잃었다. 날이면 날마다 아내보다 먼저 집에 와있어야 했고, 아내는 당연한 듯이 밤 10시를 넘기는 퇴근이 잦아졌다. 그에 따라 남편은 깔끔한 아내 성격에 맞추어 밤늦도록 집안을 쓸고 닦아야 했다. 육체적인 수고가 아내와 아옹다옹 다투는 것보다 마음 편하기 때문이었지만, 남편은 스스로 아내의 노예가 되고 있음을 알지 못했다.

　딸 미라는 엄마의 정이 무엇이며 그런 게 있는지조차 모르면서 자라고 있었다. 밤늦게 들어오는 엄마를 기다리다 잠들기 일쑤였고, 아침이면 일어나 출근 준비로 허둥대다가 한두 번 안아주고는 아침은 안 먹고 부부가 출근한다.

　그렇게 아이가 첫돌이 지나면서부터 베이비시터를 내보내고 가사도우미를 두었다. 도우미는 아침 8시에 출근하여 아이를 어린이집에 데려다주고, 집안을 청소하고 퇴근한다. 오후 4시에 어린이집에 가서 아이를 데려오고, 6시까지 저녁 식사를 해놓고 퇴근하는데 시급이 1만 원이었다.

장아영은 평소 충동적이고 감성적인 성격으로 자신의 감정을
잘 조절하지 못하는 여자였다. 따라서 한때 분노조절장애로 병원
치료를 받기도 했었다. 그런 사람일수록 자기 약점을 감추기 위
한 과시욕으로 아무렇지도 않게 거짓말을 한다. 거짓말에도 색깔
이 있다. 살다 보면 누구나 어쩔 수 없이 하게 되는 선의의 하얀
거짓말. 천진한 아이들의 고스란히 드러나는 노란 거짓말. 허세
에서 오는 파란 거짓말. 표정 하나 바꾸지 않고 하는 전혀 터무니
없는 새빨간 거짓말. 자신을 속이고 남으로 하여금 믿게 하려는
음흉한 새까만 거짓말이 있다.

천진한 아이들의 노란 거짓말만 빼고, 모든 거짓말을 때와 장
소에 따라 자유자재로 하는 류형의 여자가 장아영이다. 대체로
이러한 여자들은 안절부절못하는 행동으로 나타나기도 하는데,
평상시에 예의 바른척하고 격식을 차리던 행위가 부지불식간에
뭉개지고, 손을 쥐었다 폈다 오그렸다를 반복하거나 다리를 달달
떨기도 한다. 이는 주위를 산만하게 해서 거짓을 감추려는 무의
식적인 행동이다.

대체로 이런 여자들은 처음 보는 사람에게는 가장 훌륭하고
아름다운 행동으로 보이려고 하지만, 상대방에 따라서는 아주 민
망스러움을 느낄 정도로 가증스럽기도 하다. 분위기에 따라 상

대방을 칭찬하려는 나머지 전혀 엉뚱한 얘기까지 꾸며내서 제 밑 드러내 남 보이는 행위를 하여 상대방을 오히려 곤혹스럽게 하기도 한다. 그것이 결국 자기를 스스로 외톨이로 만들고 있음을 깨닫지 못하게 된다.

이런 여자들일수록 가정에는 손쓸 수 없을 정도로 불성실하다. 이에 따르는 불리한 입장이 되는 것을 견딜 수 없어 하며 가족들에게 언어폭력과 육체적인 폭력을 가하게 된다. 그것이 당연한 듯 차갑고 오만한 미소로 가족을 대하며 스스로 만족한다.

장아영은 160cm의 보통 키에 몸이 날씬하다. 비교적 얼굴이 작은 편이고 턱이 강파르다. 얼핏 보기에는 미인형이지만, 뜯어보면 복福이라고는 붙을 데 없는 천박스러움이 엿보이는 얼굴이다. 대인관계에서는 우아한 행동과 품격 있는 말을 하려고 애쓰는 행위를 하여 스스로 경박함을 드러낸다. 그에 따라 자존심이 강하여 때로는 안 해도 될 말을 불쑥불쑥하여 상대방으로 하여금 코웃음을 치게 한다.

장아영은 첫딸을 낳은 뒤에 둘째는 낳지 않고 입양하겠다고 주변 사람들에게 자랑스레 말하곤 했었다. 임신 기간의 고통과 출산의 고통은 엄마가 되는 여성으로서의 당연한 임무를 천륜으로 받아들이지 못하고 고역으로만 여기는 천박스런 성격이고 심리상태였다. 장아영이 아동복지기관에서, '우리 부부는 아기를 낳을 수 없게 되었습니다'라고 말한 것은 자신까지 속이는 새빨간 거짓말이었다.

딴에는 엄마로서 친딸에게도 정을 주지 못하는 것을 스스로 깨닫기는 해서 딸과 함께 놀고 자라줄 동생을 만들어주기 위해서 여자아기를 입양할 생각을 한 것이 예진이 입양의 순수한 동기였다. 그러나 친딸에게 젖 한번 물리지 않고, 아기 똥 냄새도 싫어해서 출산 한 달이 지나면서부터 베이비시터에게 맡겨 키운 여자였다. 아기 키우기가 얼마나 어려운지 알 턱이 없는 경박스런 여자였으니, 순간적인 충동으로 아기를 입양했을 것이다.

남편 윤장호도 아내의 성화가 있기는 했지만 동의하여 여자아기를 입양할 생각을 한 것은 또 다른 욕심에 의한 이유가 있었다. 다자녀의 혜택으로 디딤돌대출을 쉽게 받으려는 목적이었다. 당시 이들 부부의 연봉이 6천만 원 미만으로 디딤돌대출 신청 자격이 미달 되자, 아이를 입양하면 연봉이 7천만 원으로 상한선이 올라갈 수 있으므로 대출금액도 늘어난다는 것을 알았다.

그뿐만 아니었다. 아기를 입양하면 만 17세까지 매월 입양수당 15만 원과 일반 아동수당 10만 원을 받는다. 또 한 입양 축하금으로 100만 원을 받게 된다. 친딸을 알뜰한 정으로 키워보지 않은 성격으로 양육의 어려움을 모르는 데다, 우선 먹기는 곶감이 달다는 단순한 생각으로 7개월 된 아기를 입양했던 터였다.

양모는 입양 한 달 뒤부터 학대하기 시작했다. 처음부터 시간 맞춰 우유를 먹이지 않았다. 기저귀 갈아주기 귀찮아 배가 고파

울어야 온도와 분량에 맞지도 않는 분유를 대충 타서 먹이곤 하였고, 기저귀를 갈 때마다 냄새가 역겹다며 엉덩짝을 때렸다. 아기는 처음 엉덩이를 맞을 때는 울었다. 그러나 자주 맞으니까 습관화되어 으레 그러려니 여겨서인지 울지 않았다. 아기들은 적어도 4시간에 한 번씩은 기저귀를 갈아주어야 하는데, 열 시간 이상 갈아주지 않으면 엉덩이와 사타구니가 짓무르고 부풀어 오르게 마련이다.

그렇게 한 달이 지나면서 처음부터 정이 가지 않는다고 짜증을 부리다가 신경질이 되고, 스트레스로 변하여 심한 손찌검으로 발전했다. 어느 날 제때에 갈아주지 않아 똥과 오줌으로 질퍽한 기저귀를 갈아주는데, 아랫도리가 시원해지자 아기가 방긋 웃었다. 방긋 웃는 아기를 본 양모는 순간적으로 불쑥 오기가 치밀어 아기 뺨을 사정없이 갈겼다. 아기는 난생처음 당하는 충격으로 아픔도 잊은 채 말똥한 눈으로 엄마를 쳐다보았다. 이 무렵부터 아기들은 엄마 얼굴을 확연히 알아본다.

이런 순간적인 행위는 어른도 마찬가지다. 육체적으로 정신적으로 너무 큰 충격을 받으면 잠시 정신을 잃는다. 아기는 느닷없는 상황에 너무 놀라 엄마를 쳐다보다가 비로소 아픔을 느끼며 울음을 터트렸다. 그것은 아기에게 순간적인 첫 충격이었다. 아기의 놀란 눈빛에 잠시 멍하던 양모는 울음을 터트리자 다시 뺨을 갈겼다. 아기는 숨이 넘어갈 듯 울고, 약이 오른 양모는 엎어놓고 기저귀를 벗긴 엉덩이를 사정없이 연거푸 세 번 때렸다. 아기는 처음 당하는 정신적 충격과 아픔으로 울다가 깜박 기가 넘어 숨이 멎었다. 양모는 순간적으로 깜짝 놀라 아기를 들여다보다가 얼굴이 새파래지는 아기 두 다리를 양손으로 잡고 거꾸로 흔들었다.

아기가 울음을 터트리자 침대에 내던졌다. 아기는 숨이 넘어가도록 울고, 양모는 방문을 미어박고 거실로 나왔다. 분을 못 참아 헐떡이며 냉장고를 열고 물병을 꺼내 벌컥거리며 마시고는 물병을 내던졌다. 바닥에 질펀한 물을 밟고 식탁에 엎어져 제 분에 겨워 꺼이꺼이 울었다.

양모의 학대는 이때부터 모질게 시작되었다. 자동차 안에 아기를 혼자 두고 몇 시간씩 돌아다니기를 아무렇지도 않게 했다. 환기가 안 되는 차 안에서 지친 아기가 기를 쓰며 울어 지나가는 사람들이 경찰에 신고하기 수차였다. 아기를 태운 유모차를 일부러 힘껏 밀어 엘리베이터 벽에 부딪게 했다. 아기는 하도 많이 경험하여 으레 그러려니 여겨서 유모차만 타면 손잡이를 암팡지게 움켜잡고 몸을 꼿꼿이 세워 버티는 행위를 자연스럽게 했다. 양모는 그런 앙증맞은 모습에 더욱 약이 올라 유모차를 강하게 밀치는 행위를 습관처럼 했다.

아기는 차차 엄마의 모진 행위에 길들어졌다. 엄마의 얼굴이 험악해지면 아픈 고통이 따른다는 것을 알고 무의식적으로 방긋 방긋 웃는다. 웃는 얼굴에 침 뱉지 못한다는 너무도 평범한 진리를 어린 아기들은 태어날 때부터 인지한다. 그러나 그 천진한 웃음은 양모의 분노에 기름을 붓는 격이었다. 약을 올린다고 여겨 웃는 얼굴을 사정없이 때리고, 먹이려던 우유를 얼굴에 짜며 뿌린다. 아기가 자지러지게 우는 것은 자연적인 현상이다. 양모는 우는 것에 더욱 약이 오르고 분이 치밀어 엎어놓고 볼기며 등짝을 마구 때린다.

날이 갈수록 아기는 울면 더 아픈 고통이 온다는 알고 얼굴이 새파래지며 울음을 삼킨다. 어린 마음과 심장, 잠재된 정서에 새파랗게 멍이 들 것은 자명하다. 출생부터 2세까지의 영아기를 '감각운동기'라고 말한다. 이 시기는 감각과 운동을 사용하며 세상을 배우는 단계라고 한다. 따라서 영아들은 대개 8개월이 지나면서부터 뭔가를 던지는 행동을 보인다. 이것은 자라면서 늘어나는 힘에 의한 자연적인 행동이다. 양모는 우유병을 잡고 먹여주는 것이 싫어 제 손으로 잡고 먹는 것을 가르쳤다. 아기는 배가 고프니까 쉽게 길들여졌다. 아기는 빈 우유병을 휙 던진다. 양모는 이것을 반발과 배반이라고 여겨 등짝을 사정없이 때린다. 어린 아기는 이래저래 매타작을 당한다.

양모는 입양한 딸을 이제 자식이 아니라 적으로 여긴다. 딸의 모든 행위가 자기를 약 올리려는 기증스러움으로 여겨져 모질게 때리며 승리감에 도취한다. 조용히 있거나 잠을 자면 그게 또 약이 올라 머리를 쥐어박거나 뺨을 때린다. 심리학적으로 '무의식적 영역'이라는 말이 있다. 양모는 무의식적으로 오직 아이에 대한 증오만 끓어올라 습관적으로 폭행한다. 아이 때문에 괜한 고생을 한다는 무의식적 집념으로 자신의 행위를 정당화한다.

엄마는 어린이집에 보낸 친딸 미라와 예진이를 4시쯤에 데려온다. 엄마는 그것도 귀찮다. 옷을 갈아입고 얼굴도 매만져야 하는 것이 싫다. 아침에 갈아준 푹 젖은 예진이 기저귀 갈아주는 것은 더 싫다. 예진이는 언제나 무표정이다. 좋아서 얼굴이 밝아도, 웃어도 맞으니까 그렇다. 양모는 오줌에 절어 발개진 엉덩이를 습관적으로 때린다. 아기는 울면 더 아프다는 것을 알지만 울음은 저절로 나온다. 어느 날 곁에서 안타까운 얼굴로 지켜보던 미라가 엄마 팔에 매달리며 말했다.
"엄마, 그만 때려."
엄마는 팔을 뿌리치고 친딸 뺨따귀를 사정없이 때렸다. 세 살 미라는 발랑 자빠지며 엄청난 충격에 자지러지게 울었다. 아픔의 충격만이 아니다. 대체 이해가 될 턱이 없는 어린아이의 마음과 머릿속은 실타래처럼 엉킨다. 엄마는 그제야 기겁을 했다. 이런, 친딸을 양딸처럼 모질게 때렸다. 덥석 안고 얼굴에 얼굴을 문지르며 달랬다.
"미라야, 미안해. 엄마가 몰랐어. 넌 줄 몰랐어, 미안해 미라야."

아이는 엄마를 밀치며 앙탈했다.

"엄마, 미워. 내가 정아야, 왜 때렸어?"

"미라야, 미안해. 그러게 왜 그딴 말을 해."

아이는 엄마 품을 벗어나며 종알거렸다.

"정아가 울지 않게 때리란 말야. 살살 때리면 안 울잖아."

엄마는 머릿속이 뜨끔했다. 비록 사람은 아니지만, 인간이니까 당연히 그런 양심쯤은 있어야 한다.

"알았어, 이제 살살 때릴게."

아이는 맞아서 발개진 뺨을 어루만지며 어른처럼 말했다.

"엄마, 정아 안 때리면 안 돼. 우는 게 불쌍하잖아. 미라는 우는 소리가 듣기 싫어."

엄마의 마음과 세상사를 알 턱이 없는 어린 딸이 종알거리자, 엄마는 울음을 그친 예진이 머리를 쿡 쥐어박으며 발끈했다.

"어떻게 안 때려. 하는 짓마다 얄밉고 가증스러운데 어떻게 안 때려. 냄새나고 더러운 기저귀 갈아주는 게 얼마나 고역인지 넌 몰라. 알았어, 너 있을 때는 안 때릴 거야."

양모는 예진이가 첫돌이 지나고부터 어린이집에 보냈다. 그것은 양모에게도 예진이에게도 해방이었다. 예진이는 이때부터 표정이 밝아지기 시작했다. 간식도 때맞추어 먹고 밥도 제때에 먹으니 얼굴이 통통하게 살이 오르기 시작했다. 건강한 신생아는 몇 개월 사용할 충분한 양의 철분을 갖고 태어난다고 한다. 그러나 생후 6개월이 지나면서부터 철분이 고갈되기 시작한다. 모유나 우유를 충분하게 먹어도 철분이 모자라는데, 예진이는 늘 배를 곯으며 자란다. 당연히 빈혈이 와서 비틀대며 잘 넘어지고 맥을 못 춘다. 자연적인 현상을 알 턱이 없는 양모는 그것도 보기 싫고 선천적 지진아라고 여겨 더욱 모질게 학대하고 있었다.

엄마의 사랑을 받지 못한 예진이는 보모의 품에 자주 매달렸다. 보모가 꼭 안아주면 방글방글 웃으며 품을 파고들었다. 아이가 양부모에게서 자란다는 것을 아는 보모들은 영양실조인 예진에게 간식을 챙겨 먹이는 등 애틋하게 돌봐주었다.

이것이 또 화근이었다. 유치원에 간 친딸과 양딸을 차를 몰고 다니며 집에 데려오면 귀찮은 분풀이를 예진이에게 한다. 간식을 먹고 점심으로 밥을 먹은 아기는 저녁이면 똥을 싸게 마련이다. 밥을 먹어 냄새가 더 고약해진 기저귀를 갈며 등짝을 두들겨 팬다. 볼기짝을 때리면 멍이 들고 자국이 남으니까 등짝을 패고 머리에 혹이 생기도록 쥐어박는다.

친딸 미라가 우는 소리를 싫어해서 방문을 걸어 잠그고 실컷 분풀이를 하고 우는 아기에게 이불을 덮어씌우고 방을 나간다. 아기가 숨이 막혀 이불을 걷어내고 울면 다시 들어와 때리고 이불을 씌운다. 아기는 울면 울수록 고통이 온다는 것을 깨닫고 꾸역꾸역 울음을 삼킨다.

날이 갈수록 양모의 폭력은 심해지고 아기는 지쳐간다. 양모는 자신도 모르게 폭력 중독에 걸려 폭력 성취감을 느끼게 되고, 때때로 심리적 불안과 그로 인한 불만이 폭발하여 습관적으로 때리면서 쾌락을 느끼며 심적 위안을 받게 된다.

가해자의 심리는 피해자에게 고통을 가하는 행동을 말한다. 이런 반복적, 습관적 가해 행위를 하는 인간을 점잖게는 난폭자라고 말한다. 폭력 가해자들을 두고 발달심리학자들은 기복起伏적 유사성이 있다고 정의한다. 가해 행위 심리가 아주 어린 나이 때부터 만들어진다는 사실이다. 그 시기가 걸음마를 시작하는 아기 때부터 취학 전 유치원 사이에서 형성되며 초등학교를 거치면서 잠재의식 속에 배어들어 습관화되는데, 이를 타고나는 성격이라고 학자들은 말한다.

가해 행위는 아주 어릴 때부터 성격적으로 만들어진다고 한다. 타고난 성격으로 그릇된 심보가 발전하며 이기주의자가 된다고 한다. 심보가 고약하여 남 잘되는 것을 보지 못하고, 예쁜 아이를 보면 해코지할 심보가 생기고, 남이 가진 것을 빼앗고 싶은 욕심이 발동한다. 초등학교 고학년에서부터 발생하는 학교 폭력은 이런 성격의 아이들이 엄베덤베 어울리며 자연스레 그룹폭력이 된다고 심리학자들은 말한다.

양모의 학대는 날이 갈수록 심해져서 어린이집에 오는 예진이 몸에 멍이 들고 상처가 생기기도 했다. 양모는 아이를 던지듯이 내려놓고 도망치듯이 사라지는 날들이 많아졌다. 초여름 어느 날, 아이를 내려놓고 돌아서는 엄마를 원장이 불러 세웠다.

"저어, 정아 엄마. 아이 종아리와 엉덩이에 가끔 멍이 들던데 왜 그런가요?"

양모는 묘하게 얼굴이 일그러지며 대답했다.

"정아 성질이 좀 그래서 제 언니와 자주 싸워요. 같이 먹을 걸 주어도 빼앗으러 덤벼들고 그러니 싸우게 되죠. 애가 하도 암팡져서 언니가 동생을 못 당한다니까요. 언니 팔을 막 깨물고 대들어요."

아이를 안고 바지를 걷어보던 원장이 놀란 표정으로 말했다.

"어머나, 오늘은 양쪽 허벅지에 멍이 심하네요. 왜 그런가요?"

"아, 그거요. 어제 제 언니와 싸우다가 다리가 아프다고 마구 우니까, 아빠가 마사지를 좀 심하게 해서 그리되었어요. 걱정마세요. 금방 괜찮아질 거에요."

원장이 하도 같잖아 멍하는 사이, 새빨간 거짓말을 아무렇지도 않게 지껄이고는 도망치듯이 사라졌다. 원장이 아이 다리를 쓰다듬자 자지러지게 울며 원장 목에 매달렸다. 원장은 아이 옷을 모두 벗겨보았다. 온몸이 멍투성이고, 머리에 밤톨만 한 혹이 서너 개 생겼다. 어린이집 보모들이 모두 모여 아이를 살펴보고 아동학대로 결론지었다. 아이가 입양아라는 것을 알고 있는 원장은 경찰에 신고했다.

경찰도 아동학대를 확인하고 양모에게 전화를 했으나, 직장에서 갈 수 없다며 잡아떼고, 두 자매가 싸우다 그리되었으니 제삼자가 상관할 일이 아니라고 대들었다. 장아영의 새빨갛고 새까만 거짓말에 경찰도 어린이집도 속수무책이었다.

이튿날부터 예진이는 어린이집에 오지 않았다. 양모는 어린이집에서 수모를 당했다고 생각하여 아이를 더욱 모질게 학대하기 시작했다. 예진이는 하루에도 몇 번씩 맞으니까 이제 통증을 느끼지 못하는 상태에 이르렀다. 이에 따라 지극히 자연스런 현상으로 어린아이 입이 삐죽이 앞으로 나오게 마련이다. 속담에 '삐치면 입이 댓 발은 나온다'는 말이 있다.

양모는 이게 또 반항으로 보여 밉다. 손바닥으로 여린 입술을 짓이긴다. 숨넘어가도록 우는 아이를 덜렁 들어 거실 바닥에 모로 내던졌다. 아이는 울지도 못하고 까무러쳤다. 그제야 놀라 안아 일으키자 오른쪽 쇄골이 부러져 어깨가 축 처졌다. 당장 병원에 데려가야 하지만 갈 생각이 없다. 아동학대가 들통날까 겁나기도 하지만, 대체 어느 병원으로 가야 하는지도 모른다.

남편이 퇴근하여 병원에 데려가 깁스를 했다. 병원에서는 아이의 상태가 너무 참혹하여 경찰에 신고했다. 경찰이 출동했지만, 침대에서 자다 떨어져 골절되었다는 아빠의 말에 대책이 없다. 양모는 병원에 오지 않았다. 아이가 입양아라는 것을 경찰이 알 턱이 없으니, 아빠가 손이 발이 되도록 빌며 앞으로 잘 돌보겠다고 다짐하는 것으로 마무리되었다.

8월 중순경 어느 날, 양부 윤장호가 두어 달 만에 예진이를 안고 어린이집에 왔다. 엄마가 병원에 입원하여 데려왔다고 얼버무리며 도망치듯이 달아나 버렸다. 예진이는 초죽음 상태였다. 잘 걷지도 못하고, 체중을 달아보니 두 달 전보다 1kg이 줄어 있었다.

이튿날도 아빠가 예진이를 데려왔다. 양모가 갑상선 수술을 받은 것은 사실이었다. 어린이집 원장은 더 두고 볼 수 없어 예진이를 소아과병원에 데려갔다. 병원에서는 당연히 아동학대라고 경찰에 신고했다.

양부모는 몸에 든 멍은 제 언니와 싸우다 그리되었고, 입 안이 헐고 염증이 생긴 것은 구내염이라고 우겼다. 아무리 양모라지만 아이 입술을 손바닥으로 짓이겼으리라고 상상도 할 수 없으니 아동학대는 무혐의 처리되었다.

9월 30일, 3차 예진이 아동학대 신고가 접수되었다. 어린이집에서는 그동안 예진이 CCTV가 공개되었다. 이를 본 소아과의사가 말했다.

"고통으로 감정이 없어 보인다. 정서 박탈이 심해 무감정일 때

저런 행동을 보인다.”

어린이집 보모가 예진이를 안아주며 세웠지만, 서지도 못하고 걷지도 못했다. 그러나 예진이는 양부에게 안겨 집으로 갔다. 경찰도 의사도 부모가 있는 아이를 어떻게 할 수 없는 것이 대한민국 법이라고 했다.

그로부터 13일 뒤인 10월 13일 5시경, 예진이는 콜밴 택시에 실려 대학병원 응급실에 왔지만, 이미 심정지 상태였다. 대체 목숨이 경각에 달린 아이를 구급차도 아닌 잘 잡히지도 않는 콜밴 택시를 불러 응급실에 간 이유는 무엇이었을까? 병원 응급실에서 응급 처치를 했지만, 예진이는 저녁 7시경에 사망했다. 태어난 지 16개월에서 하루를 더 살았다.

16개월 아기의 사망 원인은 외력에 의한 복부 손상 즉, 장간막 출혈과 소장 및 대장의 파열, 췌장 절단과 온몸의 뼈 마디마디 골절이었다. 갈비뼈 하나가 두 번 부러진 흔적도 있었다. 뱃속은 장기의 출혈로 피가 가득하였고, 터진 장기에서 새어 나온 공기가 가스가 되어 이미 숨진 아기의 배가 점점 북통이 되어갔다.

예진이가 숨지기 직전 양모는 무릎을 꿇고 엎드려 서럽게 울었다.

“우리 아기가 죽으면 어떻게 해. 난 못 살아, 못 살아!”

남을 속이고 자신을 속이는 새빨갛고, 새까만 거짓말을 밥 먹듯이 휘뚜루마뚜루 하던 여자! 거짓말의 종말은 살인이었다. 사건 내용을 아는 사람들이 듣기에는 가짜 울음과 가증스런 말이며 행위라고 여기지만, 아니다. 여자는 태어나서 처음으로 거짓말이 아닌 참말을 진심으로 했다. '우리 아기 죽으면 난 못 살아!' 어린 아기를 때려죽인 여자도 딸 하나를 낳은 엄마다.

예진이는 양평군 서종면 안데르센 묘원에 수목장으로 묻혔다. 안데르센 묘원은 소아암으로 사망한 어린이들을 위한 무료 묘원이다. 예진이가 묻힌 지 일주일 뒤 이른 아침이었다. 날씨가 잔뜩 흐려 금방이라도 비가 내릴 듯 습한 바람이 부는 을씨년스러운 날이었다. 안데르센 묘원 완만한 오르막길을 두 여인이 서로 부축하며 힘겹게 오르고 있었다.

잎이 져서 이름을 알 수 없는 작은 나무 한 그루가 심어있고, 빛바랜 조화 장미꽃 두 다발, 작은 액자에 사진으로 담긴 여자아기가 방긋 웃는 초라한 수목장 무덤. 무덤 앞에 다다른 두 여인이 털썩 엎어지며 작은 액자를 당겨 가슴에 안고 울음을 터트렸다. 목에서 미처 터지지도 못하는 격한 울음이었다. 굵은 울음과 여린 울음이 고요한 묘역의 아침 적막을 여지없이 깨웠다.

한 여인이 액자를 안고 몸부림치는 여인을 껴안으며 울부짖었다.

"엄마가 미안해! 어쩌니⋯⋯, 엄마가 미안해!"

여인은 엄마 품에서 벗어나 액자 사진에 얼굴을 비비며 비로소 목이 터져 처절하게 울었다. 엄마는 딸을 껴안으며 부르르 떨었다. 울음이 목에 걸려 채 나오지 못하는 몸짓이었다. 앳되게 보이는 여인이 액자의 사진을 들여다보며 울다가 가슴에 안으며 피를 토하듯이 울부짖었다.

"예진아, 엄마가 미안해! 엄마가 미안해! 예진아, 엄마를 용서해 줘……!"

두 여인은 다시 안으며 구슬프게 울었다. 이제 격한 감정이 가라앉은 차분한 울음이다. 마침내 두 여인이 울음을 거두었다. 나이 든 여인이 가방에서 초코파이 등 과자를 꺼내 액자 앞에 차렸다. 작은 곰 인형과 예쁜 여자아기 인형을 사진 앞에 놓았다. 작은 생수병 마개를 따서 옆에 세웠다. 나지막하게 가라앉았던 짙은 구름이 빗방울을 뿌리기 시작했다. 스산한 바람이 스치며 빗방울이 잦아졌다.

저만큼 아래 주차장에서 자동차 소리가 들렸다. 두 여인이 일어섰다. 나이 든 여인이 눈물처럼 흐르는 액자의 빗물을 가슴에 닦고 가방에서 우산을 꺼내 액자를 가렸다. 앳된 여인이 흐느끼며 노랗고 빨간 양산을 펴서 초코파이와 과자, 인형, 물병에 비가림을 했다. 울음을 삼키며 잠시 서 있던 두 여인이 돌아섰다. 서로 부축하며 네댓 걸음 걷다가 돌아보았다. 다시 걷는 뒤에서 맑은 목소리가 들렸다.

"엄―마!"

아기가 말을 배우며 처음 해보는 말, 방글방글 해맑은 웃음을 머금은 첫 말, '엄―마!' 두 여인은 돌아서서 검은 우산과 알록달록 양산을 바라보며 털썩 주저앉았다. 부둥켜안고 울음을 쏟았다. 스산한 가을 빗소리가 '차르르…' 고즈넉이 높아지는데, 두 엄마는 일어서지 못했다.

산山 혈血

나는 산山 혈血을 보았다. 산허리가 툭 터지며 뭉클뭉클 쏟아지는 황톳빛 산의 피를 보았다. 순간적인 그 상황 직후에 벌어진 끔찍한 참상으로 인하여 49일이 되는 간밤까지 잠을 이루지 못하는 악몽에 시달렸다. 견딜 수 없어 나는 지금 49일 전에 일어났던 그 끔찍했던 현장에 두려움을 무릅쓰며 가고 있다.

그날은 2020년 8월 2일 일요일이었다. 사흘 동안 끈질기게 내리던 늦은 장맛비가 그날 새벽 5시경부터 그야말로 동이로 퍼붓듯이, 때로는 늦날 드리듯이 한 시간이 넘도록 주룩주룩 쏟아졌다. 번개와 천둥도 없는 전형적인 국지적 폭우였다. 유난히 긴 장마와 변덕스런 날씨에 기상청 예보는 번번이 빗나가곤 했지만, 간밤에도 서울 북부지방 폭우예보는 없었다.

쏟을 만큼 쏟았는지, 낮게 드리웠던 짙은 먹구름이 마침내 스러지며 거짓말처럼 비가 뚝 멎었다. 무섭게 쏟아지는 빗소리에 잠을 설치고 그루잠이 들었는데, 깨어보니 언뜻언뜻 드러나는 파란 하늘 사이로 눈 부신 햇살이 소나비처럼 쏟아지곤 하는 늦은 아침이었다. 한 달이 넘는 지루한 장마에 아침 화사한 햇살을 맞으니 찌뿌드드하던 기분이 상쾌해지는 느낌이었다.

조반을 먹고 나자 언제 장대비를 쏟았더냐 싶게 날이 개고 있었다. 나는 서둘러 산행 준비를 했다. 달장간이 넘는 장맛비는 절묘하게도 주말에 집중적으로 내려 3주간 산행을 하지 못했다. 젊어서는 비가 오든 눈이 오든 일요일이면 산행을 했지만, 나이가 들면서 궂은 날 산행은 몸이 거부감을 느껴 삼가던 터였다.

오랜만의 산행이라 무리가 가지 않는 불영산을 오르기로 작정하고 집을 나섰다. 기분은 상쾌하지만 3주간 산행을 하지 못한 몸이 무거워진 듯 힘이 들었다. 하지만 한 시간쯤 걸으면 몸이 풀릴 것이다. 전철 상암역에서 등산을 시작하여 불영산 둘레길을 1시간 20분쯤 걸으면 정상으로 오르는 완만한 능선 길이 있어 나는 늘 그 길을 즐겨 걷는다.

그 둘레길 중간쯤에 여남은 명이 쉴 수 있는 쉼터가 있다. 서넛이 앉을 수 있는 간이의자가 2개 나란히 있고 그 앞에 서넛이 앉을 수 있는 넓직한 바위가 있어 나도 가끔 쉬어가는 곳이다. 아침부터 30도가 넘는 더위라 그곳에서 쉬어갈 생각이었는데, 가보니 이미 중년의 남녀 등산객 여남은 명이 왁자하게 웃고 떠들며 쉬고 있었다.

그들은 과일을 먹기도 하고 막걸리를 마시기도 하는데, 사람이 지나가도 길을 비켜주지 않고 요란하게 떠들며 즐기고 있었다. 그들 사이를 신경질적으로 비켜 지나며 순간적으로 이상한 소리를 들었다. '슛, 슛! 슉!' 산비탈을 쳐다보았다. 우뚝우뚝한 바위 사이로 참나무와 소나무가 듬성한데, 굵은 참나무와 소나무 여남은 그루가 부르르 몸서리를 치더니 산비탈이 불끈 솟구쳐 툭 터지며 검붉은 황토물이 왈칵 허공으로 내뿜어졌다. 그 옆에도 그 위에서도 같은 현상이 일어나는 것을 보고 순간적으로 외쳤다.

"산사태다! 빨리 피해, 산사태다!"

막걸릿병을 든 사내가 이기죽거렸다.

"영감님, 가던 길이나 가슈."

"막걸릿잔이나 멕여 보내….''

나는 무의식적으로 옆에 선 여자 손목을 잡았다. 손목이 내 손아귀가 벌어 힐끗 보니 덩치가 나보다 크다. 손목을 놓고 오른손으로 옆의 여자 손목을 잡아채며 뛰었다. 그 순간 '크-앙!' 머리 끝이 쭈뼛하여 돌아보니 내 손에 달려오는 여자 발뒤꿈치로 자동차만 한 바위가 굴러 내렸다. 뛰면서 힐끗 산을 보았다. 자동차만 한 바위들이 꿍음과 함께 연달아 굴러 내리고, 선 채로 부들부들 떨며 밀려 내리던 나무들이 도미노처럼 쓰러지며 '크-앙! 슉!' 소리와 동시에 산비탈이 뭉텅 무너져 내렸다.

사람들 비명을 들은 듯도 싶고, 산의 비명인 듯싶은 소리를 들으며 산비탈을 뛰어올라갔다. 돌아다보니……! 그 자리에 거짓말처럼 아무것도 없다. 황톳빛 산 혈이 처절하게 콸콸 쏟아져 내리며 거대한 산사태 더미가 거침없이 쓸려 내려가고 그 자리에는 빗자루로 쓸어 낸 듯이 아무것도 없다. 여자가 털썩 주저앉으며 내 몸이 휘청했다. 그때까지 여자 손목을 움켜쥐고 있었다. 나도 털썩 주저앉았다. 저쪽에서 등산객들 아우성이 들렸다.

"산사태 났어, 산사태다!"

"사람은 안 다쳤을까?"

모처럼 날이 개기는 했지만, 등산객이 많지 않았는데 그새 사람들이 모여들었다. 큰 바위 작은 바위들이 간헐적으로 산 혈과 함께 굴러내렸다. 여자를 보았다. 얼굴이 백지장 같고 눈 동공이 풀어져 멍하니 멍청이로 보였다. 보기 안타까워 여자 어깨를 잡아당기자 와락 달려들며 그제야 왈칵 울음을 터뜨렸다.

"어―흐흐흥! 엄마야…!"

갑자기 너무 큰 충격을 받으면 사람은 그 사태를 금방 인지하지 못한다. 산사태 현장 저쪽 사람들은 이쪽으로 오지 못하고 이쪽에도 사람들 여남은 명이 모여들었다. 여자는 내 품에서 벗어나 엉덩이를 들썩이며 처절하게 울었다. 사람들이 이구동성으로 물어댔지만 나는 대꾸할 말도 생각나지 않아 무턱대고 말했다.

"신고 좀 해주세요. 경찰과 119에 신고해 주세요."

"사람이 다쳤나요?"

"사람이 깔렸나요?"

"그래요. 사람이 휩쓸렸어요."

"몇 명이나 깔렸나요?"

나는 대답하지 않았다. 아니, 할 수 없다. 몇 명인지는 나도 모르니까. 순간적으로 떠오른다. 이기죽대던 두 남자 모습이.

"영감님, 가던 길이나 가슈."

"막걸릿잔이나…."

부르르 몸서리가 쳐졌다. 온몸에 오싹 소름이 돋았다. 귀를 막고 눈을 감았다. '슉! 슛 슛' '크-앙!' 소나무 참나무가 부르르 몸서리치며 주춤주춤 밀려 내리다가 산 혈과 흙과 바위에 처박히며 '촤-앙!' 휩쓸려 내렸다. 그 순간은 찰나! 단 2, 3초의 순간이었을 것이다. 질끈 감았던 눈을 뜨자 정신이 들었다.

엉덩이가 축축하여 일어섰다. 여자는 언제 울음을 그쳤는지 멍한 얼굴로 앉아 있다가 나를 힐긋 쳐다보며 내 다리를 잡고 일어섰다. 그제야 보니 반바지를 입은 몸집이 자그마한데, 귀에 걸렸던 마스크가 없어진 얼굴이 예쁘장하다. 자그마해서 살아난 여자! 키가 나보다 크고, 얼굴이 나보다 크고, 손목이 나보다 굵은 여자. 손목을 잡자 눈이 커지던 그 여자를 그대로 당겼더라면 나도 여자도 굴러 내리는 자동차만 한 바위에 여지없이 치였을 것이다.

여자 손목을 잡고 둘러싼 사람들에서 벗어났다. 여자를 이끌고 길에 나섰다. 사태가 휩쓸어간 자리는 폭이 30여 미터로 보였는데, 흙탕물이 아니고 맑은 물도 아닌 옅은 황토물이 흘러내리고 있었다. 휩쓸려 내린 토사와 나무, 바위는 30여 미터 아래 평평한 산자락에 싸여 있었는데, 그쪽에서 사람들 경악하는 소리가 들렸다.

"사람 팔이 보여! 손목도 보여!"

"저기 저 다리도 보여. 저걸 어쩌면 좋아!"

"움직이지 않으니 죽었나 봐."

"저기 좀 봐 피가 흘러나와."

"저 다리는 여자야, 여자!"

사람들 외치는 소리에 여자는 털썩 주저앉으며 황소 영각 켜는 소리로 울었다. 나는 난감하지만 어떻게 할 수가 없다. 사람들이 다시 우리 주변에 모여들고, 일부는 우르르 현장을 몰려갔다. 누군가 신고는 했겠지만, 경찰이나 119대원들이 여기까지 오려면 30분 이상 걸릴 것이다. 차가 들어올 수 없으니 구조작업을 할 장비는 언제 올지 모른다.

통곡하는 여자 옆에 앉아 가슴에 안았다. 내 큰딸과 나이가 비슷할 여자다. 숨이 넘어가도록 울다 죽으면 그게 내 책임일 수도 있다. 울음을 그치고 바로 앉는 여자에게 말했다.

"가족들에게 연락하세요."

여자는 비로소 정신이 들어 손을 부들부들 떨며 말했다.

"핸폰, 핸폰이 없어요."

그렇구나, 몸만 빠져나왔다. 전화기를 열어 주었다. 여자는 온 몸을 와들와들 떨며 숫자판을 누르지만 제대로 찍히지 않는다. 잠시 지켜보다가 말했다.

"내가 할 테니 번호를 말하세요."

여자는 전화기를 주고 끅끅 울음을 삼키며 번호를 불렀다. 말 하는 대로 숫자를 누르자 젊은이 목소리가 들려 여자에게 주었 다. 여자가 울음을 터트리며 말했다.

"성민아, 아빠가, 아빠가 사고 났어 빨리 와."

말이 제대로 나오지도 않을뿐더러 여자가 위치를 알 턱이 없 어 전화기를 빼앗았다.

"이봐요. 산사태로 사고가 났어요. 여기 노양구 중암동 계상여 고 뒤쪽 불영산 둘레길입니다. 가족들에게 연락하고 빨리 오세 요."

여전히 부들부들 떠는 여자에게 물었다.

"저 사람들 가족 전화번호 아세요? 아는 대로 불러 보세요."

여자는 더듬더듬 세 사람 전화번호를 불렀다.

"산사태로 사람들이 모두 휩쓸렸습니다. 생사는 알 수 없습니 다. 여기는……."

나는 번호를 눌러가며 같은 말을 네 번 했다. 사고 현장에 경찰과 구급대원들이 속속 도착하고 있었지만, 아직도 간헐적으로 돌이 굴러내려 접근을 못 하는 것 같았다.

여자에게 물었다.

"내려가 보시겠습니까?"

여자는 잠시 생각하다가 대답했다.

"못 가겠어요. 차마 볼 수 없어요. 가족들이 올 때까지 여기 있겠어요."

나는 궁금하지만 갈 수 없다. 여자를 지켜야 한다. 저만큼 아래 평평한 바위가 보였다. 여자 손을 잡고 내려가 배낭에서 깔개를 꺼내 깔아주고 앉게 했다. 여자가 비로소 또렷하게 말했다.

"어르신, 고맙습니다. 살려 주셔서 고맙습니다."

여자는 이제 애간장이 녹도록 서럽게 울었다. 격한 감정이 누그러지면 현실감각이 느껴지며 진한 울음이 나온다는 걸 나는 안다. 저런 울음을 다 울고 나면 마음이 비로소 안정될 것이다. 전화기 시계를 보니 11시다. 사고가 나고부터 30분이 지났다. 경찰과 구급대원들이 큰소리로 통화를 하고 일부는 구조작업을 하는 것 같았다. 울음이 숙지근해지는 여자에게 물었다.

"댁이 어딥니까?"

"길음동입니다."

길음동이면 한 시간 이상 걸린다.

"다른 일행들 집은 모두 다르겠지요?"

"다릅니다. 영등포, 성남, 고양시도 있어요."

여자가 '아빠'라고 했으니 저들은 모두 부부였을까? 궁금해서 물었다.

"모두 부부동반이었나요?"

"모두 열한 명인데 부부는 셋이구요. 다섯은 아닙니다. 우리는 초등학교 동창들입니다. 모두 죽었겠지요?"

나는 확인하지 못했으니 말할 수 없다. 그러나 대답을 해야 한다.

"아마 그럴 것 같습니다."

여자는 얼굴을 무릎에 얹고 울기 시작했다. 나는 아래로 좀 떨어진 불편한 바위에 걸터앉았다. 눈을 감았다. 둥글넓적한 얼굴에 눈이 커지던 여자가 떠오른다. 길 가던 남자가 손목을 덥석 잡았으니 놀랐을 것이다. 내 키는 165cm, 몸무게 67kg이다. 그 여자는 키가 나보다 크고 덩치도 컸다. 그 여자 손목을 놓고 가벼운 여자 손목을 잡아끈 것은 내 잘못이 아니다. 그런데 그 여자 얼굴이 눈에 선하다. 그도 저도 아니고 나 혼자 달아났으면 그만이었을까? 아니다. 순간적이었지만 내 성격상, 내 양심으로는 혼자 달아나지 못한다.

전화벨이 울렸다. 입력되지 않은 전화다.

"아저씨, 우리 엄마 어딨어요?"

여자의 아들일 것이다.

"지금 거기가 어딥니까? 그럼 위쪽으로 올라와요."

여자에게 갔다. 대화를 들었는지 여자가 일어서서 부들부들 떨고 있었다.

"아들이 왔어요. 이리 올라오라고 했어요."

여자가 비척거리며 산비탈을 내려가지만 부축해 줄 수는 없다. 저만큼 아래 남자 둘과 여자 둘이 허위허위 올라온다. 여자가 털썩 주저앉으며 외쳤다.

"성민아! 여기….."

남자 둘이 뛰어왔다. 고등학생이지 싶은 소년이 엄마를 끌어안았다. 여자가 통곡했다. 남녀 다섯이 한데 엉겨 처절하게 울었다. 나는 울음소리를 뒤로하고 길로 올라갔다. 길에서 내려다보니 작은 굴삭기 두 대가 올라와 구조작업을 시작하는 것 같다. 02로 불리는 작은 굴삭기는 어지간한 산은 스스로 길을 내며 나무 사이사이로 올라온다.

내려가 볼까도 싶지만, 달덩이 같은 얼굴에 동그란 눈이 떠올라 그만두어야겠다. 저 사태 더미 속에 남녀 열 명이 뒤죽박죽 묻혀있다. 비아냥대듯 이죽거리던 두 남자도 있다. 비아냥댈 순간에 일행을 재촉하여 피했더라면 아니 할 말로 몰살은 하지 않았을 것이다. 아무리 불신시대라지만, 자기 말 그대로 길 가던 영감 말을 절반이라도 믿었더라면……

산사태가 난 자리는 반들반들한 암반인데 이제 마셔도 될 만치 맑은 물이 흘러내렸다. 이제는 굴러 내릴 바위가 없는지 그저 흐르는 물소리뿐이다. 위를 쳐다보니 사태가 시작된 곳이 멀지 않은 듯싶어 올라가 보기로 하고 배낭을 찾으니 여자 가족들이 엉겨 우는 옆에 있다. 어쩔 수 없어 잠시 서서 지켜보았다. 남녀 둘이 통화를 하다가 아들이 엄마를 부축하고 함께 내려간다.

나도 내려가 배낭을 챙겨지고 산사태 자리를 따라 산비탈을 올라갔다. 산비탈 경사는 35도쯤으로 올라갈수록 가파르다. 이내 땀이 비 오듯이 흐른다. 잔뜩 긴장했던 몸이 풀린 탓인지 10여 미터 올라왔는데 다리가 떨려 걸을 수 없다.

바위에 걸터앉아 배낭에서 물병을 꺼내 마셨다. 얼음이 녹지 않아 갈증이 풀릴 물이 아니라 목구멍만 적신다. 손바닥으로 감싸 얼음 병을 녹이는데 손이 시원하다. 물병을 이마에 대고 볼에도 비빈다. 병아리 오줌만치나 녹은 물로 목을 축이자 갈증이 풀리지만 온갖 생각으로 머리가 어지럽다. 내가 왜 하필 그 순간 그 자리를 지나게 되었을까? 그 사람들이 길만 터주었더라면 나는 적어도 20여 초는 더 먼저 그 자리를 벗어났을 것이다. 그랬더라면 얼굴이 달덩이 같은 여자 손목을 잡지 않았을 것이고, 몸이 아담하고 얼굴이 예쁜 여자 손목을 잡지도 않을 것이다. 내 손에 딸려 오는 여자 발뒤꿈치로 구르던 자동차만 한 바위도 보지 않았을 것이다. 비죽비죽 비웃으며 이기죽거리던 두 남자 얼굴을 또

렷이 보지도 않았을 것이다.

그 대신 남녀 여남은 명이 한꺼번에 산사태에 휩쓸려 내려가는 끔찍한 광경은 생생하게 보았을 것이다. 인간의 심리는 참 묘하다. 내가 개입되지 않은 사건의 모든 사물과 상황을 똑똑히 보았으면 세월이 흐르며 그저 기억으로 남는다. 반면에 내가 개입된 사건을 정확하게 보지도, 알지도 못하고 그 상황이 복잡하면 두고두고 머리에 남아 수시로 떠오른다.

나는 50여 년 전 월남전에 참전했었다. 전쟁터에서도 한꺼번에 여남은 사람이 죽는 광경은 보지 못했지만 이와 비슷한 경우와 경험은 있었다. 사회생활을 하며 직장동료 간에도 가족 간에도 비슷한 경험이 있었다. 내 잘못도 내 책임도 아닌 상황. 그런데도 내 잘못 내 책임인 듯이 찜찜하게 느껴지는 그런 일들이다.

예컨대 이런 경우다. 동료들과 등산을 하고 하산을 하는데 하산길이 두 갈래다. 나는 A길로 내려가자고 했는데 한 사람은 B길이 좋다고 했다. 일행은 내 의견에 따라 A길로 하산하다가 한 사람이 크게 다쳤다. 그 책임이 나에게 있을까? 내 남은 생애에 멍울로 남을 그런 사건이 또 하나 생겼다.

물병을 흔들어보니 꽤 녹았다. 시원하게 마시고 비탈을 올라갔다. 산사태 시발 지점이 저만큼 보였다. 30여 미터 위 거대한 바위 밑이다. 바위가 아니라 산이 그대로 바위다. 거대한 바위 곳곳에 흘러내리는 물줄기가 보였다. 두 번을 쉬며 산사태 시발 지점에 올라왔다.

산사태 시발점 위쪽은 하늘에 닿은 듯한 거대한 바위다. 30여 년 전에 불영산을 등반하며 들은 이야기가 있었다. 어느 정신 나간 석공인지 석재 조각가인지 그런 사람이 저 거대한 바위에 3·1 독립운동 민족대표 33인 얼굴을 새기자고 했다는 그 바위산이다. 내 눈에 들어오는 희멀건 거대한 바위에 물줄기 네 줄기가 햇빛을 반사하며 번들번들 흘러내렸다. 폭우가 쏟아지던 새벽에는 저 물줄기가 곧 거대한 폭포였을 것이다. 이곳은 크고 넓은 바위산 중간쯤인데, 억겁의 세월 동안 바위가 풍화되어 모래로 씻겨내려 흙이 된 바위 바로 밑에서부터 장목수수 빗자루로 쓸어낸 듯 흙이 씻겨 내렸다. 내려다보니 산사태 지형이 신기하다. 어려서 자다가 오줌을 싸면 머리에 쓰고 소금을 얻으러 다니던 '키' 형상이었다.

나는 공고 토목과를 나왔다. 군대에서 제대한 뒤에 건설회사에 다니다가 친구가 설립한 작은 회사 현장 감독으로 들어갔다. 주로 도로공사와 사방공사, 제방공사 분야 전문회사였는데, 나는 주로 제방공사와 사방공사 설계와 감독을 했었다. 사방공사는 산사태가 난 지역에 사태 방지 석축을 쌓거나 수로를 정비하고, 산사태가 날 만한 지역에 예방 차원으로 석축을 쌓고 계곡을 정비한다. 지형에 따라 나무를 심기도 한다. 하여 산사태의 원인과 그

대책 방법을 대충 알고 있다. 그러나 이론일 뿐 직책상 산사태 예방 대책을 세운 적은 없다. 다만 현장을 탐사하고 석축 쌓을 자리와 계곡의 수로를 관측하고 설계해서 일하는 인부들 관리 감독만 했을 뿐이다. 그런 일을 했기 때문에 산사태 원리를 알고 산허리가 터지는 소리를 즉시 들을 수 있었다.

산사태 시발점 현장을 그 즉시 본 것은 처음이지만 이 현장은 단박 이해가 된다. 원인은 단 하나 긴 장마와 집중폭우다. 산 경사면의 토양 입자들은 나무뿌리와 함께 점착력이나 마찰력으로 인하여 서로 결속력을 지니고 있다. 이런 토양 입자들 사이를 공극이라고 하는데, 집중호우로 공극에 수분이 대량으로 유입되면 공극 내의 수압이 올라가고 부력이 생겨 토양 입자 사이의 결속이 약화 된다. 이에 따라 서로 잡아주는 힘이 약해지면서 경사면이 중압을 견디지 못하고 품고 있던 물을 내 품으며 붕괴된다. 더구나 이 지형은 경사가 급하지는 않지만 응집력이 낮은 굵은 모래, 바위가 풍화되며 흘러내린 토양인 데다 표피가 불과 1미터 미만으로 그 밑은 거대한 바위산과 한 덩어리인 암반이었다. 하여 나무가 뿌리를 깊게 박지 못한다. 그렇게 본다면 이 바위산 곳곳에 금년 같은 긴 장마와 집중폭우가 쏟아진다면 어디든 산사태가 날 수 있는 산이다.

조사한 바에 의하면 우리나라 산사태는 경사가 30~35도인 지형에서 많이 발생하고 활엽수보다 침엽수림이 많은 지형에서 자주 발생한다. 산사태의 종류도 많은데, 우리나라는 주로 돌과 흙이 씻겨 내리며 나무와 함께 계곡이나 수로를 따라 쓸려 내리는 '토렌트'형 산사태가 많다. 이 지형이 딱 그렇다.

산사태 시발점 폭은 10여 미터였으나 내려갈수록 펑퍼짐한 골짜기가 넓어지며 작은 골짜기 전체가 사태로 휩쓸렸는데, 둘레길 쉼터지점에서는 너비가 30여 미터가 넘어 보였다. 산 정상으로 거대한 바위가 많은 산의 수목 지점에서부터 산사태가 나는 경우 그 밑의 경사면은 그대로 암반인 경우가 많다. 이 현장이 바로 그렇다. 깨끗한 바위에서 흘러내리는 물은 마시고 싶을 만큼 맑은데 손으로 받아보니 뜨뜻미지근하다. 따가운 햇볕에 달궈진 바위가 오줌을 싸는 것 같은 느낌이다.

산비탈을 내려와 둘레길에 서서 수습현장을 보았다. 굴삭기 세 대가 작업을 하는데 아우성과 통곡 소리가 낭자하다. 아래로 10여 미터 내려가 보았다. 매몰현장에서 10여 미터 밖으로 포토라인을 치고 경찰이 드문드문 서서 사람들 접근을 막고 있다. 포토라인 밖에 사람들 수십 명이 둘러싸고 아우성치고 있었다. 구급차가 올라올 수 없으니 시신을 들것에 얹어 차가 들어올 수 있는 산자락 200여 미터까지 아래까지 운반하는 모양이다. 하얀 천이 덮인 들것 두 대가 내려가는데 가족들이 따라가며 통곡을 한다.

현장에 가볼까 하다가 길로 올라갔다. 손목을 잡았다 놓은 여자가 피투성이로 달려드는 환상이 들어 오싹 소름이 돋았다. 산행을 계속할 기분도 아니다. 둘레 길을 3분쯤 걸으면 하산길이 있다. 하산길에서도 현장의 아우성과 통곡 소리가 들렸다. 콧잔등이 시큰하며 눈물이 핑 돌았다. 끌방망이 같던 사람 열 명이 비명도 못 지르고 순식간에 사라졌다.

그 순식간의 참상이 내 탓일 수도 있어서 눈물이 나는 것일까? 내가 좀 더 서서 소리를 지르며 사람들을 밀쳐냈더라면……! 그랬으면 몇 명이 살았을까? 그랬더라면 나도 그들 몇 명과 함께 바위에 맞아 죽어 흙더미에 깔렸을까? 바위가 먼저 구르고 산 혈에 범벅이 된 흙과 나무와 자갈이 덮쳤다. 다리가 후들거려 길가 돌에 주저앉았다. 어지럽다. 턱을 괴고 눈을 감았다. 불끈 화가 치밀며 말이 저절로 툭 터졌다.

"내 잘못이 아니잖아? 내가 왜 그 사람들과 죽어야 해! 난 한 사람을 살렸어. 그 사람들이 1, 2초만 더 내 앞에서 어리댔더라면 나도 죽었어. 그런데 왜 내 탓이야? 윤태훈, 너 대답해 봐."

윤태훈이 대답했다.

"그래, 아니야. 내 탓이 아니야. 난 절대 잘못이 없어."

내가 묻고 내가 대답하자 마음이 좀 가라앉는 기분이다. 나는 그저 둘레길을 걸었을 뿐이니까. 전화기를 켜 시간을 보았다. 12시 20분. 기온 34도. 체감온도 38도다. 사람 잡을 날씨다. 서둘러

불영산을 벗어났다. 다시는 불영산에 오지 않을 것이다.

산행에서 하산하면 늘 가는 식당에 갔다. 삼계탕과 맥주와 소주를 주문했다. 코로나 때문인지 점심 손님이 없다. 주인에게는 참 미안하지만, 오늘 내 기분에는 조용해서 좋다. 시원한 소맥 한 잔을 단숨에 비웠다. 감로주다. 주인 여자가 오늘은 일찍 하산했다며 너스레를 떨지만 대꾸할 기분이 아니어서 묵묵히 술만 마셨다. 소주 두 병, 맥주 두 병을 마시고 보니 2시다. 주인에게 뉴스가 나오는 방송을 찾아보라고 했다. KBS1에서 뉴스 속보가 나왔다. 눈에 익은 남자 아나운서다.

"뉴스 속보 단독보도입니다. 오늘 오전 10시 30분경 서울 노양구 중암동 계상여고 뒤 불영산에서 산사태가 발생하여 남녀 등산객 열 명이 휩쓸리며 매몰되었습니다. 등산객의 신고로 구급대원들과 경찰이 출동했으나, 워낙 많은 토사와 바위 나무에 사람들이 휩쓸려 손을 쓰지 못했습니다. 곧 소형 굴삭기 세 대가 현장에 도착하여 구조작업을 시작했으나 생존자는 없었습니다. 구조작업으로 시신들이 속속 드러났는데 형체를 알아볼 수 없을 정도로 참혹했습니다. 더구나 구급차가 현장에 들어올 수 없어 구조대원들이 들것으로 시신을 이백여 미터 산 아래 찻길에 대기한 구급차에 옮기었습니다. 산사태 현장에서 유일하게 생존한 여자 등산객 한 분이 있습니다. 만나보겠습니다."

내가 살린 여자가 다 죽어가는 표정으로 마이크 앞에 섰다.

"우선 위로의 말씀을 드립니다. 당시 상황을 좀 말씀해 주시죠."

여자는 부들부들 떨며 더듬더듬 말했다.

"우리가 거기서 과일을 먹으며 쉬고 있는데, 어느 아저씨가 지나가며 '산사태다. 빨리 피해.' 하면서 제 손목을 잡아채며 뛰었어요. 얼결에 끌려가 언덕에서 돌아보니 그 자리에 아무것도 없었어요."

"그 아저씨가 누군지 아십니까?"

"몰라요. 선글라스를 쓰고 마스크를 써서 얼굴을 볼 수 없었어요. 모자를 벗었을 때 보니 머리가 하얀 할아버지였어요."

"그럼, 그 사람 연락처도 모르시나요?"

"몰라요. 가족들이 올 때까지 제 곁에 있었는데 언제 가셨는지 몰라요."

동생이지 싶은 여자가 마이크를 가로막으며 외쳤다.

"그만 좀 하세요. 지금 뭐 하는 겁니까?"

아나운서가 다시 나왔다.

"오늘 오전 11시부터 불영산 전체에 입산이 금지되었습니다. 소방청 헬기가 불영산 상공을 돌며 등산객 하산을 재촉하고, 경찰이 등산로 곳곳에 배치되어 입산 금지와 하산을 독려하고 있습니다."

내가 멍하니 앉아 TV를 보자, 산사태 방송을 보며 종업원과 재깔거리던 주인 여자가 옆에 앉으며 말했다.

"선생님, 오늘은 왜 그렇게 멍하세요? 말도 없이 술만 드시고…. 얼굴이 이상해졌어요."

"얼굴이 이상해요?"

나는 일어나 거울 앞에 섰다. 살려놓은 여자가 털썩 주저앉아 눈 동공이 풀린 멍한 모습이었는데, 지금 내 표정이 그 짝이다. 카메라가 샅샅이 비추던 현장을 보아서 그럴지도 모르지만 내가 봐도 참 같잖게 웃기는 얼굴이다. 순간적으로 생각했다. 죽을 때까지 그 상황을 누구에게든 말하지 않기로 작정했다. 아니, 할 수가 없다. 그 상황을 말하다가는 내 얼굴이 또 같잖게 웃기는 얼굴이 될 것이니까. 자리에 앉자 주인이 물었다.

"선생님, 혹시 불영산에 가신 거 아니었어요."

나는 둘러댔다.

"갔었는데 헬기 방송을 듣고 내려왔어요. 저런 끔찍한 산사태가 난 줄은 몰랐네요."

소주 두 병, 맥주 두 병. 낮술이 과했다. 안 마실 수가 없었다. 집에 오자 마누라 성화가 이만저만이다.

"왜 전화를 안 받아요? 불영산에 산사태 난 거 알아요?"

이런, 그 여자 아들이 전화를 할까 봐 전화기를 꺼버렸었다. 아침에 나갈 때 불영산에 간다고 했으니 걱정이 태산이었을 것이다. 더구나 산사태 난 시간이 내가 집을 나간 시간과 얼추 맞먹는다. 전화기 전지가 나갔다고 들어댔다. 전화기를 켜보니 아들딸 전화가 대여섯 통 왔었다. 술김이지만 집사람에게도 그 상황을 말하지 않기로 작정했다. 늙어갈수록 잔소리가 많아지는데, 그 사실을 알면 산에 갈 때마다 한참씩 안전교육을 받아야 할 것이다.

낮술에 취해 낮잠을 자고 깨어보니 밤이다. 속이 쓰려 대충 저녁을 먹고 9시 뉴스를 보았다. 뉴스에 역시 불영산 산사태가 주 내용이었다. 사람 열 명이 한꺼번에 죽은 대형 사고였으니 당연하다. 내가 올라가 보았던 산사태 시발점부터 토사가 멈춘 지점까지 생생하게 나오고 있었다. 모자이크 처리된 구조현장도 나오고, 아우성치는 가족들도 보였다.

등산객들은 전북 어느 초등학교 동창들인데, 세 쌍의 부부와 남자 둘 여자 셋은 각자 합류했다고 한다. 일행 중에 생존한 여자가 있는데 방송 인터뷰를 절대 사양한다고 했다. 여자를 구해준 등산객은 머리가 하얀 노인인데 가족들이 오자 사라졌다고 했다. 그건 참 썩 잘한 짓이라고 나는 생각했다.

TV를 끄고 전화기를 켜보니 그 여자 아들 전화가 세 번 왔고, 연이어 모르는 번호가 세 건 찍혔다. 여자 가족들일 것이다. 전화를 받지 않기로 작정했다. 앞으로 귀찮게 생겼다. 낮잠을 늘어지게 잤으니 잠이 올 턱이 없어 친구가 보낸 소설책을 펼쳤다. 잡념을 잊어야 한다. 30대에 소설가로 등단하여 책을 많이 내고 소설을 제법 잘 쓰는 고향 친구다.

나는 예순이 넘어 시를 배워 등단한 늦깎이 시인이다. 그래도 10년간 시집 세 권을 펴냈다. 내가 시인이 된 것은 소설을 쓰면서 시인이기도 한 친구 덕분이었다. 어느 누구 하나 알아주지 않는 시인이지만 그래도 자긍심은 넘친다. 늙어가면서 책을 읽고 시를 쓰는 즐거움을 집사람도 자식들도 모르지만 나는 만끽한다. 이게 어딘데, 노인정에 드나들지 않는 것만으로도 어딘데, 그래서 나는 늘 즐겁다. 두 다리가 아직은 멀쩡해 산에 오를 수 있어 즐겁고, 아직도 속이 멀쩡해 소주를 먹을 수 있으니 행복하다.

뒤척이다가 잠이 들었는데, 깨어보니 아침 6시였다. 자기는 잤는데 잔 것 같지 않다. 비몽사몽간에 악몽에 시달렸다. 기억나는 꿈은 홍수인지 사태인지 휩쓸려 내려가며 아우성치던 장면, 달덩이 같은 여자 얼굴에 동그랗게 큰 눈, 손바닥이 끈적하던 굵은 손목의 감촉이다. 아침 댓바람부터 기분이 참 더럽다. 늘 하던 대로 물을 두 컵 마시고 아령과 덤벨로 운동을 시작했다. 운동을 하는 시간은 잡념을 잊는다. 한 시간 운동으로 땀을 빼고 샤워를 하고 나니 정신이 맑아졌다.

사건이 있고 일주일이 지난 일요일이었다. 다시는 불영산에 가지 않겠다고 맹세하였고 썩 내키지는 않지만, 밑이 간지럽도록 산사태 현장이 궁금해서 집을 나섰다. 지난 일주일간 밤마다 악몽과 잡꿈에 시달렸다. 꿈도 아니고 잠도 아닌 비몽사몽이 일쑤였고 아침에 일어나면 아무것도 생각나지 않고 머리가 무거웠다.

40분 만에 현장에 도착했다. 산사태 시발점은 보았으니 토사가 밀려 내린 종착점을 보아야 한다. 현장은 말끔하게 정리되어 있었다. 휩쓸려 내린 나무들은 일정하게 잘라 세 무더기로 쌓았는데 4톤 화물차 5대 분량은 될 것 같았다. 토사 더미는 평평하게 평토 작업을 해놓았고, 굴러 내린 열몇 개가 넘을 큰 바위들은 구덩이를 파고 안전하게 앉혔다. 그동안 비가 서너 번 와서 참상의 흔적은 없다.

내 손에 달려오던 여자 발뒤꿈치로 구르던 바위이지 싶은, 가장 먼저 굴러내렸으니 가장 멀리 밀려 내렸을 그렇게 믿고 싶은 바위에 기대섰다. 2/3쯤이 땅에 묻혔어도 대형 승합차만 하다. 1초만 더 미적댔으면 나도 이 바위에 깔렸을 것이다. 웃고 떠들며 즐기던 사람 열 명을 1~2초 사이에 집어삼켜 밀어붙인 현장! 이기죽대던 두 남자 얼굴이 떠오른다. 이런 현상을 뭐라고 말해야 하나? 허무하다! 허탈하다? 인생무상이다? 아니다. 아무것도 아니다. 뭐가 어찌 되었는데? 뭔 일이 있었어? 아니, 아무 일도 없었어. 나는 그저 가던 길을 갔을 뿐이야. 누가 내게 뭔 일이 있었느냐고 묻지도 않으니 나는 지금도 그냥 가던 길을 가면 그만이다.

둘레길을 향해 올라갔다. 자꾸 돌아보고 싶지만 꾹 참고 묵묵히 올라갔다. 그런데 달덩이 같은 얼굴에 두 눈이 동그란 여자가 앞에서 어른어른 보였다. 검은 안경을 벗으니 이런 제기랄, 안 보인다. 백내장 수술을 해서 햇빛에 눈이 부시지만 안경을 쓰기 싫다. 둘레길에 올라섰다. 산행을 할까 말까? 한 달이 넘도록 산행을 못했다. 전화기를 열어보니 32도에 체감온도 36도다. 가자! 오늘은 정상까지 갈 것이다.

8월 9일 불영산 산행 이후 그 산에 가지 않고 수락산을 일요일마다 등반했다. 일주일 내내 밤마다 악몽과 함께 가리새가 잡히지도 않는 지저분한 잡꿈에 시달리다가 일요일에 4시간 이상씩 산행을 하고 나면 마음이 안정되곤 했었다. 산행에서 땀을 흘리면 저녁에 피곤해서 깊은 잠을 잘 수 있다.

그런 나날의 연속으로 그날로부터 49일이 되는 9월 20일 일요일이었다. 며칠 전부터 49일이 되는 날 그 현장에 가보기로 작정했었다. 틀림없이 그 열 사람 가족들이 일부라도 현장에서 49제를 할 것 같아서였다. 그도 그렇지만 구천을 떠도는지 밤마다 나를 괴롭히는 두 남자와 한 여자의 영혼을 극락으로 천도하여 내괴로움을 면하고 싶은 욕구도 있어서였다.

9시에 집을 나와 마트에서 천도제 제물을 샀다. 막걸리 두 병, 북어포, 종이컵 열 개, 사과, 배, 감 하나씩, 종이 접시를 사고 산행을 시작했다. 현장에 도착하니 9시 50분이다. 여전히 더운 날씨지만 쉴 틈도 없이 오른쪽 펑퍼짐한 비탈에 제물을 차렸다. 그 사람들이 오기 전에 끝내야 한다. 지나가던 사람들이 이상한 내 행위를 지켜보기도 하고 묻기도 하지만 나는 입을 꾹 다물고 내 할 일만 했다. 종이컵 열 잔에다 막걸리를 따르고 검은 안경과 모자를 벗고 서서 눈을 감고 손을 합장하고 속으로 빌었다.

"열 분 영가여, 부디 극락왕생하소서. 두 분 남자와 얼굴이 달덩이 같은 여성 영가여, 정토왕생 하소서. 나는 그대들과 아무 인연이 없소이다. 여성 영가여, 단지 그대 손목을 잡았다가 놓았을 뿐인데, 그것을 인연으로 맺지 마시고 정토에 오르소서."

눈을 떠보니 사람들 열댓 명이 둘러서서 지켜보고 있다. 민망스럽지만 계속해야 한다. 다행으로 말을 거는 사람은 없다. 종이컵 막걸리를 차례로 땅에 붓고 합장하며 눈을 감았다.

"열 분 영가여, 세속의 인연을 끊고 부디 극락왕생하소서. 세 분 영가, 영가, 영가여 나와의 인연을 끊어주소서."

어느 여자가 말했다.

"여기서 산사태로 죽은 사람 가족인가 봐."

"어머, 어머! 정말 그런가 봐."

두 여자가 맞장구치며 등산로로 나섰다. 나는 제물을 주섬주섬 챙겨 배낭에 넣고 왔던 길로 나섰다. 산행길로 가면 저 사람들이 따라오며 귀찮게 할 것 같아서였다. 나는 어디 숨어서 유족들을 지켜보아야 한다. 둘레길을 한참 돌다가 10시 30분에 현장에 가보았다.

그러면 그렇지, 그들이 쉬던 그 자리에 사람들 20여 명이 둘러서 있다. 그들 뒤에 구경하는 사람도 많다. 나는 그날 여자 손을 잡고 서 있었던 자리에서 사람들을 내려다보았다. 몇 사람이 더 와서 유족들은 남녀 스물대여섯 명으로 보였다. 중고등학생으로 보이는 소년들이 대여섯, 남녀가 반반으로 보였다. 그들은 조립식 상에 제물을 차리고 있다. 내가 살린 여자와 아들도 보였다. 영정 사진을 놓고 49제를 지낼 줄 알았는데, 저들은 얼굴을 보이지 않기로 계획을 세우고 약속을 하였던지, 제상에 지방함 열 개를 나란히 세우고 있었다. 나를 비웃으며 이기죽거리던 두 남자가 내가 살려준 여자의 남편이 아니기를 바랐는데 알 수 없으니 다행이다.

그런데 제상을 차리고 주관하는 여자가 눈에 익었다. 검은 안경을 벗고 보니 아는 사람이다. 초등학교 교장으로 정년 퇴임하여 나와 함께 시를 배워 등단한 동기 시인이다. 그렇구나. 정현옥 시인 고형이 전북 김제라고 했었다. 정현옥 시인이 내가 살려준 여자의 시어머니거나 친정엄마일 수도 있다. 얼굴이 달덩이 같은 여자의 시어머니일 수도 있겠지만 그런들 어떠하며 저런들 어떠하랴.

마침내 제사상 진설이 끝나고 49제가 시작되었다. 모두 절을 하고 엎드려 운다. 몇몇 여자가 애간장이 녹도록 서럽게 운다. 울음이 그치고 축문을 읽는다. 축문 읽는 목소리가 리듬이 있고 맑고 낭랑하다. 나도 제사 때마다 축을 읽지만, 저 사람도 많이 읽은 실력이었다.

"유-우 세차 庚子 丙寅 삭……"

고축이 끝나고 다시 곡소리가 들렸다. 49제를 격식대로 진행하고 있다. 구경꾼들이 유족들보다 많지만 모두 조용히 경건하게 지켜보고 있다. 내가 살려준 여자가 가장 서럽게 우는 것 같다. 왜 아니랴! 눈앞에서 순식간에 생때같은 남편을 잃었다. 안타깝고 서러울 것이다.

마음이 찡하여 돌아서서 걸었다. 더 지켜볼 필요가 없다. 걷기 좋은 기온이고 날씨다. 둘레길을 걸으며 많은 생각을 했다. 정현옥 시인 전화번호가 내 전화기에 저장되어 있다. 전화를 할까 말까? 전화를 해서 내 정체를 밝힐까? 그동안 그 여자 아들 전화가 수없이 왔었고, 새로 장만했을 듯싶은 그 여자 전화로 짐작되는 번호가 한 열흘간 수없이 찍혔지만 나는 한 번도 받지 않았다. 요새도 가끔 그 번호가 찍힌다.

한 시간 남짓 산행하여 불영산 헬기장 의자에 앉아 정 시인에게 전화를 걸었다. 아무래도 궁금하여 참을 수가 없다. 신호가 세 번 구르자 전화를 받았다.

"정 시인, 나 윤태훈입니다."

"어머나, 윤 시인님. 참 오랜만입니다. 코로나 땜시 만난 지 오래되었네요. 잘 지내시죠?"

"네 잘 지냅니다. 지금 불영산에 올라왔는데요. 올라오다 보니 산사태 현장 49제에 정 시인이 보이던데요."

"아, 보셨군요. 근데 왜 그냥 가셨어요?"

"사람들도 많고 해서……."

"그날 사고당한 사람 중에 우리 사위가 있어요."

이런, 사위라면 그 여자 남편일 수도 있다. 그리고 보니 여자 아들이 정 시인 옆에서 부닐던 모습이 생각난다. 그럴 확률이 높지만 역시 그런들 어떠하며 저런들 어떠하랴. 나는 그 여자 만날 생각이 전혀 없다.

"그렇군요. 내가 그날 현장을 보았었기에 관심이 있어 한참 지켜보았습니다. 위로의 말씀을 드립니다."

"그러셨군요. 혹시 그 당시 현장을 보셨나요?"

잠시 생각하다가 둘러댔다.

"아닙니다. 산사태가 끝난 다음에 구조현장을 보았습니다."

전화를 끊고 나니 머리가 복잡하다. 괜한 짓을 했나 싶기도 하다. 고민거리가 또 하나 생겼다. 그 여자 전화를 받고 내가 생명의 은인이라고 당당하게 나서면 되지만 나는 그럴 생각이 80%는 없다. 몸집이 자그마하고 예쁘장한 얼굴이 생각나지만 그렇다. 그날 무의식적으로 보기에 안타까워 딸 같은 여자를 두 번 안아주었다. 그 여자를 만나면 다른 감정으로 다시 안아주게 되지 않을까 걱정이 앞서기도 한다. 앞으로도 80%의 집념을 고집할 것

이다. 20%의 생각으로 많은 고민을 하게 될 것을 나는 안다. 사십
대 중반일 그 여자가 악몽 같은 현실을 잊고 행복하게 살기를 간
절히 바라면서 고민할 것이다.

고래 옆구리 터지던 날

임대사업자 공일호 사장을 만난 것은 동네 목욕탕이었다. 나는 일주일에 두 번쯤 목욕탕에 가는데, 주말은 사람이 많아 화요일과 금요일에 주로 목욕을 한다. 그날은 금요일로 3월 중순경이었다. 남탕이란 사내들만 발가벗고 들어가는 곳이라 모두 그저 그렇게 남의 몸뚱이를 살피거나 신경을 쓰지 않는 것이 예의이기도 하다.

그날로 서너 번째 보게 되는 그 사람은 나와 엇비슷한 나이로 보였는데, 운동을 좀 하는지 가슴 대흉근과 삼각근, 상완 삼두근이 제법 발달한 건장한 체격이었다. 자신의 몸매에 대한 우월감 때문인지 그 사람은 유독 내 몸뚱이를 힐금거리는데, 15년간 근육운동을 한 내 몸에 압도당한 표정이 역력했다. 내 알몸을 처음 보는 사람들은 몸 전체적인 근육질 몸매와 어깨의 승모근에 놀라 위하는 표정이기는 하지만 그걸로 그만인데, 그 사람은 연신 곁눈질로 힐금거리거나 내 눈을 기이며 몸매를 살피는 것이 눈에 몹시 거슬렀다.

면도를 하고 일어서자, 그가 옆에 앉아 면도기로 발바닥 각질을 긁다가 따라 일어서며 싱긋 웃고는 말을 걸었다.

"사장님, 우리 등 밀어주기 할까요?"

느닷없는 말이 이해가 되지 않아 벌거숭이 아랫도리를 훑어보았다. 코앞에서 내려다보니 미상불 물건은 그런대로 생겼는데 포경수술을 한 자국이 선명하다. 나는 내 몸에 남이 손대는 것을 싫어할 뿐만 아니라 내 손으로 남자 몸뚱이를 만지는 것 또한 징그러워 한 번도 남의 때를 밀어본 적도 없지만, 이 사람이 지금까지 하는 행동으로 보아 코앞에서 거절하기도 뭣해서 대답했다.

"뭐, 그럽시다."

그는 그럴 줄 알았다는 표정으로 다시 주저앉으며 때수건을 손바닥에 끼었다. 내가 앞에 앉아 등을 들이대자, 왼손으로 어깨를 잡고 등을 미는데 힘이 넘쳐 등가죽이 아플 정도였다. 나는 지금까지 한 번도 때수건으로 등을 밀어 본 적이 없던 터라 좀 신경질적으로 말했다.

"아프니까 좀 살살 미시오."

"아파요? 때는 빡빡 밀어야 시원하잖아요. 알았습니다. 살살 밀지요."

벌떡 일어서려다가 참았는데, 때를 미는 것이 아니라 근육을 더듬는 손이 겨드랑이까지 들어와서 그만 돌아앉았다.

그는 때수건을 손에 낀 채 놀란 눈으로 더듬거렸다.

"아직 덜 밀었는데요. 비누칠도 안 했구······."

"그만 됐어요. 돌아앉으시오."

뭐라고 구시렁거리며 등을 들이댔고, 나는 앙갚음이라도 하듯이 힘을 다해 쓱쓱 밀어댔다. 내 팔 힘에 밀려 손으로 바닥을 짚고 엎드리며 말했다.

"왔다, 힘도 좋으시네요. 등짝이 시원합니다."

더욱 약이 올라 등가죽이 벗겨지도록 밀어도 꿈쩍 않고 엎드려 있더니 내 다리를 두드리며 말했다.

"그만 됐습니다."

나는 괜스레 심술이 나서 때수건을 벗어 던지고 샤워기 밑으로 갔다. 그는 좀 면구스런 얼굴로 다가오더니 내 옆의 샤워기 밑에 서며 비위도 좋게 말을 붙였다.

"사장님, 나가서 술이나 한잔하실까요? 시간도 저녁때니까요."

냉 온탕을 오가며 두 시간 가까이 땀을 빼고 나면 저절로 술 생각이 나고 속이 출출할 시간이다. 술을 못 마시면 밥이라도 먹으라는 듣던 중 반가운 소리지만, 방금 내가 한 짓거리가 있는지라 맹숭한 얼굴로 선뜻 대답하기는 좀 그래서 머리에 비누칠을 잔뜩 하고 문지르며 대꾸했다.

"그렇기는 하지만, 얻어먹어도 되겠습니까?"

그도 머리를 감으며 받았다.

"아무렴요. 저도 술 생각이 나던 참이거든요."

"좋습니다. 그만 나갑니다."

그는 식성도 나와 비슷한지 참치 전문집에서 마주 앉았다. 앉자마자 지갑에서 명함을 꺼내 내밀었는데, '동일부동산 대표 공일호'였다. 나는 명함이 없어 손을 내밀어 인사를 받았다.

"명함이 없어 미안합니다. 박인훈이라고 합니다."

"예, 박 사장님이시군요. 처음 뵐 때부터 왠지 술 한잔 모시고 싶었습니다. 저는 이 동네 온 지 한 달 남짓합니다. 괜찮으시다면 앞으로 자주 뵙겠습니다."

내가 그 목욕탕에 다니는 지가 3년이 넘었는데 최근에 서너 번 보았으니 아마 그럴 것이다. 술을 좋아하는 사람이라면 동네 술친구 한둘쯤은 사귀려고 찾고 있었음이 분명했다. 첫 대면이지만 운동을 즐기는 나와 같은 기질로 보이는 데다, 얼굴도 수더분하고 붙임성이 있어 보였다. 벌거숭이로 서너 번 만나고 오늘 서로 등을 밀기는 했지만, 인간은 발가벗으면 누구나 똑같다. 옷을 입고 봐야 비로소 인격을 알게 되는데 이 사람은 가끔 만나도 손해 볼 염려는 없을 것 같아 쾌히 받아주었다.

"좋습니다. 근데 술을 좋아하십니까?"

"좋아합니다. 거의 매일 마시니까요. 사장님은 어떠세요?"

"뭐, 나도 자주 마시는 편입니다."

"잘 되었습니다. 술친구 하나쯤 사귀고 싶었는데 반갑습니다."

스페셜 참치가 나오고 소주를 마시기 시작했다. 목욕 뒤끝이라 술맛이 감로주였다. 술을 마시며 대화를 해보니 51년 신묘생으로 나보다 한 살 아래였다. 노원역 문화의 거리에 5층짜리 건물이 있고, 자기 건물 3층에 동일부동산 사무실이 있다고 했다. 임대료가 매월 3천만 원이 나온다고 자랑 비슷하게 했는데, 그 말투며 말마디에 조리가 있어 건방지다거나 듣기에 거북스럽지 않아 생각이 깊은 사람으로 보였다. 이런 사람이라면 술친구로 사귀어도 손해 볼 것은 없겠다는 생각으로 나도 신분을 밝혔다.

롯데백화점 맞은편 골목에 3층짜리 작은 건물이 있고, 35년째 소설을 쓰고 있다는 말에 공일호는 펄쩍 뛰며 내 손을 덥석 잡고 큰 목소리로 떠들었다. 자기 처가 20년 전에 시인으로 등단하여 시집을 다섯 권이나 냈다고 자랑을 늘어놓았다. 이름이 권혜숙이라고 했지만 나는 알지 못한다.

공일호와 나는 이틀 뒤에 목욕탕 카운터에서 다시 만났다. 나는 시간이 없었지만, 목욕을 끝내고 자기 처 권혜숙 시인을 소개하겠다고 해서 일삼아 나왔다. 욕탕에 앉아 내가 먼저 방패막이를 했다.

"오늘은 등 밀어주기 안 합니다."

"아, 그러세요? 그러죠 뭐. 근데, 선생님은 어디서 운동하세요?"

"난 집에서 합니다. 헬스클럽 다니기는 번거롭고 시간도 없어서 아령과 덤벨로 집에서 운동을 합니다."

그는 놀라는 눈으로 물었다.

"아니, 집에서 해도 근육이 그렇게 발달합니까?"

"그럼요. 운동은 매일 꾸준히 한 시간 이상씩 해야 근육이 커집니다. 하다 말다 하면 아무 소용 없어요."

"그렇군요. 나는 헬스클럽에 나가는데, 나이가 들수록 꾀가 나서 자주 못 가게 됩니다. 선생님 운동법 좀 가르쳐 주세요."

좀 겸연쩍기도 하지만 묻는 말에 대답을 하지 않을 수도 없어 내 운동법을 대충 일러주었다. 열탕에서 나와 면도를 하며 그가 은밀하게 물었다.

"선생님은 고래잡이를 언제 하셨습니까?"

말투도 그렇거니와 생뚱맞은 말이라 잠시 멍하다가 말귀를 알아들었다. 머리가 허연 중늙은이에게 고래잡이를 묻다니! 어쩔 수 없이 그의 사타구니를 들여다보고는 대답했다. 남자들의 상징은 참 천차만별이다. 크고 작은 것을 물론 굵고 짧거나 가늘며 길고, 머리가 허연 늙은이도 포경인 사람이 더러 있다. 젊은이들 중에서도 고래잡이를 하지 않은 사람을 더러 보는데, 나는 안쓰러운 마음으로 그 사람 얼굴을 한 번 더 보게 된다. 가끔 보기는 하지만, 귀중한 물건에다 무슨 짓을 했는지 그 모양이 꼭 농악대에서 부는 악기 새납처럼 만들어서 덜렁거리는 모양새는 참 내 눈이 민망스러워 고개를 돌리게 된다. 그런 사람은 자연스레 얼굴을 살피게 마련이다. 그 물건은 모름지기 여자들에게만 써먹는 것일진대, 대체 저런 사람의 부인은 과연 얼마나 밝히기에 멀쩡한 물건에다 저렇게까지 했나 싶어 밑이 간지럽도록 궁금해진다.

"난 군대 가기 전에 했으니, 45년 전이네요."

"그래요? 아니, 그때 어떻게 알고 잡았대요. 난 그냥 있다가 군대 갔는데, 고래 잡는다는 말도 그때 알았어요. 그치만 난 챙피해서 못 했지요."

"그럼, 공 사장님은 언제 잡았습니까?"

"말도 마세요. 나 고래 잡고는 이혼당할 뻔했습니다. 암튼 그 얘기는 담에 해드리죠. 남들은 배꼽을 뺄 일이지만, 난 심각한 문제였다니까요."

그 배꼽 뺄 사연을 목욕탕에서 들을 말도 아니겠지만 시간도 없었다.

목욕을 끝내고 공일호 안내로 연어회 전문집에 들어갔다. 그는 이 건물이 자기 소유라고 했다. 1층에 20여 평의 점포가 세 칸인 제법 큰 건물이었다. 나도 연어를 좋아해서 서너 번 왔던 집이다. 주문한 연어가 나왔을 때, 훤칠한 키에 이지적으로 느껴지는 얼굴형의 여자가 다가왔다. 그가 벌떡 일어나 인사를 시켰다.

"여보, 인사드려요. 소설가 박인훈 선생님이셔. 우리 집사람 권혜숙 시인입니다."

"선생님, 반갑습니다. 기억 못 하시겠지만, 저는 선생님을 한 번 뵌 적이 있습니다."

부부가 자리에 앉자, 내가 물었다.

"그랬군요, 어디서 만났던가요?"

"3년 전인가, 국제 펜클럽 경주 세미나에서 박 선생님께서 주제발표를 하셨잖아요. 그날 저녁에 선생님이랑 시인, 수필가 여남은 명이 호프집에 갔었지요."

그때는 생각이 나지만 권혜숙이라는 시인은 기억에 없다.

"아, 그랬군요. 난 문인들 모임에 자주 나가지 않아서 소설가들 외에는 아는 문인들이 별로 없습니다. 몰라뵈어서 죄송합니다."

"원 별말씀을요. 그 뒤에 선생님 장편소설과 작품집을 사서 읽었습니다. 뵙게 되어서 반갑습니다."

공일호가 서둘렀다.

"자, 얘기는 먹으면서 합시다. 음식 앞에 놓고 목젖 떨어지겠네."

나도 갈증이 나던 참이라 공일호가 말아놓은 소맥 잔을 단숨에 비웠다. 늘 만나던 친구라면 모르지만, 목욕탕에서 만나 서로 등을 밀고 고래 잡는 얘기까지 나눈 사이라서 나는 시인이 아니라 공일호 부인으로서의 여자를 보지 않을 수 없다. 눈이 서글서

글하고 콧날이 오뚝한 미인형 얼굴이다. '고래를 잡고 나서 이혼 당할 뻔했다'던 말이 생각나고, 이들 부부의 잠자리가 떠올라 가슴이 간지럽도록 웃음이 치밀었다.

공일호 사장은 그 뒤부터 귀찮을 정도로 나를 불러냈다. 목욕탕에서 만나는 날은 당연히 술집을 가는데, 그도 나처럼 술안주만큼은 식성이 까다로워 아무 집이나 들어가지 않는다. 그래서 나는 더욱 그의 술 대작 청을 거절하지 못한다. 술 한잔하자고 해서 바쁘지만 거절 못 하고 나갔는데, 불러낸 사람이 제 입맛대로 끌고 들어간 술집이라면 기분도 잡치거니와 술맛도 쓰다.

한데 공일호는 그게 아니다. 이상하게도 식성이 나와 비슷하여 생선회를 즐기되 수족관의 활어는 먹지 않고, 좀 비싸도 산지직송 자연산 생선회나 문어, 소라 아니면 참치나 연어를 즐겨 먹는다. 그는 육류도 좋아해서 보신탕을 비롯하여 돼지고기 쇠고기를 가리지 않는데, 특히 시내 유명하다는 보신탕집은 불원천리하고 찾아다닌다고 했다.

우리는 하루거리로 일주일에 두세 번은 만나는데 두 번은 그가 산다. 안줏값이 만만찮아 둘이 먹어도 매번 10만 원이 넘어 나는 부담이 되지만 그의 청을 거절할 수 없다. 그가 돈 자랑을 한다거나, 소설가인 내 앞에서 지식자랑은 할 수는 없겠지만, K대 경제과를 나왔다고 우쭐대며 시건방지다면 나는 두 번 다시 만나지 않았을 것이다.

나는 직장생활은 단 하루도 해본 적이 없어 대인관계에서 어지간해서는 마음을 터놓거나 곁을 주지 않는 성격인데, 공일호는 첫 만남부터 내 터부에 진흙탕의 뱀장어처럼 슬쩍 뚫고 들어왔다. 그걸 뒤늦게 깨달았지만 후회하거나 멀리할 생각을 하지 않았다. 또한 그는 나와 버금가게 식성도 좋아 더욱 죽이 맞는다. 고기를 먹어도 2인분씩이고, 소주도 기본이 각 2병에 입가심으로 병맥주 네댓 병은 마셔야 헤어진다.

그는 내가 일곱 시면 작업을 끝낸다는 것을 알기 때문에 늘 하루 전에 약속을 하고 그 시간에 전화를 한다. 전에 없이 하도 자주 나가서 열 시가 넘어야 들어오곤 하니까 집사람이 잔소리를 하기 시작했는데, 내가 이러이러한 사람을 사귀어 술을 자주 얻어먹는다고 했더니 냅다 퉁바리를 먹였다.

"아주 죽이 맞는 친구를 만났구려. 술시만 되면 누가 안 불러 주나 하고 기다렸는데, 이제 살판났네요. 근데 정말 매일 그렇게 마셔도 되는 건지 난 그걸 모르겠다니까."

시니컬하게 빈정대는 말이지만, 공일호와의 술자리에서 내가 고주망태가 되어 들어온 적이 없으니 아내도 그 사람 인격을 믿고 하는 말일 터였다.

공일호 부부와 우리 부부가 만난 것은 그와 첫 만남 이후 한 달이 넘은 4월 중순이었다. 저녁 일곱 시에 만나 그가 운전하는 차를 타고 자주 간다는 한우 등심 전문집으로 갔다. 우이동 솔밭 속에 있는 그 집은 숲속의 집답게 단층으로 겉은 허술하지만, 내부는 넓고 정갈하여 분위기도 아늑했다.

미리 예약을 했던지 조용한 특실로 안내되었는데, 창밖으로 제법 굵은 적송들이 빼곡하게 보이는 방이었다. 자리에 앉아 서로 인사를 나누었다. 나는 이들 부부를 알지만 아내 김연순은 초면이므로 어색할 수밖에 없다. 하지만 권혜숙은 시인이라고 자신을 소개하면서도 시건방지지 않고 조신하게 분위기를 잡아갔다. 부부끼리의 만남에서 여자들이 서로 어석버석하면 그 만남은 엉망이 되고 남자들 간의 사이도 끝장이 나게 마련이다.

"범띠라고 들었습니다. 난 토끼띠니까 언니가 되시네요. 우리 앞으로 잘 지냈으면 좋겠습니다."

좀 내성적인 김연순도 밝은 얼굴로 받았다.

"말씀 많이 들었습니다. 갑자기 언니라 하니까 좀 그렇네요. 우리 그냥 친구해요."

공일호가 펄쩍 뛰며 나섰다.

"아닙니다. 한 살 많으면 당연히 언니죠."

짐승집단이든 인간관계든 서열이 중요하기는 하지만 굳이 이렇게 따질 일만은 아니어서 내가 나섰다. 우리 부부가 동갑이듯이 이들 부부도 동갑으로 공일호 역시 나보다 한 살 아래다.

"뭐, 자주 만나다 보면 임의로워지니까 그런 거 따지지 맙시다. 자, 우리 만남을 축하하며 건배합시다."

이윽고 한우 등심이 석쇠에 올려지고 종업원이 고기를 굽기 시작하자, 김연순이 쇼핑백에서 두릅을 꺼내 상에 올렸다. 어제 내가 화악산에서 따온 두릅이었다. 두릅을 본 이들 부부는 깜짝 놀라며 까르르 웃고는 권혜숙이 위생봉지 한 뭉치를 상에 올리고 풀었는데, 우리와 똑같은 데친 두릅이었다.

이번엔 우리 부부가 놀라며 김연순이 물었다.

"아니, 그쪽은 또 웬 두릅이래요?"

공일호가 한참 껄껄 웃고는 받았다.

"그렇게 묻는 그쪽은 웬 두릅입니까?"

내가 두릅을 살펴보니 금방 딴 것으로 아주 실하게 먹음직스럽다.

"아니, 공 사장도 두릅 따러 다녀요?"

"그건 내가 묻고 싶은 말입니다. 선생님은 소설 안 쓰고 두릅을 따러 다닙니까?"

김연순이 말가리 들었다.

"이 양반은 두릅 산나물 박사랍니다. 이맘때면 거의 매일 산에 다녀요. 금년은 어제 처음으로 가서 한 배낭을 따왔어요."

"그래요! 소설가 선생님이 두릅을 따러 다니신다니 믿어지지 않아요."

"나는 그렇다 치구, 공 사장은 대체 언제부터 두릅을 딴 거요?"

권혜숙이 냉큼 받았다.

"우리는 두릅을 따러 다니는 게 아니구요, 홍천 내면에 산이 있어요. 그 산에 우리 동생이 두릅나무를 많이 심었어요. 밭도 천여 평 있어서 전원주택 겸 농사도 지어요."

공일호가 거들었다.

"우린 주말마다 가서 놀다 오구 그래요. 15년 전 산에 산삼두 많이 심었는데 어제 가보니 이제 막 올라오더라구요. 한 열흘 있으면 산삼주 먹을 수 있으니 기대하세요."

"그렇군요. 생산삼 갈아서 소주에 탄 거라면 나두 가끔 먹어요."

"아니, 선생님이 그걸 어떻게 아세요?"

김연순이 자랑삼아 대꾸했다.

"우리두 해마다 장뇌산삼 몇 뿌리씩은 캐요. 그래서 가끔 갈아 먹어요."

공일호가 신바람이 나서 떠들었다. 이 사람은 기분이 좋으면 목소리가 커진다.

"야, 이거 아주 우리 두 집 천생연분이었네요. 이런 사람들끼리 만나기 어렵잖아요."

두 여자도 소주 한 병 실력은 되는지라 술자리는 무르익는데, 기분이 좋아진 공일호가 정색을 하고 말했다.

"이제 박 선생님으로 부르기 거북스러우니 형이라 부를게요. 대학 졸업 이후 선생님을 불러 본 적이 없으니 영 말이 꼬여서 이상하다니까요. 어때요 형!"

나도 듣고 보니 그렇다.

"좋아요. 참 부드럽고 듣기 좋네요. 우리 아주 존칭도 뺍시다. 그냥 '형' '공 사장'하면 좋잖아."

공 사장이 발끈했다.

"공 사장은 뭔 공사장. 도로공사장이여, 건축공사장이여. 그냥 아우라고 불러. '어이, 아우!' 얼마나 좋아. 안 그래 형."

듣고 보니 그도 정말 그렇다. 그가 술잔을 김연순에게 건네며 너스레를 떨었다.

"형수님, 잔 받으시우."

자리는 비로소 부드러워지고 무르익었다. 고기도 먹을 만큼 먹고 소주도 다섯 병이 비었을 때, 내가 궁금했던 것을 물었다.

"이봐, 아우. 그 왜, 고래 잡구 이혼당할 뻔했다는 얘기 한 번 해봐요."

권혜숙 눈이 동그래지며 나섰다.

"그걸 선생님이 어떻게 아세요?"

이야기 내용이 좀 그런지라 내가 머뭇거리자 공일호가 가로막았다.

"어떻게 알긴, 내가 말했지. 형도 고래잡이를 했더라니까."

김연순은 대체 무슨 말인가 어리둥절하고, 권혜숙이 까르르 웃으며 말했다.

"선생님두 고래 잡으셨어요?"

그제서 말귀를 알아들은 김연순이 내 옆구리를 쿡 찌르며 대들었다.

"이이가 뭔 쓸데없는 말까지 하구 다녀요. 챙피하게……."

공일호가 또 목소리를 높이며 나섰다.

"형수님, 챙피하기는요. 남자들은 목욕탕에 가면 다 보는데 뭐가 챙피해요. 형도 군대 가기 전에 고래를 잡았다던데요, 뭐."

권혜숙이 샐쭉하여 남편 허벅지를 꼬집으며 퉁바릴 먹였다.

"것봐, 남들은 다 일찍 하잖아. 당신처럼 결혼 날짜 잡아놓구 까는 사람이 어딨어."

내가 한바탕 웃고는 거들었다.

"바로 그겁니다. 그 얘기를 듣고 싶다 이겁니다."

"그 얘길 챙피해서 어떻게 해요. 여보, 하지 말아요."

김연순이 궁금해 죽겠다고 나선다.

"아니, 대체 뭔 얘기에요. 고래를 잡느니 까느니 난 정신이 하나도 없네요."

"형수님, 그런 게 있습니다. 내가 지금부터 그 얘길 하지요."

권혜숙이 남편 허벅지를 꼬집으며 말리는데, 그 표정은 웃음을 함빡 머금었다.

"그 얘길 대체 왜 할려구 그래요. 이이가 미쳤나 봐."

"그 얘기가 어때서 그래. 지나고 나니 다 즐거운 일이었잖아. 형님 부부 만난 기념으로 우리 신혼여행 가서 고추방아 찧던 얘기 해봅시다."

권혜숙이 못 이기는 채 말했다.

"하여튼 주책이라니까. 할려면 당신 얘기만 해요. 나 망신 시키지 말구……."

"망신은 그게 뭔 망신이여. 지금 생각하면 아름다운 추억이잖아."

공일호 부부가 깔깔거리며 번갈아 들려준 제주도 신혼여행 스토리를 내가 재현하여 실화소설로 엮어 제목을 「고래 옆구리 터지던 날」이라 정했다.

공일호 권혜숙의 부모는 종로5가 광장시장 2층에서 포목점을 했었다. 광장시장은 1962년 동대문시장과 광장시장이 분리되면서 광장시장 1동 2층은 한복이나 침구류 같은 혼수품을 판매하는 전문시장으로 자리 잡았다. 그때 요지에 점포를 산 두 집은 통로를 두고 마주 보는 자리였는데, 포목 도소매와 한복을 겸한 장사였다. 70년대 초부터 전쟁 후 세대의 결혼 붐이 일며 시장은 활기가 넘쳤고, 시장 요지에 자리 잡은 이들 두 점포는 돈을 긁다시피 했다.

두 집은 부부가 함께 장사를 하다 보니 세월이 흐르며 형제 같은 친구가 되었다. 게다가 두 남자가 이북 출신에 1925년생 동갑이었다. 행운포목 공정운의 장남이 공일호였고, 조선한복 권영수의 맏딸이 권혜숙이었다. 이들은 어려서부터 부모 가게에서 살다시피 했으니 남매 같은 사이가 되었는데, 이들이 고등학교에 가면서 부모들끼리 사돈을 맺자고 하여 뜻이 이루어졌다.

공일호와 권혜숙도 그 사실을 알고 서로 반대를 하지는 않았지만, 그때부터 공부를 해야 하므로 자주 만날 수는 없었다. 그렇게 대학을 가고 공일호가 군복무를 마친 이듬해인 1977년 4월에 결혼을 했다.

결혼식을 한 이들 신혼부부는 제주도로 신혼여행을 갔다. 당시 신혼여행이라면 대게 온양온천이나 경주, 부산이었는데, 비행기 타고 제주도로 신혼여행을 가는 신혼부부는 드물었다.

제주시 제주호텔에 여장을 푼 이들 부부는 가이드의 안내로 시내 가까운 관광지를 돌아보고 저녁 식사를 한 뒤에 호텔 객실에 들어왔다. 부모들이 열대여섯에 이미 짝을 지워주었지만, 이들은 그동안 손목 한번 잡아 보지 않은 숫총각 숫처녀였다. 잔뜩 설레는 가슴으로 신부가 먼저 샤워를 하고는 예쁜 신혼 자리옷으로 갈아입었고, 신랑이 샤워를 하고 나와 그대로 신부를 안았다. 신부와 한 몸이 되어 첫 키스를 하던 신랑이 돌연 벌떡 일어나더니 침대에서 펄쩍 뛰어내렸는데, 신부가 기겁을 하고 일어나 보니 침대에 핏방울이 점점이 떨어져 있었다.

신부는 너무 놀라 눈앞이 노래지고 정신이 날아가 버려 멍하다가 침대에서 내려왔다. 그제서 신랑을 보니 의자에 앉아 사타구니를 움켜쥐고 있었는데, 손이 벌겋고 핏방울이 뚝뚝 떨어지는 것이 아닌가! 질겁을 한 신부가 비명을 지르고는 달려가 신랑 얼굴을 들여다보았다. 오만상을 찡그리고 끙끙대다가 히죽이 웃으며 왼손으로 신부 가슴을 더듬거렸다. 신부가 그제야 화들짝 정신이 들어보니 자신이 발간 알몸이었다. '꺅!' 비명을 지르고 침대로 가서 잠옷을 입고 정신을 차려보니 신랑은 여전히 사타구니를 움켜쥐고 있다가 일어서며 신부에게 다가섰다.

신부가 질겁을 하여 물러서며 외쳤다.

"왜 이래? 오지 마, 오지 마!"

뒷걸음을 치다가 침대에 걸려 주저앉자, 신랑은 휴지를 뽑아 사타구니를 닦고는 화장실로 들어갔다. 벌거벗은 신랑 뒤 잔등을 꼬나보던 신부는 비로소 더럭 겁이 나고 무서워 왈칵 울음이 터졌다. 소리를 죽여 흐느끼던 신부는 집으로 전화를 걸었다. 엄마가 전화를 받자, 신부는 참지 못하고 통곡을 하며 푸념을 쏟아냈다.

"엄마, 이게 뭐야. 뭐 저런 병신을 남자라구 짝을 지웠어. 난 몰라, 이제 어떡해."

한창 신방을 치러야 할 새신부가 느닷없이 전화를 걸어 통곡을 하자 엄마는 그만 가슴이 철렁 내려앉았다.

"너 왜 그래! 왜 울어? 대체 뭔 일이여, 신랑이 병신이라니!"

"몰라, 몰라. 엄마, 남자두 멘스를 해?"

"뭐, 멘스? 얘가 갑자기 미쳤나, 남자가 뭔 멘스를 해? 대체 왜 그러는 게야?"

신부는 더럭 겁이나고 약이 올라 악을 썼다.

"멘스가 아니면 갑자기 왜 피를 흘려. 거기서 피가 뚝뚝 떨어진단 말이야."

엄마는 도대체 감을 잡을 수 없다. 거기서 피가 흐르다니! 세상에 들도 보도 못했던 말이라 가슴이 벌렁거리고 손이 덜덜 떨렸다.

"혜숙아, 울지 말구 자세히 말 해봐. 새신랑 거기서 피가 난단 말이니?"

"그렇다니까. 사타구니가 벌겋도록 나온다니까. 저거 병신이잖아."

엄마는 그제야 안심이 되고 정신이 들어 비죽이 웃으며 달랬다.

"에이그, 이 순덩아, 그건 너한테서 나온 피여. 저런 숫탱이가 다 있나. 괜찮어 첨엔 다 그래. 어여 씻구 자."

신부는 쇳소리로 외쳤다.

"나한테서 왜 피가 나와. 하지도 못했는데 뭔 피가 나와."

86

신부는 불같이 열이 올라 송수화기를 처박고 돌아 보니 신랑이 히죽이 웃으며 서있었는데, 난생처음 보는 그것이 피는 멎었지만 축 늘어져 있었다.

엄마는 끊어진 전화기를 두드리다가 앙가슴을 치며 푸념을 쏟아냈다.

"이 지집애가 정말 미쳤나, 이 지경에 전화를 끊으면 어떡해. 대체 하지두 못했는데 신랑 거시기에서 피가 흐르다니! 이거 답답해 환장하겠네."

생각다 못한 엄마는 잔칫술에 취해 세상모르고 자는 남편을 깨워 자초지종을 알렸다. 잠결에 듣고 난 남편도 대체 이해할 수 없기는 마찬가지다. 딸내미 말마따나 남자가 멘스를 할 리가 없고 보면, 신혼 첫날밤에 신랑 거기에서 피가 흐른다는 것은 아무리 생각해도 이해가 되지 않는 귀신이 곡할 노릇이었다. 호텔 전화번호를 모르니 확인도 할 수 없고 답답해 환장할 지경이었다.

부부는 혹시나 하고 전화기 앞에 앉아 벨이 울리기를 기다렸으나 열두 시가 넘도록 먹통이었다. 부부는 의논 끝에 밤이 깊었지만 사돈집에 전화를 걸었다. 사위에게 문제가 있으니 부모는 알고 있을지도 모를 일이다.

사건 내용을 들은 신랑 집도 한밤중에 발칵 뒤집혔다. 서너 시간 전에 전화를 하던 말쩡한 아들이 첫날밤에 하필 거기서 피가 나는 정도가 아니라 뚝뚝 흐른다니 복장이 터질 노릇이었다. 당장 사돈끼리 서로 만나 얼굴이라도 보며 의논을 하고 싶지만 통금이 풀리려면 아직 네 시간은 기다려야 한다. 부모는 속절없이 가슴만 두드리다가 남편이 돌연 눈을 크게 뜨고 말했다.

"혹시, 저것들이 처음 하다가 뭔 일낸 게 아니여?"

아내가 바투 다가앉으며 다그쳤다.

"하다가 일을 내다니, 그거 하다 뭔 일이 난단 말이우?"

"아, 그 뭣이냐, 그게 부러지는 수도 있다더라구. 그게 부러지면 다시는 쓰지 못한다는데, 정말 그리된 게 아닐까?"

"이 냥반이 시방 뭔 소릴 하는 겨. 그것이 어떻게 부러져요. 물컹물컹한 것이……."

"물컹하다니, 젊을 때는 대추나무 방맹이잖어. 한창 성났을 때 잘못 건드리면 부러지는 수도 있대요."

"뭐요? 에이, 그렇더라두 설마 우리 애가 그럴까. 그만 해요. 말만 들어두 끔찍하네요."

"그럴 수도 있다는 말이지 뭘 그래. 어서 날이나 밝아야지 원 답답해 죽겠네."

뜬눈으로 밤을 지새운 양가는 통금이 풀리자마자 통인동 안 사돈네 집에 모였다. 어제 사돈이 되긴 했지만 14년간 눈만 뜨면 마주 보던 친구간이라 식구처럼 임의롭지만 이런 경우는 아니다.

"대체 저것들이 어쩌다 그 지경이 됐는지 난 이해를 할 수가 없네요. 사돈은 뭐 짚이는 게 없어요?"

신부 아버지 권영수의 심각한 말에 신랑 아버지 공정운 역시 심각하게 받았다.

"깊이는 게 있을 턱이 없지요. 이거 할 얘기는 아니지만, 하두 답답해서 하는 말인데요. 여덟 시에 전화를 했던 멀쩡하던 애가 거기서 피가 흐른다면, 내 생각엔 그것이 혹시 부러지지 않았나 싶어요."

기겁을 한 건 신부 엄마다.

"부러지다니요! 그것이 부러질 수도 있나요?"

바깥사돈이 민망스러워 머뭇거리자 안사돈이 나섰다.

"그러게요. 그것이 왜 성나면 방맹이 같잖아요. 그럴 때 잘못 건드리면 부러지는 수두 있다네요. 그것은 한번 부러지면 다시는 써먹지두 못한대요."

양가 사돈 부부는 울지도 웃지도 못해 서로 민망스런 얼굴로 마주 볼 뿐이다. 그러고 보니 정말 그것이 부러지지 않고서야 피가 흐를 리가 만무하다. 아무리 생각해도 다른 이유는 없다. 신랑 엄마는 외독자 아들에서 대가 끊길지도 모른다는 걱정과 분노로 얼굴이 울근불근하다가 끝내 못 참고 말을 토했다.

"첫날이라 좀 아프더라도 그러려니 받아들여야지, 그걸 못 참구 밑에서 얼마나 오두방정을 떨었으면 그게 다 부러졌을까. 철부지도 그런 철부지가 없네요."

결국 신부 탓이라는 말에 엄마가 쌩그렇게 나섰다.

"아니, 그것이 풀로 붙인 것두 아닐진대, 오두방정 떤다구 부러져요? 그렇게 부실한 물건을 어디다 써먹겠어요. 입에 담기두 거시기하니 그만둡시다. 날이 밝으면 알게 되겠지요."

"이 사람아, 그럴지도 모른다는 말이지 설마 그리됐을까. 사부인, 너무 걱정 마세요. 내 생각엔 그건 아닐 것 같아요."

어제 맺은 14년 친구 사돈간에 냉랭하다 못해 살얼음이 잡힐 지경이었다. 더 마주 앉았다가는 뭔 일이라도 날까 싶어 공정운은 아내를 껴잡고 돌아갔다.

엄마와의 통화에서 더욱 약이 오른 신부는 신랑의 발가벗은 몸뚱이가 보기 민망스러워 침대에 걸터앉아 눈을 가리고 훌쩍훌쩍 울었다.

신랑은 신부를 안으며 달랬다.

"미안해, 별거 아니야. 포경수술한 상처가 터졌어. 이제 괜찮아."

그러면 그렇지, 신부는 이제 좀 안정이 되어 신랑 가슴을 밀어내고 핀잔을 먹였다.

"포경수술이 뭐야. 그럼, 여태까지 애들처럼 뾰죽한 고추였단 말이야?"

"아니, 그게 아니구, 표피가 약간 길어서 잘라내는 걸 고래 잡는다고 하는 거야."

신부는 그제서 모두 이해가 되었지만, 왜 그걸 진즉 못하고 하필 이때 해서 난리를 쳤는지 약이 올랐다.

"으이구, 그럼 진즉 했어야지, 첫날밤에 이게 뭐야."

"미안해, 의사가 한 달이면 상처가 낫는다고 했거든, 근데 너무 발기가 되니까 터졌나 봐. 이제 괜찮아, 어서 자자구."

신혼부부는 다시 잠자리에 들었는데, 가슴을 애무하고 키스를 하던 신랑이 또 벌떡 일어나 침대에서 뛰어내렸는데, 벌거벗고 서있는 장대한 물건에서 여전히 핏방울이 뚝뚝 떨어지고 있었다. 하도 기가 막혀 멍하던 신부가 자신의 몸을 보니 신랑 물건이 닿았던 자리에 피가 벌겋다. 기겁을 하고 화장실로 뛰어 들어가 샤워를 하며 맘 놓고 꺼이꺼이 울었다. 신혼부부는 결국 첫날밤을 함께 자지 못하고 신랑은 소파에서 웅크리고 밤을 지새웠다.

뜬눈으로 밤을 지새우다시피한 신부는 아침 여섯 시에 집으로 전화를 걸었다.

한잠도 못 자고 귀가 빠지게 전화를 기다리던 엄마는 화를 퍼부었다.

"이 못된 것아, 왜 전화를 이제 해. 온 식구가 한잠두 못 잤잖어."

"엄마는 참, 누군 잔줄 알어? 나두 못 잤어."

"이 판국에 자구 못 자구가 대수여! 니 신랑 우찌 됐어?"

"뭐가 우찌 돼, 괜찮지."

"괜찮다니, 이제 피가 안 나와?"

"몰라, 그게 서기만 하면 피가 난다니까."

엄마는 끝내 가슴이 철렁했다. 서기만 하면 피가 난다면 정말 부러진 게 틀림없다.

"으이구, 이 천둥벌거숭이 철부지야. 그걸 못 참구 얼마나 오두방정을 떨었으면 그걸 다 부러뜨리냐?"

"엄마, 부러뜨리다니, 뭐가 부러져?"

"그럼, 부러진 게 아니구 뭐야? 그것이 왜 스기만 하면 피가 나오냐구, 이 철부지야."

"엄만 지금 뭔 소릴 하는 거야. 부러지긴 뭐가 부러져? 포경수술 상처가 덜 아물어서 피가 난다니까. 엄만 알지도 하면서 왜 그래. 이제 괜찮아, 걱정 마."

엄마는 전화를 끊고는 긴장이 풀려 그만 털썩 주저앉았다.

날이 밝자 신랑 공일호는 약방에 가서 상처에 바르는 연고를 사고 탈지면과 붕대도 샀다. 또한 번개처럼 머리를 치는 생각으로 콘돔도 열 개를 사는 등 준비를 단단히 하고 관광에 나섰다. 열 쌍의 신혼부부와 단체 관광을 하며 화장실을 가는 틈틈이 상처에 연고를 바르는 등 정성을 들였다. 신부는 잔뜩 토라져 말 한마디 없고, 손이라도 잡을라치면 매정하게 뿌리치곤 했다. 관광지에서 신혼부부들끼리 서로 사진을 찍어주며 껴안고 뽀뽀도 하지만, 혜숙은 신랑이 얼씬도 못 하게 멀리했다. 신랑이 신경질을 부리면 귀에 대고 핀잔을 먹였다.

"그러다 또 서서 터지면 벌건 대낮에 길거리에서 어쩔 건데? 손만 잡아도 선다면서……."

신랑은 그만 주먹 맞은 감투 꼴이 되어 하루 온종일 건성으로 따라다니며 어서 밤이 오기만 기다렸다.

마침내 저녁을 먹고 호텔 객실로 돌아왔다. 신부도 이제 원인을 알았으므로 신랑을 받아들였다. 신랑은 뻐근하게 아프도록 성을 내는 물건을 보니 또 상처에 피가 맺히기 시작했다. 화장실에 들어가 피를 닦고 연고를 바르고는 콘돔을 씌웠다. 간밤의 치욕을 만회하겠다는 의욕으로 신부를 안고 난생처음으로 남자구실을 했다.

몇 번 몸을 움직이던 신랑이 돌연 우뚝 멈추었고, 잠시 멍하던 신부가 신랑 가슴을 밀어냈다. 벌떡 일어선 신랑 사타구니에 장대한 물건이 우뚝한데, 여전히 핏방울이 똑똑 떨어지고 있었다. 신부는 기겁을 하여 일어나 앉아 아랫도리를 보니 가관도 아니었다. 비명을 지르며 거즈수건을 찾아 닦아내자 뭐가 걸리적거린다. 손가락을 집어넣어 꺼내보니 피가 벌건 콘돔이다. '꺅!' 비명을 내지르며 던졌는데 침대 한복판이었다. 하얀 시트에 새빨간 피가 번졌다.

신부는 화장실로 뛰어 들어가 물을 틀어놓고는 어젯밤보다 더

약이 올라 펑펑 울었다. 상처에 연고를 발라 미끄러운 데다, 피가 범벅이 되니 콘돔이 빠질 것은 당연하다. 결국 고추방아를 찧고 만 신랑은 의자에 앉아 신부 울음소리를 들으며 제 머리를 주먹으로 쿡쿡 쥐어박았다. 생각할수록 난감한 상황이기는 하지만, 실수에 지나지 않는지라 싱글싱글 웃으며 중얼거렸다.

"그래, 울어도 괜찮다. 상처는 곧 나을 것이다. 밤마다 장대하게 서주기만 하면 된다."

이들 신혼부부의 냉전은 3박 4일 신혼여행에서 돌아와 고래 옆구리가 아물며 비로소 끝나고 찰떡궁합이 되었다고 자랑을 늘어놓았다.

사랑의 모습

15년 만의 독일 여행이었다. 아시아나 항공기의 비즈니스석은 2층이었는데, 10A 좌석은 왼쪽 창가였다. 항공기는 정확히 12시 30분에 출발하였다. 독일과 한국은 7시간 차이가 나서 11시간 비행기를 타고 가면 5월 19일 오후 17시에 프랑크푸르트 국제공항에 도착한다. 비행기가 장상 궤도에 진입하며 마침내 기내가 조용해졌다.

난생처음 비즈니스석을 타보니 분위기도 그렇거니와 넓은 좌석 전체가 거북스럽다. 주의를 둘러보니 앞뒤 좌석은 등받이에 가려 보이지 않고, 오른쪽 통로 건너 좌석은 2인석인데 부부로 보이는 중년의 여자는 의자가 침대가 되어 다리를 벋고 누워있었다. 나는 의자를 당겨보고 밀어보지만 요지부동이었다. 들여다보고 더듬어도 손잡이가 없다. 오른쪽 팔걸이 위를 보니 손바닥만

한 타원형 작은 판에 선으로 된 모형이 있는데, 의자 모형이 직각에서 60, 30도 수평의 표시가 있었다. 수평 밑의 버튼을 누르자 앉은 의자가 스르르 앞으로 밀려가 발걸이에 닿으며 그대로 침대가 되었다. 의자를 원위치시키고 손가방에서 5월호 시사 잡지를 꺼내 펼치는데, 영화배우 찜쪄먹을 미모의 승무원이 점심 식사 주문을 하라고 말했다. 한식과 양식 중에 나는 스테이크를 주문했다.

4월 말경에 발행된 잡지는 온통 박근혜 대통령 탄핵과 제19대 대통령 선거와 후보자들 기사로 가득했다. 대통령 선거 전에 발행된 잡지지만 5월 9일 선거가 끝난 뒤에 대충 훑어봐도 읽을거리가 꽤 많다. 나는 이 잡지를 30년간 정기구독하는데 절반은 읽지 않는다. 그러나 이번 5월호는 17일간 여행 중에 심심풀이로 틈틈이 읽을 만한 내용이라서 즐겁다. 시간 가는 줄 모르고 책을 읽는 것은 큰 즐거움이다.

마침내 식사가 나왔다. 샐러드와 빵, 버터, 올리브유가 먼저 나왔다. 2시가 넘어 늦은 점심이라 꿀맛이었다. 샐러드를 먼저 먹고, 비교적 단단한 빵에 버터를 발라 먹었다. 부드러운 빵은 올리브유를 찍어 먹는데, 처음 먹어보지만 정말 맛있다. 맛있는 식사에는 술이 있어야 구색이 맞는다. 승무원을 불러 위스키를 주문했다. 얼음이 많이 든 언더락이 나왔다. 나는 양주를 스트레이트로 마시는데 이런 정도면 얼음물에 가깝다. 위스키를 가득 부어 달라고 청하자, 예쁜 얼굴에 눈이 커지는 모습이 더 아름답게 보였다.

하늘을 날면서 마시는 위스키 맛은 별나다. 빈속이 짜르르 반응했다. 그 감각이 또한 즐겁다. 주메뉴 스테이크가 나왔다. 호텔 스테이크 버금가는 크기에 소스 냄새도 좋다. 매운 타바스코소스를 치고 고기를 잘랐다. 두꺼운 속까지 알맞게 익은 스테이크다. 역시 비즈니스석 식사는 다르다. 위스키 한 컵을 더 마시고 식사를 끝냈다.

칫솔을 들고 화장실에 갔다. 화장실이 1억 원짜리 전세방만큼 넓다. 그런데 변기가 안 보였다. 서너 사람이 걸터앉을 만한 의자 같은 것을 다듬거리자 덜컹 뚜껑이 열리며 턱을 냅다 치는데 들여다보니 변기였다. 빌어먹을, 일반석을 타야 할 서민이 고급 석을 타서 별별 것에 놀라곤 한다.

작년 겨울에 독일에서 형님 부부가 왔었다. 형수가 비즈니스석을 타보니 편하고 기내식도 좋았다고 자랑을 했었다. 국내 굴지의 여행사 직원인 둘째 딸이 큰엄마 자랑에 약이 올랐다며, 아빠 이번 여행에 왕복 비즈니스석을 예약했다면서 으스댔다. 돈이 얼마나 더 들었는지 모르겠으되, 나도 은근히 싫지는 않았는데, 막상 타보니 분에 넘친다는 생각을 지울 수는 없다.

양치질을 하고 자리에 돌아와 창밖을 보았다. 눈이 부신 햇살 아래 목화솜을 풀어놓은 듯한 하얀 구름 위를 비행기는 가는 듯

마는 듯 날아간다. 비행기를 타고 가며 창밖 구름을 볼 때마다 어릴 적 할머니 이야기가 떠오르곤 했다.

"곰배팔을 휘두르자 흰 구름이 뭉게뭉게 피어나고, 하늘에서 별이 뚝뚝 떨어지고, 허공에서 응애응애 어린애 울음소리가 들리는 것이 무엇이냐?"

할머니가 낸 옛날이야기같이 긴 으스스한 수수께끼를 아는 손자 손녀들이 있을 턱이 없었다. 할머니는 아이들을 데리고 어머니가 목화솜을 타는 건넌방으로 갔다. 방에는 어머니가 씨아틀로 씨아질을 하고 있었다. 바구니에 담긴 목화송이를 씨아틀에 넣고 곰배팔 같은 손잡이를 돌리면, 목화솜은 틀 뒤로 흰 구름처럼 뭉게뭉게 밀려나 쌓이고, 목화씨는 앞으로 뚝뚝 떨어지며 '삐애삐애' 이상한 소리를 냈다. 똑 아기 울음소리 같은 그 소리는 목화송이에서 씨를 발라내는 씨아틀 소리였다.

예닐곱 살 적이던 그때부터 나는 해마다 가을이면 어머니가 목화솜을 타는 방에 들어가 곰배팔 같은 손잡이를 돌리며 환상적인 장면을 체험하고는 했었다. 우리 집은 목화를 많이 심어 가을이면 집안이 온통 목화 천지였다. 목화송이를 타서 목화솜을 만들고, 물레로 무명실을 자아 베틀에서 광목을 짠다. 우리 할머니는 며느리가 셋인데, 어머니가 둘째였다. 삼동서는 가을에서 이듬해 봄까지 목화솜을 타고, 물레에 실을 잣고, 베틀에 앉아 쩔꺽쩔꺽 광목을 짜는 것이 일과였다. 하루 온종일 삼동서가 겨끔내기로 베를 짜면, 네댓새 만에 광목 한 통이 베틀에서 떨어졌다. 광목 한 통은 120마, 약 10미터가 넘는다. 그때 광목 한 통이 쌀 두 가마 값이었다는 것이 기억에 남아있다. 그러나 광목 한 통이 베틀에서 떨어질 때마다 할머니의 세 며느리 생명이 한 치씩 줄 어든다는 사실을 당시는 알 턱이 없었다.

목화꽃은 무궁화만큼 크고 노란색 분홍색으로 탐스럽고 예쁘다. 꽃이 지면 열매가 맺히며 빠르게 커진다. 여름이 되면 열매가 다래만큼 커지는데, 그것을 목화 다래라고 했다. 다래처럼 길 쭉한 열매는 다래만큼 달고 수분이 많았다. 그래서 아이들은 목 화밭에 들어가 목화 다래를 주머니 생긴 대로 따서 담다가 주인 이 나타나면 냅다 줄행랑을 놓곤 했다. 허기진 배에 목화 다래는 점심 한 끼가 되곤 했었다. 하여 할아버지와 할머니는 꼭두새벽 부터 목화밭을 지키는 것이 일과였다. 그렇게 한 보름만 지켜 열 매가 커져 씨가 생기면 먹지 못한다. 삼복이 지나 찬바람이 나면 열매가 저절로 터지며 하얀 솜이 꽃처럼 비어져 나와 목화송이가 되었다. 그래서 목화는 꽃이 두 번 핀다고 말한다.

고려 공민왕 13년(1364) 문익점이 원나라에서 목화씨를 가져 왔는데, 조선이 개국 되며 목화는 전국에서 재배되어 조선 백성 은 한겨울 추위를 면하게 되었다. 문익점은 혼란한 고려 말에 두 번이나 반역에 가담했으나 목화씨를 가져온 공로로 살아남았고,

고려가 소멸되고 조선이 개국 되어 벼슬이 좌사의대부에 이르렀
다. 조선 백성들은 포근한 솜이불을 덮고, 솜을 넣고 지은 따듯한
옷을 입으며 문익점을 입이 마르도록 칭송했을 것이다. 그로부터
600여 년이 지난 1960년대에 우리 할머니는 목화솜을 탈 때마다
문익점 이야기를 손자들에게 들려주곤 하던 기억이 생생하다. 그
래서 나는 세종대왕보다 문익점을 먼저 알고 세상에서 젤로 훌륭
한 사람으로 여겨 존경하게 되었다.

책을 펼쳐도 집중되지 않고 어릴 적 추억만 떠오른다. 창문 커
튼을 닫고 의자를 밀어 침대를 만들고 누웠다. 넓지 않은 기내는
조용해졌다. 금방 잠이 들것 같지만, 정신은 말짱하게 옛 추억에
서 벗어나지 못했다.

프랑크푸르트 공항으로 나를 마중 나올 준비를 하고 있을 형
님이 생각난다. 나보다 일곱 살 위인 형님은 1965년 28세 때 광부
로 독일에 갔었다. 그때 나는 군에 입대하여 월남전에 참전하고
있었다. 내가 월남전에서 귀국하여 군에서 제대했을 때, 형님은
3년 만기의 채탄 광부에서 벗어나 독일 GM자동차 회사에 취업이
되었다. 그해 국적을 독일로 바꾸고 한국 간호사와 결혼을 했었
다.

형님이 두 남매를 데리고 처음으로 한국에 온 것이 1982년 여
름이었다. 형님이 독일에 간 지 11년 만이었고, 큰아이 딸이 일곱
살, 아들이 다섯 살 때였다. 나는 당시 서른세 살로 고등학교 국

어교사였다. 형님은 그 뒤부터 2, 3년에 한 번씩 한국에 나오곤 하였다. 2005년 두 부부가 정년퇴임을 한 뒤부터는 처가 근처인 오산시에 작은 아파트를 사놓고는 매년 한 반씩 와서 두서너 달씩 머물다 가곤 하였다.

잠인지 꿈인지 비몽사몽간에 일어났는데, 여승무원이 저녁 식사 주문을 청했다. 점심에 먹었던 스테이크를 주문했다. 나는 어떤 한 가지에 집착하거나 몰두하면 좀처럼 헤어나거나 털고 벗어나지 못한다. 그 버릇이 내 직업인 소설 쓰기에는 큰 장점이 되기도 하지만, 대인관계나 경제적으로는 적잖이 손해를 보는 경우가 더러 있다. 이번 여행에서 나는 외식으로는 매번 스테이크를 먹을 것 같아 지레 겁이 난다.

한국에는 오후 8시면 밤이지만 비행기 창밖은 벌건 대낮이었다. 아직 네 시간은 더 가야 프랑크푸르트 공항에 내린다. 앞뒤 좌석의 승객이 창문 커튼을 내리자고 말했다. 나는 책을 보고 싶지만 어쩔 수 없다. 내 왼쪽 옆의 창문 커튼을 내리면 수면에 딱 알맞은 조명이 되었다. 하기는 이 시간이면 서울은 한밤중이다.

소변이 마려워 잠에서 깨보니 독일 시간으로 오후 4시다. 이제 한 시간만 더 가면 될 것이다. 커튼을 열고 밑을 보니 독일 어느 지역 상공을 날고 있었다. 거의 평지나 다름없는 드넓은 땅에 밀림이 울창하고 간간이 노란색의 경작지가 보였다. 비행기에서 보이는 저 면적이면 땅에 서서 보면 그 끝이 안 보일 것이다. 간간이 집단 주거지가 보이지만 넓은 땅이 숲이고 경작지다. 저 드넓은 밭에 무슨 농작물이 자라고 있을까 자못 궁금했다. 고등학교 졸업할 때까지 농촌에서 자랐으니 당연한 궁금증이다.

마침내 프랑크푸르트 공항에 착륙한다는 안내방송이 나왔다. 비즈니스석의 승객은 거의 외국인인데, 숨소리도 없이 조용하다. 이윽고 비행기가 착륙했다. 활주로를 한참 달려가서 비행기가 멎고 승객들이 내릴 준비를 하는데, 안내 서비스를 신청한 항공사 직원이 기내까지 들어와 나를 안내했다. 둘째 딸은 프랑크푸르트 공항은 엄청 넓다면서 안내 서비스를 신청해 놓았었다. 독일 말을 못 하는 내가 짐 찾는 곳을 몰라 헤매면 큰일이겠다 싶어 나도 승낙했었다.

과연 안내 서비스를 청하지 않았으면 큰일날 뻔했다. 비행기에서 내려 멀기도 하지만, 짐 찾는 곳이 두 군데였다. 아시아나 항공기 이착륙 지점은 공항 서쪽 끝에 있었다. 항공사 직원도 두세 번 전화를 하여 확인하고 나를 짐 찾는 곳에 안내했다. 사람들 틈에 서자마자 내 가방 두 개가 저만큼 보였다. 비즈니스석 승객은 27kg 가방 두 개를 갖고 갈 수 있어서 이것저것 가방을 채웠다. 한국 사람인 항공사 직원은 출구까지 안내했는데, 형님 부부가 나를 보고 달려왔다.

공항은 정말 넓었다. 기차를 타고 5분쯤 가서 내려 주차장까지

10여 분을 걸어야 했다. 형님은 이 공항이 인천 국제공항만큼 넓다고 했다. 공항에서 복흠시 형님 집까지 자동차로 2시간 걸리지만 길이 막히면 3시간 이상 걸리기도 한단다. 승용차 운전은 형수가 했다.

왕복 8차선인 고속도로에는 차가 빼곡하게 달리고 있었다. 그런데 이상한 것이, 그 많은 차들 중에 고속버스나 노선버스는 한 대도 보이지 않았다. 공사장 대형 화물차도 없다. 1·2차로는 승용차나 승합차, 3·4차로는 화물차가 달리는데, 화물차 모두가 대형 탑차였다. 하도 궁금해서 형님께 물었다.

"형님, 저 많은 화물차가 대체 뭘 싣고 다닙니까?"

"생활필수품은 물론 공업용 부자재도 독일은 탑차가 수송한다. 덮개가 없는 차에는 물건을 실을 수 없어."

"그렇군요. 한데, 버스가 한 대도 안 보여요. 고속버스 운행도 안 하나요?"

"독일은 고속버스라는 게 없어요. 관광버스는 가끔 보이지만 고속도로에 한국처럼 노선버스는 없어. 그게 왜 그런지는 나두 모르지만, 집집마다 차가 식구 수대로 있으니 장거리 버스 탈 이유가 없겠지."

한 시간 이상 달려와서 휴게소에 들어갔다. 넓은 주차장에 대형 화물차가 질서 정연하게 서 있었다. 승용차와 승합차는 그리 많지 않다. 참 대한민국과는 달라도 너무 다른 나라라고 생각하머 형님 뒤를 따라 휴게소에 들어갔다. 쿠키를 굽는 구수한 냄새가 배고픈 속을 홀랑 뒤집었다. 그러나 화장실이 급하다. 화장실 앞에서 형님이 동전을 기기에 넣자 입장권이 나왔다.

"형님, 휴게소 화장실인데 돈을 받아요?"

"그럼, 독일은 화장실마다 돈을 받는다."

"얼만데요?"

"7센트."

나는 깜짝 놀랐지만 급해서 형님이 주는 표를 받아 들어가는데, 우리나라 전철 개패기 같은 입구였다. 소변기 앞에서 지퍼를 내리고 소변 파이프를 꺼내 들고는 기겁을 했다. 내 소중한 물건이 소변기에 걸쳐야 할 만큼 변기가 높았다. 깨금발을 하고 오줌을 눌 수도 없어 양쪽 검지손가락으로 파이프를 받들어 올리고 볼일을 보며 계산해 보니 오줌 버리는 값이 우리 돈으로 875원이다. 자기들 키만 계산해서 소변기를 이렇게 높이 설치하고 돈은 호되게 받아먹는다고 구시렁거리며 일을 보고 돌아서서 지퍼를 올리며 앞을 보니 이런 빌어먹을, 나지막한 소변기 4개가 나란히 있는데, 덩치가 나만이나 한 아이 둘이 히히덕거리며 오줌을 누고 있었다. 내 좁은 소갈머리가 스스로 민망스러워 화장실에서 나오자, 형님이 표딱지를 달라고 했다. 건네주며 물었다.

"그걸 뭐하게요?"

"휴게소에서 물건 살 때 표를 주면 5센트를 감해주는 거야."

나는 또 한 번 놀랐다. 결국 소변 버리는 값은 2센트, 250원이었다. 세 사람이 소변을 보았으니 1유로 5센트, 1,875원 돌려받는 셈이었다. 결국 장삿속의 한 단면이겠지만 내 소견머리로는 도대체 이해가 되지 않아 고개가 저절로 도리질이 되었다. 출출한 배에 음식 냄새가 좋아 저녁을 먹고 가자고 했다. 시간도 7시가 넘어 식대를 내가 낼 요량으로 말했는데 형수가 대답했다.

"간단하게 음료나 마시고 그냥 가요. 집에 맛있는 저녁을 준비하고 있어요. 한 30분이면 집에 가는데 뭐."

"그래요? 그럼 가야죠."

우리는 다시 차에 올라 출발했다. 그럴 것이다. 15년 만에 오는 작은아버지를 위하여 조카딸과 독일 여자인 조카며느리가 저녁준비를 하는 게 당연하다. 시장기는 음식 냄새와 분위기에 민감하게 반응한다. 든든하던 뱃속도 남들이 먹는 모습과 그 냄새에 금방 뒤집어지며 배가 고파졌다. 그러나 잠시 뒤면 맛있는 저녁을 먹을 수 있다는 기대감으로 즐거웠다. 양식일까 한식일까? 독일에서 나고 자란 아이들이 한식을 만들 턱이 없다. 세계적인 맛이라는 독일 소시지구이 아니면 등심 바비큐일 것이다. 나는 고기를 좋아한다. 적어도 일주일에 두세 번은 고기를 실컷 먹어야 직성이 풀린다. 이번 여행에서 고기 한번 원 없이 먹어볼 것이다.

7시 30분인데 차가 낯익은 길로 들어갔다. 15년 전에 보았던 길과 주위 풍경이 그대로다. 복흠시 외곽의 주택가에 형님 집이 있다. 결혼할 때 산 집인데 35년째 살고 있다. 주차장에 차를 대고 가방을 내렸다. 가방을 밀고 집에 들어갔는데 조용하다. 조카들이 왔다면 손자가 셋일 것이다. 처음 보는 작은 할아버지라 서먹하겠지만 이렇게 조용할 수는 없다.

현관으로 들어가 형님 뒤를 따라 안으로 들어가도 인기척이 없다. 먼저 들어간 형수가 2층 주방에서 내려오는데, 그 뒤에 한국 여자가 서서 방긋 웃으며 말했다.

"어서 오세요. 함학준 선생님, 반갑습니다."

나는 어안이 벙벙하여 무르춤하니 서서 허리만 꾸벅하다가 인사를 받았다.

"아ー 예! 저도 반갑습니다."

인사를 하며 형님을 따라 가방을 거실에 놓고 주방으로 올라갔다. 식탁에는 과연 그릴에 구운 소시지와 바비큐가 차려져 있고, 야채와 소스 등이 앉으면 바로 먹을 수 있도록 준비되어 있었다.

화장실에 들어가 손을 씻고 식탁에 앉았다. 형님과 내가 나란히 앉고, 형수와 여자가 마주 보고 앉았다. 형수가 말했다.

"먹기 전에 우선 인사부터 해야죠. 삼촌, 이쪽은 내 고향 후배예요."

내 또래로 보이는 여자가 배시시 웃으며 인사를 했다. 얼핏 보아도 눈이 크고, 코가 오똑한데 웃으면 보조개가 파이는 예쁘장한 얼굴이었다.

"윤소희라고 합니다."

나는 여자가 내미는 작은 손을 잡으며 나를 소개했다. 덩치에 비해 손이 참 작다고 생각했다.

"함학준입니다. 만나서 반갑습니다."

"저도 반갑습니다. 선생님 소설 많이 읽으며 존경스러웠습니다."

형님 집에는 내 책이 20여 권 있을 것이다.

"고맙지만, 쑥스럽습니다."

형님이 말가리 들었다.

"자, 이제 먹으면서 얘기하자구. 배고프잖아."

가장 반가운 말이다. 나는 우선 노릇노릇 잘 구워진 베이지 빛깔의 굵은 소시지를 포크로 찍어 접시에 담았다. 형님이 냉장고에서 발렌타인 21년산을 들고 와서 앉아 잔에 따르고 건배를 했다.

"반갑습니다!"

술맛도 소시지 맛도 기막히다. 역시 음식 맛은 분위기에 민감하다.

"형수님이 집에서 맛있는 저녁을 준비한다고 해서 조카들이 온 줄 알았는데, 잠시 놀랐습니다. 소희 씨 잘 먹겠습니다."

여자는 금방 얼굴이 발갛게 달아오르며 손으로 입을 가리고 말했다.

"어머나, 제 이름을 남자가 불러주시니 황홀하네요. 정말 고맙습니다."

나는 여자의 표정과 그 몸짓에서 꽤 오랫동안 혼자 사는 여자라는 걸 느낄 수 있었다. 그 느낌과 함께 독일에 머무는 동안 상상치 못했던 일이 일어날 수 있겠다는 예감이 들었다. 한데, 그 예감이 즐거워지는 것은 인간의 본능일 것이라는 생각으로 분출하는 기분을 찍어 눌러야 했다.

"삼촌, 애들은 바빠서 다음 주 토요일에 온다고 했어요. 월요일에는 베를린에 가는데, 호텔을 민규가 예약했어요."

형수의 말을 형님이 받았다.

"월요일에 베를린에 가서 사흘 밤 자고 온다. 그리고 금요일 네덜란드에 가서 1박하고, 밤 여객선으로 영국 런던에 간다. 런던에서 2박하고 밤 여객선으로 네덜란드에 와서 집에 오는 여행 계획을 잡았다. 파리나 스위스는 먼저 왔을 때 갔었으니까 그렇게 잡았는데 괜찮지?"

"그럼요. 제가 모두 가보고 싶던 곳입니다. 그런데, 교통편은 어떻게 하나요?"

형수가 대답했다.

"베를린은 우리 차로 가고, 네덜란드와 런던은 여행사로 가요.

그리고 퀼른은 가까우니까 기차 타고 가서 하루 관광할 거예요. 그것만 해도 일정이 빠듯해요."

식사는 듣고 말하고 먹으며 계속했다. 소희 씨가 좀 열없은 표정과 몸짓으로 말했다. 딴에 좀 미안한 말을 할 때는 손을 모아 잡고 몸을 약간씩 좌우로 움직이는 것은 버릇인 모양이었다.

"선생님, 그 여행에 저도 따라가는데, 괜찮겠지요?"

나는 스테이크 한 조각을 포크에 찍어 들고 잠시 멍했다. 여자에 대한 첫 느낌과 예감이 현실로 맞아떨어지고 있나는 생각으로 머리가 복잡해졌다. 내가 구태여 싫어할 이유가 없다. 그러나 내놓고 반기기는 멋쩍었다.

"아, 그렇게 됐습니까? 저야 뭐 좋습니다."

"소희가 삼촌 소설에 홀랑 반했다니까요. 삼촌이 부담스러워할까 봐 내가 말렸지만 굳이 가겠다고 하네요."

"장거리 운전을 두 사람이 번갈아 해서 좋고, 차도 네 사람이 타면 딱 좋으니까 나도 좋다고 했다."

나는 속으로, '형님, 잘하셨습니다.' 하고 감사하며 대답했다. 사실 15년 만에 형님 부부와의 여행은 좀 서먹할 수도 있는데, 소희 씨가 끼면 윤활유 역할이 될 수도 있을 터였다.

"형님, 잘 됐습니다. 즐거운 여행이 되겠군요."

내가 너무 좋아했는지, 형님 부부가 이상한 눈짓을 주고받았다. 나는 머쓱해서 술잔을 얼른 비우고는 식은 소시지 도막을 우적우적 씹었다. 형님도 젊어서는 술을 잘했지만 일흔이 넘으면서부터 형수의 성화로 술을 자제하고 있다. 형수는 술을 별로 좋아하지 않는데, 소희 씨는 곧잘 마셔 얼굴이 발갛도록 술이 오르고 말이 헤퍼지는 듯싶었다. 결국 둘이 위스키 한 병을 비우고 식사를 끝냈다.

일곱 시간의 시차에도 불구하고 나는 푹 자고 일어났다. 시계를 보니 6시 20분이었다. 작가들은 밤에 작업을 하는 사람이 많다지만 나는 낮에만 작업을 한다. 아침 6시경에 일어나 운동을 하고 나면 7시 30분이다. 한 시간 아침을 먹고 9시경부터 일을 시작하여 오후 7시에 컴퓨터를 끈다. 그때부터 자유시간이다. 술도 마시고 친구도 만나고 영화도 본다.

여기서는 운동기구가 없으니 맨손체조를 한 시간 했다. 나는 운동 중독에 걸린 셈이다. 아침에 운동을 하지 않으면 하루 종일 몸이 찌뿌드드하고 기분도 그렇다. 샤워를 하고 1층 거실에 내려가니 형님이 신문을 보고 있다. 인사를 하고 정원으로 나왔다. 15년 전에 어리던 나무들이 내 넓적다리만큼 굵어지고 숲으로 우거졌다. 주변이 단독주택들이라 집집마다 나무가 울창하다. 울창한 밀림 속에서나 들을 법한 온갖 새들이 다투어 지저귄다. 그중에 귀에 익은 새소리가 있었다. 멧비둘기 소리가 분명한데, 버터와 치즈를 먹은 독일 소리로 울어서인지 맺고 끊음이 분명치 않고 얼버무리는 소리였다. 형님께 물으니 분명 멧비둘기인데, 한국 비둘기보다 곱절은 크다고 말했다.

우리나라 멧비둘기 소리는 리듬이 있고 스토리가 있어 구슬프게 들린다. 모든 새들은 지저귀는 소리가 아름답고, 짧은 고음에서 내려가는 끊음에 굴곡이 지지만, 멧비둘기는 굴곡 없이 리듬이 있고 지저귐이 길다. 그 울음소리를 사람들은 이렇게 표현한다.

－계집 죽고 자식 죽고, 헌 누더기 목에 걸고 혹

－계집 죽고 자식 죽고, 서러워서 어찌 살꼬 혹

우리나라 멧비둘기 목의 좌우에는 정말 헌 누더기를 두른 것 같은 무늬가 있다. 멧비둘기는 봄에 짝짓기 시기에 주로 많이 우는데, 옛날 아낙네들은 보리밭을 매며, '지집 죽고 자식 죽고…….' 따라 하며 눈물짓곤 했었다. 멧비둘기는 꼭 소나무에만 둥지를 트는데, 높은 나무가 아니라 사람 키 높이 정도의 소나무 가지에 엉성하게 집을 지어 밑에서 보면 알 두 개가 훤하게 보인다. 알이 부화할 시기가 되면 어미 비둘기는 사람이 가까이 가도 날아가지 않아 사람이 덥석 움켜잡기 일쑤다. 그래서 수컷 비둘기는 암컷과 알을 한꺼번에 잃고는, '지집 죽고 자식 죽고…….' 구슬프게 운다고 한다. 비둘기는 알을 딱 두 개만 낳는다. 그래서 어른들은 아이들에게 비둘기고기나 알을 먹지 못하게 했다. 요즘 같으면 산아제한용으로 일부러 먹일 것이다.

날짐승들은 알을 품기 시작하여 부화할 시기가 되면 모성애가 극에 달한다. 알을 하루에 하나씩 낳는데, 알을 낳을 때는 천적이나 인기척이 있으면 바로 날아간다. 그러나 알이 부화할 기미가 있으면 천적이 가까이와도 버틸 때까지 버티다가 날아간다. 날아가서도 둥지 근방에서 마치 금방 죽을 듯이 의태를 보여 적을 둥지로부터 멀리 유인하고는 휙 날아간다.

특히 꿩은 양지바른 땅에 둥지를 튼다. 까투리는 알이 부화할 시기가 되면 깃털이 낙엽과 땅 빛깔로 위장이 되는데. 천적이 앞에까지 와도 날아가지 않는다. 하여 꿩이 사람 눈에 먼저 띄면 몽둥이나 돌에 의해 그대로 잡힌다. 그래서 '꿩 먹고 알 먹고'라는 말이 생겼다. 지금은 좀 잔인한 말이 되었지만, 내가 어릴 적에는 꿩을 잡고 알까지 주워 오면 그만한 횡재가 없었다.

새알 이야기를 꺼냈으니 말이지만, 나는 중학교 때 새알을 채집한 적이 있었다. 굴뚝새에서부터 물총새, 뻐꾸기, 새매, 백로, 부엉이 등 텃새부터 철새까지 40여 종의 크고 작은 새알을 채집하였는데, 한 둥지에서 딱 한 알만 꺼내오곤 했었다. 5, 60년대는 시골 어디를 가나 여러 종류의 새가 참 많았다. 새알의 색깔은 둥지를 트는 장소와 새의 특징에 따라 다르다. 꿩은 땅에 둥지를 틀기 때문에 파랗고, 물총새나 호반새알을 어미 새 배 깃털 색처럼 발그무레하다. 물떼새나 할미새는 자갈밭에 둥지를 틀어서 보호색 갈색 무늬로 알록달록하고, 원앙이나 물오리알은 갈색이다.

높은 나무나 바위틈에 둥지를 트는 새알은 하얗다.

올빼밋과 새들의 알은 탁구공처럼 동그랗다. 가장 작은 굴뚝
새부터 날지 못하는 새 타조까지 모두 알이 타원형이지만 올빼
미, 부엉이, 소쩍새 등은 알을 3~6개까지 넣는데 크기만 다를 뿐
모두 동그랗다. 그런데, 맨 처음 낳은 알은 약간 타원형이다. 그
원인이 무녀리 알은 힘들여 낳았기 때문이라고 나는 생각한다.
또한 알이 동그란 것은 올빼밋과의 새들 눈이 모두 크고 동그랗
기 때문일 것이라고 생각하지만 참으로 신비롭다. 대자연의 신비
함이 어찌 그뿐일까마는 부엉이나 소쩍새 소리를 들을 때마다 동
그란 알과 동그란 눈망울이 떠올라 혼자 하믓하게 웃곤 한다. 나
는 지금도 새들의 짝짓기 철이 되면 비교적 깊은 산에 들어가 온
갖 새들의 청아한 노래를 듣는 것이 즐겁다. 짝을 부르는 새들의
각기 다른 소리는 아름답고 신비로워 몸과 마음이 정화되는 것을
느낄 수 있다.

형수가 아침을 먹자고 불렀다. 식탁에는 주먹만 한 타원형의
빵과 얇게 썬 치즈와 햄, 버터, 토마토, 삶은 계란, 바나나가 있었
다. 내가 갖고 온 따끈한 라면을 먹고 싶지만 생각일 뿐이다. 형
님을 따라 나이프로 빵을 절반으로 가르고, 빵의 크기인 치즈와
햄을 함께 얹어 베어 먹는다. 맛이 썩 괜찮다. 목이 메면 슴슴한
원두커피를 국국물 삼아 마셨다. 이런 음식이면 식거나 굳지 않
으니 대화를 나누며 식사를 하기에 제격이다. 나는 소희 씨가 어

떤 여자인지 물었는데 형수가 대답했다.

"내 고향 후배예요. 나이는 나보다 네 살 아래 예순여섯인데, 내가 독일에 오는 것을 보고 간호대학을 나와서 병원에 1년 있다가 76년에 독일에 왔어요."

"그렇군요. 제가 보기에는 혼자 사는 것 같던데, 아닌가요?"

"어머나, 그걸 어떻게 알았어요?"

형님이 거들었다.

"이 사람아, 그러니 소설가지."

형수가 좀 심각한 얼굴이 되며 말했다.

"그러잖아도 그래서 은근히 걱정이 돼요. 15년이 넘도록 혼자 사는 여잔데, 성격으로 봐서도 그렇고 삼촌한테 어떻게 할까 봐 겁이 난다니까요."

형님이 깊은 눈으로 나를 보았다. 부부가 그 문제로 걱정을 하고 있었음이 분명하다. 나도 은근히 겁이 나면서도 기대감이 있는 것도 사실이다. 그러나 속내를 보일 수는 없다.

"형수님, 제가 어린앱니까? 걱정마세요. 한데, 결혼을 안 했나요?"

"했지요. 독일 남자와 결혼을 했는데, 이혼했어요. 두 남매가 있지만 둘 다 독립해서 나갔어요."

나는 점점 묘한 기분이 되었다. 여기는 한국에서 머나먼 나라다. 예순일곱이지만 나는 아직 젊고 건강하다. 3년 전에 느닷없는 사고로 아내를 잃고 혼자 살고 있다. 소희 씨도 그걸 알고 있을 것이다. 그렇다면 우리는 자연스레 뭔 일이든 이루어질 수도 있다. 간밤에 그 여자의 눈빛과 몸짓에서 나는 그 낌새를 눈치챘다. 형님 부부도 당사자인 나도 소희 씨도 홀아비 과부의 인지상정을 어쩌지 못할 것이다. 그저 몸과 마음이 동하는 대로 시간과 장소에 따라 대처하면 될 일이다.

아침 식사를 끝내고 차를 마시며 나는 형수에게서 소희 씨에 대한 자세한 정보를 얻었다. 내가 그 여자를 어느 선까지 상대해야 할지를 가늠하려면 그 내력을 아는 것이 우선이고 중요하다.

점심을 먹고 형님과 마주 앉아 이야기를 나누는데, 형수가 녹차를 들고 와서 앉으며 말했다.

"삼촌, 소희가 저녁을 대접하겠다며 자기 집으로 오라고 하는데 어때요?"

나는 잠시 멍했다. 이토록 빠르게 나올 줄은 몰랐다. 얼핏 생각해도 거절할 일은 아니다. 그렇다고 먼저 선뜻 나서기도 멋쩍었다.

"저야 뭐 괜찮지만, 형님은 어떠세요?"

"그럼 뭐야, 동생만 오라는 게여?"

형수는 펄쩍 뛰었다.

"그걸 말이라고 해요? 그렇다면 내가 삼촌을 못 보내지."

난 잠시 멍해진다. 혼자라면 못 보낸다니! 하긴 생각해 보니 그렇다. 나 혼자 과붓집을 속 보이게 너털거리며 갈 수는 없겠다.

"에이, 형님. 저도 혼자 오라면 못 가겠네요."

"그러니까 하는 말이지. 우리 다 같이 간다면 좋잖어."

"형수님, 집이 멀어요?"

"아니, 걸어서 10분도 안 걸려요. 내가 전화할게요."

소희 씨의 집은 구조가 형님 집과 비슷했다. 외형이 비슷하니 내부도 그럴 것이다. 꽃을 좋아하는지 집안 공간마다 화분이 놓여 있는데, 화려한 꽃을 피운 군자란 화분이 셋이다. 혼자 사는 여자들 집에 대부분 화분이 많다. 집안을 대충 들러보고 식탁에 앉자, 주인이 녹차를 내놓으며 말했다.

"칼국수를 했는데 끓이기만 하면 됩니다. 잠시만 기다리세요."

나는 귀가 번쩍 띄었다. 대체 칼국수라니! 그러나 이내 시큰둥해졌다. 스물대여섯에 독일에 왔을 여자가 장만한 칼국수라면 오죽하랴 싶었다. 잠시 뒤에 형수가 김치와 간장, 고추장을 차리고, 주인이 하얀 사기대접에 담긴 칼국수 두 그릇을 내왔다. 나는 국수를 보고 깜짝 놀랐다. 어릴 적 고향에서 먹던 그 칼국수가 아닌가! 칼국수 냄새까지 그대로였다. 네 사람이 국수 그릇을 놓고 마주 앉았다.

"아니, 소희 씨가 어떻게 이런 칼국수를……!"

"삼촌, 소희 칼국수 솜씨는 우리 교민들이 알아주는 실력이라구요. 어서 맛을 보세요."

나는 우선 국물 맛을 보고 젓가락으로 면을 집어 올렸다. 알맞은 두께에 가는 면발이 칠칠하다. 먹어보니 강원도와 경상북도 사람들이 즐겨 먹는 칼국수 맛 그대로였다. 국물은 멸치와 다시마로 냈을 것이고, 밀가루에 콩가루를 섞었음이 분명하다. 서울 경동시장 지하 식당가에 있는 안동집 칼국수가 이 맛이고, 청계 5가 방산시장 뒷골목의 홍두깨칼국숫집 맛이 딱 이렇다. 간장에 매운 고추를 다져 넣은 것까지 똑같다.

"정말 놀랍습니다. 소희 씨가 대체 이런 맛을 어떻게 냅니까?"

"제 고향이 충북 제천입니다. 중학교 때까지 제천에 살았는데, 엄마가 지겹도록 칼국수만 해서 먹였어요. 한국에서는 냄새도 맡기 싫었는데, 여기서 살다 보니 그 맛이 자꾸만 생각나서 아주 가끔 해서 먹어요. 맛이 어때요?"

"그렇군요. 아주 좋아요. 내 입맛에 딱이네요. 그런데, 콩가루며 이런 재료를 어디서 구해요?"

"한국에서 친정 식구들이 올 때 가져와요. 그래서 아껴두고 가끔 해 먹어요."

형님이 말가리 들었다.

"우리도 어릴 때 지겹도록 먹었던 칼국수 아니냐. 그때는 멸치 다시마가 어디 있어, 오직 간장과 소금이었지."

"그럼요. 서울에 지금도 이런 칼국수 하는 집이 더러 있어요. 저는 시내에 나가면 가끔 일삼아 찾아가서 먹어요."

저녁 식사에 술이 없을 수는 없다. 술은 조니 워커 블랙라벨에 안주는 견과류와 치즈였다. 소희 씨는 술이 오르자, 친정 식구들 때문에 이혼을 하게 된 사정을 좀 지루하게 털어놓았다.

소희 씨는 오빠 둘과 남동생, 여동생이 있는데 네 사람이 번갈아 하도 뻔질나게 와서 지겨웠다고 했다. 오면 보통 한 달, 때로는 두 달 장간이나 묵삭이다 가곤 하였는데, 그게 매년 계속되었다. 그러다가 15년 전에는 사업을 하던 둘째 오빠가 부도를 내고 독일로 도망을 왔다고 했다. 몇십억 부도를 내고 곧바로 도망을 왔는데, 나중에 지명수배가 내려 오도가도 못하게 되어 1년 반을 묵삭이자, 남편이 더는 못 살겠다고 하여 이혼을 하게 되었다고 했다. 오빠는 결국 한국으로 잡혀갔는데, 이혼을 하자 막내 여동생이 얼씨구나 하고 유학을 와서 이태나 치다꺼리를 하면서 치를 떨었다고 했다.

소희 씨는 독일에 온 뒤로 부모님이 돌아가셨을 때 두 번 한국에 갔는데, 결국 형제들과 대판으로 싸우고 5년 전부터 발길을 끊었다며 속이 후련하다고 했다. 말은 그렇게 하면서도 눈에는 눈물이 어리었다. 참 착한 여자라고 생각되었다. 착한 사람은 복을 받게 마련이다. 두 남매가 잘 자라서 아들은 비뇨기과 의사가 되었고, 딸은 복흠시청 공무원이라고 했다.

여자의 신세타령을 듣다 보니 11시가 넘었다. 형님 부부가 그만 가자고 일어섰는데, 주인이 잠시 머뭇거리더니 형수에게 말했다.

"언니, 선생님과 좀 더 얘기하고 싶어요. 형부랑 먼저 가세요. 술도 남았으니 마시고 제가 모셔다드릴게요."

나는 그만 이러지도 저러지도 못하고 엉거주춤하다가 화장실로 들어갔다. 형수의 좀 높은 목소리가 들리고 소희 씨의 작은 말소리가 들렸다. 화장실에서 나오자 형수가 물었다.

"삼촌, 더 있다가 오실래요?"

나는 어정쩡한 얼굴로 형님 눈치를 슬쩍 보았다. 여자가 잡는 걸 뿌리치고 가면 남자가 체면이 말이 아니다. 차마 하기 어려운 말을 그야말로 어렵사리 한 여자의 입장을 보아서라도 그렇다. 스스로 방패막이를 하고는 대답했다.

"먼저 가세요. 저도 금방 뒤따라가겠습니다."

"그럼, 먼저 간다. 술 너무 먹지 말구 금방 와라."

형님의 시원스런 말에 나는 긴 한숨이 나왔다. 짧지만 참 길고 난처한 시간이었다. 형수는 잔뜩 우거지상을 하고는 소희를 잠시 바라보다가 나갔다. 나는 면구스러워 식탁에 앉아 위스키를 따랐다. 현관문까지 배웅한 주인이 마주 앉으며 말했다.

"낯이 뜨겁고 속이 간지러워 혼났네요. 그렇지만 선생님과 더 얘기하고 싶은 걸 어떡해요. 제 욕심이었나요?"

잠시 당황했다. 대답하기가 참 어렵다. 그래도 해야 한다.

"사실은 나두 그랬어요. 형수 눈치 보이고 민망스럽고, 근데 우리가 왜 그래야 하죠?"

"그러게 말이에요. 이제 생각하니 그렇네요. 암튼 잘 됐군요. 선생님, 우리 이제부터 맘 놓구 술 마셔요."

그 기분은 나도 그렇다. 맘 편히 마실 수 있는 술자리는 즐겁다. 소희 씨가 내 잔에 술을 따르고, 얼음을 채운 자기 잔에 술을 따랐다. 내가 잔을 들고 건배를 했다.

"우리 둘만의 즐거운 시간을 위하여."

소희가 술을 한 모금 마시고 까르르 웃으며 화답했다.

"우리 둘만의 시간, 참 듣기 좋은 말이네요. 이런 기분, 이런 시간 난생처음이네요."

듣고 보니 그건 나도 그렇다. 이런 시간 이런 기분을 어디서 또 가질 수 있을까. 그냥 즐기면 된다. 술은 반병이 넘게 남아있다. 저걸 다 먹으면 취할 것이다. 나는 새삼스레 여자의 얼굴을 바라보았다. 얼굴이 동그스름하니 복스럽게 생겼다. 술이 올라 발그레하던 얼굴이 내 눈길을 의식하고 발갛게 달아오른다. 내가 면구스러워 술잔을 들자, 여자가 잔을 들어 부딪쳤다. 술잔을 단숨에 비운 여자가 빈 술잔을 들고 내 옆자리에 앉았다. 갑작스런 행위에 나는 흠칫 엉덩이를 빼지만 좁은 의자일 뿐이다.

여자의 잔에 술을 따르며 에멜무지로 물었다.

"소희 씨, 술이 세군요. 얼마나 마셔요?"

"맘 놓구 마시면 저거 반병. 기분 좋으면 더 마실 수도 있구요.

선생님은요?"

"나두 그래요. 젊어선 기분 좋으면 한 병두 마셨거든요."

여자가 술잔을 들고 나를 빤히 들여다보았다. 가슴이 울렁하고 얼굴이 화끈해서 얼른 술잔을 들어 부딪쳤다. 여자가 술을 입매만 하고는 내 목에 팔을 감으며 촉촉한 목소리로 말했다.

"선생님, 저 한 번만 안아주세요."

나는 돌아앉으며 여자를 안았다. 가슴에 여자의 뜨거운 몸이 덜컥 실렸다. 정신을 차릴 겨를도 없이 내 입술이 점령당했다. 긴 시간을, 숨이 막히도록 긴 시간 동안 여자는 내 입술을 탐했다. 마침내 얼굴을 뗀 여자가 나를 올려다보다가 다시 가슴에 안기며 따뜻하게 젖은 목소리로 말했다.

"선생님 오실 때만 눈이 빠지게 기다렸어요. 참 죄송한 말이지만, 사모님이 돌아가셨다는 소식을 들은 뒤부터 그랬어요. 제가 나쁜 여잔가요?"

눈물이 홍건한 눈으로 쳐다보는 얼굴이 처연하다. 오래 묵혔던 말이겠지만 참 대답하기 어려운 걸 묻는다. 그래도 남의 속마음을 나쁘다고 말할 수는 없다. 그렇더라도 잘했다고 할 수도 없다. 그저 머리만 천천히 내저을 뿐이었다.

티셔츠 한 장만 입은 내 가슴에 얼굴을 묻으며 말했다.

"십오 년 만에 남자 가슴에 안겨보네요. 그리워하던 가슴이라 더욱 좋아요. 앞으로 계속 선생님을 사랑할 겁니다. 선생님이 싫어해도 어쩔 수 없어요."

여자는 나를 안은 팔에 힘을 주며 몸을 부르르 떨었다. 세상에……! 먼 나라에 나는 상상도 못 한 이런 여자가 있었다니! 여자를 가볍게 안아주고 바로 앉았다. 더 이상 나갈 수는 없다.

"소희 씨, 우리 이제 술 마셔요."

달아올랐던 여자도 서서히 가라앉고 있음이 보였다.

"제 욕심 같아서는 선생님을 잡고 싶지만, 차마 그럴 수는 없네요. 내일 제가 운전을 할 거예요. 술 많이 마시면 피곤해요."

정신이 번쩍 들었다. 그렇다! 나도 그만 가야 했다.

"그렇군요. 가야지요."

당연하지만 기분은 참 묘하다. 일어서서 따라놓은 술잔을 들고 말했다.

"마지막 잔입니다. 자, 내일을 위하여!"

잔을 부딪치고 소희가 말했다.

"선생님, 내일부터는 제가 하자는 대로 하셔야 해요."

"예, 그게 뭔데요?"

여자는 까르르 웃고는 대답했다.

"내일 베를린에 가잖아요. 호텔 방 셋을 예약했어요. 하지만 둘이면 되잖아요."

말이 가슴에 팍 꽂혀 온몸이 화끈해졌다. 여자도 면구스러운지 와락 달려들어 안겼다. 얼결에 받아 안고 등을 두드리며 대꾸했다.

"그래, 하자는 대로 할게요."

"선생님 고마워요. 내가 너무 이상한 여자는 아니죠?"

품에서 벗어나며 당돌하게 마주 보는 여자가 가엽다는 느낌이
뭉클 들어 스스로에게 다짐하듯 받았다.

"아네요. 사실은 나도 그러고 싶었어요. 이제 갈게요."

여자가 바래다주겠다고 나섰지만 나는 말렸다. 처음 온 길이
지만 곧바른 길이라 찾아갈 자신이 있다.

이튿날 우리 네 사람은 아침 8시에 출발했다. 차는 소희의 벤
츠 중형승용차인데, 형님네 차와 똑같다. 작년에 같은 시기에 같
은 차를 샀다고 했다. 베를린까지 여섯 시간, 길이 막히면 더 걸
린다고 했다.

출발 15분 만에 고속도로에 진입했다. 독일의 그 유명한 아우
토반이다. 아우토반의 우리말은 자동차전용도로이다. 아우토반
의 최초 구상과 계획은 1920년대 바이마르 공화국시대부터 시작
되었다. 그러나 경제적인 문제와 정치적 혼란으로 진행되지 못
하고, 함부르크 북부와 프랑크푸르트 중부까지 공사가 완공되어
비행기 활주로로 사용되기도 했지만, '아우토반'이라는 명칭은
1929년에 정해졌다.

그 뒤에 1933년 나치당에 의한 정권이 설립된 후 아돌프 히틀

러가 경제정책의 일환으로 독일 동서를 가로지르는 아우토반 건설 계획을 세우고 건설 감독에 프리츠 도트를 임명하여 공사를 완공하였다. 아우토반은 세계에서 첫 고속도로 네트워크였다. 이때부터 아우토반은 독일을 세계 굴지의 자동차 대국으로 일으키는 토대가 되었다고 한다.

아우토반은 주행속도가 무제한이라고 하지만 암묵적인 제한이 있다. 대형트럭은 80~100km/h. 승용차와 승합차는 130~150km/h로 달릴 수 있다. 아우토반에는 통행료가 없지만, 2005년 1월부터 12톤 이상의 대형트럭은 유료로 전환되었다고 한다. 그러나 요금소가 없기 때문에 GPS와 휴대전화를 통하여 요금을 부과한다. 우리나라 고속도로에는 오토바이가 올라갈 수 없지만, 아우토반에서 오토바이가 질주하는 모습을 심심찮게 볼 수 있는데 거의 대형 오토바이였다.

아우토반을 한 시간 이상 달렸는데도 산이 보이지 않았다. 그저 숲이 우거진 평야였다. 도롯가에도 건물이 보이지 않고, 농경지도 도로에서 멀리 떨어져 있었다. 도로 양쪽으로 멀리 드문드문 농촌 촌락이 보이는데, 오렌지색 뾰죽한 기와집들이고 농경지가 아득하게 펼쳐져 있었다. 우리나라 가을의 논처럼 황금빛 경작지가 많은데, 그 작물은 모두 유채이고, 푸른 작물은 밀과 보리라고 했다. 그 많은 유채를 어디에 쓰느냐고 물었더니, 대부분 공업용 유류로 쓴다고 했다.

울창한 숲지대가 끝나는 허허벌판에 대형 풍차가 줄지어 섰는데, 멀리 보이는 풍차는 볼펜만 하게 보이니 그 넓이가 아득하다. 날개 길이가 27미터라는 풍차는 태곳적부터 그랬던 것처럼 세월아 네월아 졸면서 돌고 있었다. 곳곳의 풍차 밑에는 목장이 있는데, 젖소며 염소 육우들이 한가롭게 풀을 뜯거나 엎드려 있다. 우리나라 같으면 전자파로 가축이 죽고, 소음으로 짐승이 미친다고 난리가 날 것이다. 독일은 풍력발전이 11.9%를 차지할 정도로 풍력발전 대국이다. 가도 가도 울창한 숲이고, 풍력발전 단지이고 목장이다. 참 볼수록 부러운 나라다. 우리나라는 이런 평야 지대가 없으니 풍력발전은 그저 꿈일 뿐이다.

운전을 하던 소희 씨가 말했다.

"휴게소에서 좀 쉬어가겠습니다."

휴대폰으로 차창 밖의 경치 찍기에 정신이 없었는데, 시계를 보니 두 시간을 달려왔다. 방광이 꽉 찼는지 소변이 급해졌다. 5월 중순의 햇볕은 쨍쨍한데 공기는 맑고 신선했다. 휴게소 넓은 주차장에 탑을 씌운 대형 화물차가 가득했다. 승용차와 승합차 주차장은 거의 비었고, 버스는 한 대도 보이지 않았다.

역시 휴게소 화장실은 기계에 동전 70센트를 넣어야 입장권이 나왔다. 커피를 한 잔씩 마시고 출발했다. 형수가 운전을 하고 형님이 그 옆자리에 탔다. 소희 씨는 나와 뒷자리에 앉았다. 휴게소를 벗어나며 궁금한 것을 물었다.

"고속도로에 버스가 한 대도 없어요. 독일 사람들은 버스 여행이나 다중 교통을 이용하지 않나요?"

형님이 대답했다.

"관광버스가 있지만 고속도로를 이용하는 경우는 드물다. 그이유는 나두 잘 몰라. 한국처럼 장거리 노선버스는 없고, 지방의 도시에는 노선버스가 있다."

아우토반은 편도 3차선인데, 1차선은 추월선이고, 2차선은 승용차나 승합차, 3차선은 화물차 전용이다. 가끔 4차선이 되기도 하는데, 공사 차량이나 특수차량 전용이라고 했다.

"형님, 산이 없으니 터널은 당연히 없겠지만 다리도 없어요. 세 시간을 오도록 교량을 본 적이 없는데 독일은 강이나 하천도 없나요?"

형님은 잠시 뒤에 대답했다.

"글쎄, 그리고 보니 나두 이 도로를 수없이 타보았지만 큰 다리를 본지 못한 것 같다. 작은 하천 다리는 더러 있지만 숲이 워낙 우거져서 잘 보이지 않을 거야."

소희가 내 손을 잡고 만지작거렸다. 돌아보자, 마주 보며 방그레 웃었다. 와락 안아주고 싶지만 마음뿐이다. 나는 또 궁금증을 물었다. 가도 가도 평지의 숲이고 우리나라 소나무처럼 둥치가 붉은 적송이 빼곡한데 산이 아니리 벌판이 그렇다.

"저렇게 울창한 숲에 짐승이 없나요? 로드킬 당한 짐승을 볼 수 없네요."

옆에 앉은 소희 씨가 대답했다.

"그건 저도 알아요. 고속도로 양쪽에 철망이 쭉 있잖아요. 그러니 짐승이 못 넘지요."

형님이 거들었다.

"짐승은 많지. 주택가 도로가 아닌 도로에는 모두 철망을 쳐서 로드킬은 거의 없지만 아주 가끔 사슴이나 들고양이가 치이는 경우는 있다."

"이렇게 긴 고속도로 양쪽에 철망을 치다니, 참 대단한 나라군요."

달리던 차의 속도가 줄고 앞에 차들이 빼곡하게 보였다. 옆 반대 방향 도로는 정상이었다. 궁금해서 물었다.

"차가 막히는 모양이죠?"

운전을 하던 형수가 대답했다.

"가끔 공사구간이 있어요. 곧 빠져나갈 거예요."

"아우토반에서 교통사고는 없나요?"

"가끔 있지만 아주 드물다. 사고가 났다 하면 대형 사고지."

차 속도는 점점 느려지고 옆 3차선의 대형 화물차들을 또렷이 볼 수 있었다. 비슷비슷한 모형의 대형 화물차들이 앞뒤로 끝이 안 보이도록 줄지어 서행했다. 중앙분리대 넘어 반대 방향 도로는 정상 운행인데. 역시 승용차보다 화물차가 훨씬 많다. 내가 감탄하자 형님이 말했다.

"저 많은 화물차들 국적이 다양하다. 네덜란드, 프랑스, 영국 등의 차들이 자국의 생산품을 실어 오고 독일의 상품을 실어 가는 거야."

비로소 이해가 되었다. 유럽은 상권이 통하기 때문일 것이다. 물량 운송이 이토록 활발하니 나라 경제가 탄탄하다는 증거다. 우리나라는 섬 아닌 섬나라다. 삼면이 바다고 북쪽은 바다보다 더 넓고 깊은 굳건한 철조망이 있다. 노선버스나 관광버스를 한 대도 볼 수 없는 것이 비로소 이해가 되었다.

나는 아예 옆자리의 소희에게 왼손을 맡기고 창밖의 경치만 보았다. 4시간 가까이 달리는 동안 산을 볼 수 없지만 평지에 소나무가 빼곡하고, 때로는 참나무며 알 수 없는 나무들이 울창한 숲이다. 아우토반 근처에는 도시도 없고, 주택지대도 없었다. 가끔 광활한 농경지가 펼쳐지는 곳에 주택단지가 보이는데 아주 먼 거리다. 소희 씨는 이제 내 손을 자기의 무릎에 얹어놓고 있다. 차는 이제 정상으로 달리고 있었다.

형수가 운전을 하며 말했다.

"다음 휴게소에서 점심을 먹을 거예요. 한 10분 걸립니다."

시계를 보니 12시가 넘었다. 네 시간을 달려왔다. 독일 고속도로 휴게소의 식사는 어떨지 기대가 되었다. 휴게소 건물은 자그마한데 주차장은 엄청 넓다. 비슷한 모형에 같은 크기의 대형 화물차들이 주차장에 빼곡한데, 승용차 주차장은 헐렁했다. 이러한 풍경 역시 우리나라와는 정반대다.

휴게소 안에 화장실이 있고 매점도 있다. 넓지 않은 휴게소 안 쪽에 주방이 보이는데 맛있는 음식 냄새가 코를 찔렀다. 때가 때 인지라 안에는 앉을 자리가 없다. 밖에 나와 자리를 잡고 음식을 주문했다. 나는 음식을 모르니 형님과 같은 것으로 했다. 독일에 선 흔한 것이 맥주이고 값도 싸다. 이 나라 사람들은 어디 가나 앉으면 맥주를 마신다. 우리도 맥주 석 잔을 사서 마셨다. 시원하고 고소한 맛이 참 좋았다.

형님과 소희가 식사를 들고 왔다. 형님과 나는 20cm가 넘을 굵은 소시지구이에 감자튀김이고 두 여자는 파스타에 감자튀김이었다. 검붉은 소스에 찍어 먹는 소시지 맛이 기막혔다.

복흠에서 출발한 지 여덟시간 만인 오후 4시에 베를린시 라디슨블루 호텔에 도착했다. 호텔에 들어서자 중앙에 거대한 원형 수족관이 단박 기를 죽였다. 대체 호텔에 대형 수족관이라니! 나는 수족관의 온갖 물고기들에 정신이 팔려있었는데, 체크인을 끝낸 형님이 3층으로 가자고 했다. 우리 객실은 312~314까지였다. 형수가 313키를 잡으니 나란히 있는 방 가운데였고, 소희가 312, 내가 314였다.

방으로 들어가니 맞은편이 통유리로 된 거대한 창이었다. 우선 커튼을 젖히자, 호텔 바로 앞이 넓은 도로였고, 그 건너는 광장인 듯싶고, 광장 건너에 베를린 시청이 있었다. 창에서 정면으로 시청이 보이는 방이었다. 짐을 풀고 형님 방으로 가자, 주의를 주었다. 냉장고의 음료수나 맥주는 절대 마시지 말고, 커피나 녹차는 먹어도 된다는 교과서적인 잔소리를 했다. 적어도 30개국 이상 여행을 한 나를 형님은 어린애로 아는 말투였다.

아직 해가 한나절이므로 우리는 우선 앞에 보이는 시청 광장을 둘러보기로 하고 나섰다. 호텔 앞 도로는 왕복 8차선인데 통행하는 차는 별로 없고, 버스 두 대를 이은 굴절버스와 전차가 땡땡거리며 다닌다. 동서양을 막론하고 전차는 왜 땡땡땡 종을 치며 달리는지 궁금했다. 게다가 말이 끄는 마차도 가끔 다니는데, 마치 60년대의 서울 거리가 떠올라 정신이 멍해졌다. 어찌 이럴 수가 있단 말인가? 사람으로 바글거릴 법한 시청 앞 도로에 차도 사람도 성깃하여 휑하다는 느낌이 들 정도였다.

길을 건너자 광장인데, 책을 펴든 모양의 작은 동상이 있었다. 형님은 그 동상이 500년 전에 종교를 개혁한 마르틴 루터라고 알려주었다. 2017년 올해가 종교개혁 500주년인데, 그 행사가 내일 5월 20일 브란덴부르크 광장에서 열린다고 했다. 동상 옆에 마르틴 루터가 지었다는 교회가 있는데, 지금은 성니콜라이 교회로 부른다. 시청 쪽으로 가자 넓은 알렉산더 광장에 관광객인 듯싶은 사람들로 북적였다. 거대한 포세이돈 분수는 하마, 물개를 비롯한 물짐승 형상들이 힘차게 물을 뿜고 있다. 베를린시청은 붉은 벽돌로 지었다. 중앙에 높은 시계탑이 있지만 광장에서는 그 규모를 알 수 없다.

호텔 저녁식사는 7시부터다. 우리는 샤워를 하고 2층 식당으로 갔다. 식당은 이미 사람들로 그득했다. 대충 돌아보아도 세계 각국의 인종들인데 동양인을 별로 눈에 띄지 않았다. 나는 연어구이를 비롯한 식성에 맞는 음식을 담아다 놓고 형님께 술을 마실 수 있는지 물었다. 식사는 투숙비에 포함되지만 맥주를 비롯한 술은 돈을 줘야 한단다. 우선 맥주를 한 잔씩 시키고 나는 위스키를 주문했다. 술은 즉시 돈을 지불하는데, 위스키는 우리 소주잔만 한 한 잔이 10유로였다. 우리 돈으로 12,500원! 그나마 1인당 석 잔 이상은 팔지 않는다고 했다.

"참 이상하네요. 돈을 즉석에서 주는데 왜 술을 안 팔아요?"

"독일뿐만 아니라 유럽은 어느 나라든 음식점에서 맥주 외에 독한 술은 석 잔 이상 팔지 않는다. 위스키가 아닌 독일 술도 한 잔에 6센트 이상이야. 비싸서도 못 마신다."

거 참, 알수록 이상한 나라였다.

우리는 식사를 마치고 소희의 방에 모였다. 소희 씨가 양주 발렌타인 17년을 내놓았다. 피스타치오와 케슈넛을 안주로 술을 마시지만, 배가 불러서 술맛이 썩 내키지 않았다. 형님 부부는 술

한 잔씩 마시고는 피로하다며 돌아갔다. 남은 우리도 두어 잔씩 마시고 술병을 닫았다.

소희 씨가 품에 안기며 속삭였다.

"가지 마세요."

마주 안으며 대답했다.

"가서 양치질하고 한 시간 후에 올게요."

"싫어요. 30분."

나는 도리질 치며 말했다. 형수가 가운데 방을 차지한 이유를 알기 때문이었다.

"저 방 잠든 뒤에……."

여자는 입을 삐죽이 내밀고 투덜댔다.

"피ー이, 자기들은 둘이 자면서……."

가볍게 안아주고 내 방으로 왔다. 옷을 갈아입고 양치를 하고 침대에 눕자 많은 생각들이 난무했다. 여자 방으로 가야 하나? 그 뒤에 벌어질 상황은 어떻게 될까? 예순일곱인 내 몸이 내 맘대로 될까? 간절하게 나를 원하는 여자를 무시할 수도 없잖은가? 가지 않으면, 여자는 나를 병신으로 알 것이다. 형님 부부는 이미 짐작하고 있을 것이다. 그렇더라도 내일 아침에 형수 얼굴을 어떻게 대하나? 생각할수록 난감했다.

벌떡 일어나 커튼을 젖히고 밖을 보았다. 아홉 시가 조금 넘은 시간인데 거리가 조용하다. 차도 뜸하고 사람도 이따금 지나간다. 대형 호텔 앞이고 시청 옆인 중앙도로가 이토록 조용하다니! 참, 이해가 되지 않는 희한한 나라였다. 다니는 차가 많지 않고, 도로 옆으로 고층건물도 없으니 거리도 어둑하고 조용하다. 경제 대국 수도가, 그것도 시청 근처가 이토록 한가하다는 것이 신비스럽기만 했다.

조용한 방에 가느다란 노크 소리가 들렸다. 가슴이 철렁했다. 시계를 보니 열 시가 되어간다. 문을 열까 말까! 잠든 척하면 그만이다. 그러나 발길은 내 몸을 문 앞으로 인도했다. 문을 열자, 여자가 열없는 표정으로 배시시 웃으며 얼른 들어왔다. 반바지 티셔츠에 작은 가방을 들었다. 당돌하지만, 15년 독수공방했을 여자가 안쓰러워 선 채로 안아주었다.

품에 안기며 등을 조이던 여자가 얼굴을 들었다. 큰 눈에 눈물이 글썽했다.

"선생님, 내가 미친년인가요? 환장한 년인가요?"

나는 얼굴을 감싸 잡고 도리질을 쳤다.

"아니야, 아주 정상적인 생각이고 당연한 행위야. 나도 즐거워요."

여자의 입술이 뜨겁다. 여자가 내 잠옷을 벗기고, 내가 여자 셔츠를 위로 벗기고 반바지를 내리는데 속옷이 없다. 침대에 뜨거운 두 몸이 하나가 되었다. 66세인 여자의 몸은 난숙했다. 가슴은 풍만하고 하체도 탄탄했다. 하지만 안타깝게도 내 몸은 내 맘대로 되지 않았다. 서로의 몸을 알뜰하게 탐하던 여자가 마침내 주도권을 잡았다. 그러나 겨우 체면치레만 했을 뿐 나는 성공적이지는 못했다.

여자는 내 가슴에 머리를 묻고 새근새근 숨이 거칠었다. 불덩이 같은 여자를 이대로 둘 수는 없다. 제 작년이든가, 정기 구독하는 시사 월간지에 어느 남자가 '사랑의 방법'이라는 글을 6개월 간 연재한 적이 있었다. 사랑의 방법은 정말 여러 가지가 있음을 알았다. 알았으면 실행하는 것이 사랑하는 여자에 대한 의무이고 도리다. 난생처음 해보는 봉사라서 서툴지만, 서두르지 않고 침착하게 여자를 즐겁게 해주었다. 마침내 여자는 절정에 올라 몸부림쳤다.

몸을 씻고 자리에 누웠다. 여자가 품에 안겨 속삭였다.

"선생님, 고마워요. 모든 걸 포기했었는데, 제가 아직은 여자였네요."

"당연하지, 여자는 죽을 때까지 여자고, 남자도 죽을 때까지 남자야. 남녀 불문하고 지푸라기 잡을 힘만 있어도 사랑을 한다잖아요."

"정말 그럴 것 같아요. 아무리 늙어도 그 황홀함을 어찌 잊겠어요. 선생님, 저 사실 한국 남자 품에 안겨보는 것이 소원이었어요. 치즈 냄새 누린 고기 냄새에 쩐 털북숭이가 아닌, 마늘 냄새 김치 냄새 물씬 풍기는 한국 남자 품이 밤마다 그리웠어요. 그 소원 이제 풀었네요."

왜 아니랴, 그랬을 것이다. 여자가 안쓰러워 꼭 안아주었다.

아침 다섯 시에 여자는 자기 방으로 갔다. 삼 년 만에 여자를 옆에 눕히고 잔등만등 했더니 이제 졸렸다. 침대에 누워 힘껏 기지개를 켜자 온몸이 나른했다. 간밤의 행위가 떠오른다. 괜한 짓을 한 것은 아니겠지? 홀아비 과부가 아니라면 천벌을 받을 짓이다. 그러나 때와 장소도 그렇거니와 남녀 간의 지극히 당연한 결과였다. 아전인수! 스스로 위안을 하자 이내 잠이 엄습했다.

문을 두드리는 소리에 잠이 깨었다. 일곱 시다. 그루잠 두 시간을 달게 잤다. 문을 열자 형님이 서 있다. 빙긋이 웃으며 아침 인사를 했다.

"잘 잤니?"

"예, 편히 주무셨어요?"

"일곱 시부터 식사를 한다. 어서 세수하고 내려가자."

독일 뷔페식사는 그야말로 진수성찬이었다. 그러나 나는 얼큰한 해장국이 그립지만 마음일 뿐이었다. 각기 다른 음식 접시를 놓고 네 사람이 마주 앉았다. 눈치 빠른 형수가 은근슬쩍 눈치를 살폈다. 소희가 반지빠르게 방패막이가 되었다.

"언니, 저쪽에 언니 좋아하는 아스파라거스구이가 있어요. 갖다줄까?"

"아니, 이거 먹고 내가 가져올게."

뷔페식사는 내 식성에 맞는 음식을 싫도록 먹는 재미가 있다. 나는 대식가 또는 미식가 소리를 들을 만큼 좀 먹는 편이다. 그러나 사실은 미련 맞게 먹지 않는데, 먹는 모습이 탐스러워 식탐으로 보일 뿐이다.

오늘은 베를린 시가지를 구경한다. 호텔 앞에서 직선으로 난 도로를 20분쯤 걸으면 브란덴부르크 문이 있다고 했다. 호텔 바로 옆이 슈프레강이다. 강을 건너면 베를린 대성당이 있었다. 웅장하고 고색창연한 성당은 평일이라 사람이 별로 없고 조용했다. 시내로 들어갈수록 중세의 석조건물들이 늘어섰는데, 기둥 형식의 중간중간에 사람을 비롯한 짐승형상의 석조조각품으로 장식되어 있었다. 현대식 건물은 없고 4~5층 높이로 보이는 고만고만한 중세식의 석조건물들이 도로 안쪽까지 들어찼다. 금방이라도 말은 타고 창을 비껴든 기사들이 쏟아져 나올 듯한 분위기의 거리였다.

마침내 사진으로만 보았던 브란덴부르크 거대한 문이 있었다. 운터덴린가 서쪽 끝이다. 통일 전, 동·서 베를린 경계선이 있던 근처였다고 했다. 지금은 무너진 베를린 장벽 바로 뒤에 있는 이 문은 1788~91년에 세운 것이다. 베를린의 개선문인 이 문 위에는 4마리 말이 이끄는 2륜 마차 동상 '승리의 콰드리가' 있는 것으로 유명하다. 문 앞 광장은 내일 오바마 전 미국 대통령이 참석하여 종교개혁 500주년 기념식을 한다고 준비를 하느라 소란했다.

브란덴부르크 문 뒤에는 거대하고 고색창연한 석조건물이 있었다. 사진으로만 보았던 독일 국회의사당이라고 했다. 건물 중앙의 꼭대기에는 거대한 유리돔이 있는데, 입장권을 사면 올라갈 수 있다고 했다. 소희 씨가 매표소에 가서 입장권을 사왔다. 줄을 서서 들어가면 입구에서 경찰이 전자봉으로 몸 검사를 했다. 엄청 큰 승강기를 타고 의사당 건물 옥상에서 내렸다. 다시 줄을 서서 유리 돔으로 들어가 거대한 나선형의 계단을 걸어 꼭대기로 올라갔다. 전체가 유리라서 나선형 계단을 돌면서 올라가면 베를린 시내 전체를 볼 수 있었다. 고층건물이 없는 고색창연한 아름다운 도시다.

도심을 구경하고 10분쯤 걸어가자 그 유명한 소니센터가 있었다. 소니센터는 일본 소니사의 투자로 2000년 6월 개장했는데, 모두 7개의 건물이 들어서 있다. 독일 굴지의 각 회사 사무실, 40여 개 스크린을 갖춘 영화관, 호텔 등이 있다고 했다. 건물 내부의 광장을 덮고 있는 돔은 일본 후지산을 상징한다고 했다. 2008년에 소니는 대한민국의 국민연금공단에 투자 관련 방법으로 매각하였다. 그러니까 소니센터는 우리나라 국민연금공단의 건물이었다.

우리는 소니센터 레스토랑에서 점심을 먹기로 했다. 형님은 이곳은 돼지 족발 구이가 맛있다고 하여 먹기로 했다. 족발 구이는 너무 커서 하나를 두 사람이 먹어도 충분하다고 했다. 두 개를 주문하고 우선 시원한 맥주를 시켰다. 식사가 나왔다. 돼지 앞다리 족인 구이는 정말 커서 둘이 먹을 만했다. 삶아서 기름이 빠지도록 알맞게 구워 소스를 끼얹은 족발은 정말 맛이 희한하게 좋았다.

오후에는 호텔 옆 슈프레강에서 유람선을 탔다. 출발하자 직원이 오디오 가이드를 주는데 한국어는 없다고 했다. 그렇다면 내게는 무용지물이다. 유람선에서 맥주를 팔기에 나는 맥주를 마시며 눈으로 풍경을 보았다. 유람선은 박물관 섬을 왼쪽으로 끼고 물살을 가르며 천천히 가고 있었다. 박물관 섬 안에는 고대박물관, 페르가온박물관, 보데박물관 등 박물관 건물만 있다고 했다. 박물관 섬의 석조건물이 모두 중세의 건물 그대로라고 하지만 나는 이번에 박물관은 볼 수 없어 아쉬웠다.

슈프레강 유람선을 타면 도심의 주요 건물과 관광지가 강변에 많이 있어 베를린 주요 포인트 중 여러 곳을 볼 수 있어 좋다고 했다. 슈프레강 양안의 건물들과 풍경은 정말 고풍적이고 고즈넉하게 낭만적이다. 물빛은 칙칙하지만 냄새는 없었다. 40분쯤 왔는데 멀리 국회의사당이 보였다. 거기서 돌아 다시 출발점으로 간다고 했다.

시간은 4시 반이었지만 많이 걸어 피로하여 호텔로 돌아왔다.

각기 자기 방으로 가서 쉬다가 7시에 저녁을 먹기로 했다. 나는 샤워를 하고 침대에 누웠다. 간밤에 잠을 설쳐 금방 졸렸다. 오늘 밤에도 깊은 잠을 자지 못할 것이다. 핸드폰 알람을 6시 40분에 맞춰놓고 잠이 들었다.

알람 소리에 잠이 깨었다. 두 시간이지만 깊고 편안한 잠이었다. 잠잔 얼굴을 대충 씻고 형님 방으로 갔다. 일흔다섯인 형님은 작년부터 늙은 기분이 든다고 했다. 그래서 운전도 형수가 하고, 잘 먹던 술도 많이 자제한다.

"형님, 피곤하지 않으세요?"

"아니, 괜찮다. 매일 아침저녁 두 시간씩 집 주변 숲을 걸으니까 다리는 튼튼하지."

형님 집 바로 옆은 평지지만 숲 지대였다. 아름드리나무들이 빼곡한 숲속은 서늘하고 온갖 새들이 지저귀는 아름다운 숲이었다.

"삼촌은 괜찮아요?"

"저야 뭐 젊잖아요. 형수님은 어떠세요?"

"나두 형님 따라 매일 걸으니 괜찮아요."

이제는 세계 어느 나라를 가도 나이 먹은 사람들이 걷는 광경을 많이 보게 된다. 걷기가 가장 쉬운 운동방법이면서 그 효과가 크기 때문일 것이다. 소희 씨가 들어왔다. 말끔한 얼굴에 옅은 화장을 한 모습이 아름답다. 165cm라는 알맞은 키에 나이답지 않게 앳된 얼굴에 몸매도 탐스럽다. 낮에 돌아본 여행담을 잠시 나누고 식당으로 내려갔다.

외국 여행에서 식사시간은 보너스 적인 즐거움이다. 특히 저녁 식사는 느긋하게 일행과 대화를 나누며 식성에 맞는 음식을 먹는 즐거움은 여행의 백미다. 맥주도 마시고 위스키도 마셨다. 저녁 식사에 느긋하게 마시는 술은 비할 데 없는 즐거움이었다.

객실에 올라오자 형님이 일침을 놓았다.

"피곤한데 일찍 자자. 술 더 마시지 말고……."

말끝을 사리며 소희 씨를 힐끗 보았다.

"네, 편히 주무세요."

형님 부부가 방으로 들어가자, 소희가 내 뒤를 따라왔다.

"이따가 제 방으로 오세요."

고개를 끄덕이자 뒤도 안 돌아보고 나갔다. 나는 핸드폰 로밍을 하지 않아 통화를 할 수 없다. 침대에 걸터앉았다가 일어나 커튼을 젖히고 거리를 내려다보았다. 오늘 종교개혁 500주면 행사가 있어서 그런지 거리며 알렉산더 광장에 사람이 많다. 마르틴 루터 동상 앞에는 많은 사람들이 바글거리고, 성니콜라이 교회에서 맑은 종소리가 울려 퍼졌다. 9시에 야간예배가 있는 모양이었다.

샤워를 하고 침대에 누웠다. 소희 방으로 가야 하나? 가지 않으면 또 이리로 올 것이다. 아무리 그래도 참 당돌한 여자다. 하

긴, 40여 년 한국 남자 품을 그리워하던 여자라고 생각하면 이해
가 되기도 한다. 저 여자는 진정 나를 사랑해서 원하는 것일까?
여기 있는 동안 맘껏 써먹다가 가면 그만일까? 그렇다! 나는 지금
여자에게 써 먹히고 있는 것이다. 하지만 즐거운 써 먹힘이다. 나
중에야 어찌 되던 써 먹히러 가야 한다. 열 시가 되어 간다.

살그머니 문을 열고 형님 방 앞을 지나 소희 방문 앞에 서자 문
이 저절로 열렸다. 여자는 매미 날개 같은 잠옷을 입고 있다가 달
려들었다. 서로 뜨거운 몸을 탐했다. 절정을 넘긴 뒤의 입맞춤은
달디 달다. 여자는 나를 참으로 알뜰하게 써먹는다.

좀 귀찮기도 해서 말했다.

"편히 자요. 갈게."

여자는 온몸으로 감겨들며 코 먹은 소리로 대답했다.

"싫어, 같이 자요."

이런 제길 할, 우리 부부는 환갑이 넘으면서부터 각방을 쓰고
있었다. 늘그막에 된 시어미를 만난 격이다. 뿌리치고 갈 엄두가
나지 않았다. 그렇다면 무시하고 마음 편히 자는 수밖에 없다.

오늘은 시티투어를 한다고 했다. 호텔 앞에서 빨간색 2층 시
티투어버스를 탔다. 하루 종일 탈 수 있는 티켓이 1인당 18유로,
22,500원이다. 지붕이 없는 2층버스 앞에 자리 잡고 시내를 구경
했다. 유명한 건물이나 관광지에 차가 서면 내려서 같은 회사의

다음 버스가 올 때까지 주위를 구경하는 코스였다. 그렇고 그런 시내를 돌아보고 전승기념탑이 있는 그로쎄티어가르텐 공원에 도착했다. 전승기념탑은 프로이센 왕국이 덴마크, 오스트리아, 프랑스와의 전쟁에서 승리한 것을 기념하기 위해 1864~1873년에 세워진 전승기념탑이라고 했다. 탑의 높이는 69m, 꼭대기에는 황금빛이 찬란한 승리의 여신 빅토리아상이 있었다. 나선형의 285개의 계단을 오르면 탑 전망대였다. 전망대에서 보면 탑을 중심으로 +자형의 넓은 도로가 있고, 광장 끝에서부터 숲이 울창한 공원인데, +자형 도로의 길이가 사방으로 4km라고 했다. 공원에는 비스마르크의 동상을 비롯하여 대여섯 개의 동상이 있고, 볼거리가 많았다.

시내로 들어와 점심을 먹기로 했다. 대형 레스토랑마다 손님이 바글바글했다. 그중 좀 한가한 식당으로 들어갔다. 그래도 사람이 많은데, 우리 바로 앞자리에 부부가 앉아있고 유모차에 바비인형같이 예쁜 아기가 있다. 예쁜 아기에 비해 그 부모가 참 대조적이었다. 40대로 보이는 아빠는 멀쑥한 키에 마른 멸치처럼 비린내가 나도록 말랐는데, 엄마는 그야말로 드럼통이었다. 가슴이 하도 커서 조금만 움직여도 일렁일렁했다. 나는 부부의 잠자리를 떠올리며 자꾸 입이 벌어져 딴전을 피우지만 머무는 눈길은 어쩔 수 없었다.

식사는 소희 씨가 스테이크를 주문했다. 독일 정식 스테이크는 고기가 크고 부드러워 맛이 그야말로 일품이었다. 어제 행사가 오늘까지 이어져 세계 각국에서 온 사람들이 식당마다 줄을 서서 여유 있게 식사를 할 수 없었다.

오후에도 시내투어를 계속했다. 베를린 겉모습은 그런대로 보았다. 그러나 정작 내가 보고 싶은 많은 박물관이나 중요 유적지는 보지 못했다. 다섯 시에 호텔에 돌아왔다. 7시 30분에 식당에서 만나기로 하고 각자의 방으로 갔다.

저녁 식사를 끝내고 소희 씨의 방에 모였다. 오늘 베를린 여행이 마지막이므로 형님이 마트에서 독일 전통 술 도펠콘을 한 병 사왔다. 1500전부터 생산된다는 도펠콘은 보리와 귀리가 원료인데 38%의 독한 술이었다. 형님은 작은 잔으로 두 잔을 마시고는 피로하다며 갔다. 나는 오늘 밤 취하고 싶었다. 독일에 와서 취하도록 마시지 못하기도 했지만, 오늘 밤에는 소희에게 써 먹히기 싫은 것이 솔직한 심정이다.

소희가 석 잔을 마시고 나머지를 내가 모두 마셨다. 700ml이지만 그다지 취하지 않았다. 하지만 일부러 취한 척하며 말했다.

"소희 씨, 오늘은 편히 자요. 난 갈게, 아직 여러 밤이 남았잖아."

이건 내 진심이다. 여자도 내 의중을 짐작하고 있었던지 선선히 받아들였다.

"그러세요. 많이 취하셨어요."

가볍게 안아주고 내 방으로 왔다. 침대에 누우니 긴장이 풀리고 느긋해졌다. 취기도 알맞다. 3박 4일간의 베를린 여행, 많은 것을 보고 느꼈고 깨달았다. 중세의 분위기와 그 냄새까지 느껴지는 독일 수도 베를린! 우리나라 수도 서울과 너무 다른 환경과 생활상이 부럽다. 시내 뒷골목 어디를 봐도 쓰레기가 없는 것이 부럽다. 도심의 중앙차선 분리대나 공지에 조성된 화단에 꽃이 피기는 했지만, 잡초가 무성한 것도 너무 자연스러웠다. 잡초도 그대로 두면 꽃이 피고 인공 화초와 어우러져 또 다른 아름다움이 된다는 것을 알았다.

17일간 독일 여행을 하고 6월 7일에 집에 돌아왔다. 베를린 여행에 이어 독일과 접경인 네덜란드에서 일박하고, 오후 7시 네덜란드 항구에서 대형 여객선을 타고 영국 런던에 갔다. 아침에 일어나보니 영국 어느 항구에 여객선이 정박해 있었다. 런던에서 1박 하며 하루 한나절 관광하고, 타고 갔던 여객선을 다시 타고 네덜란드에 돌아오는 4박 5일간의 여행을 윤소희 씨도 함께했다. 이번 여행에서 3개국 수도와 독일 퀼른시, 포츠담시, 뒤셀도르프시를 돌아본 알찬 여행이었다.

여행은 즐겁다. 그러나 아무리 친형제라지만 형님 집에 신세를 지는 것이 부담스럽고 형수 눈치를 안 볼 수가 없어 좀 불편했다. 다시 이런 여행은 하지 않겠다고 속다짐하며 17일간 여행

했다.

독일에서 돌아온 지 한 달이 되던 7월 17일이었다. 소희 씨가 카톡을 보냈는데, 7월 20일 오후 다섯 시에 인천 공항에 도착한다는 문자였다. 그동안 수차 카톡과 메일을 주고받았지만, 한국에 나온다는 언급은 없었다. 참 종잡을 수 없는 여자다. 은근히 겁이 났다. 우리 집으로 들이닥친다면 참 난감한 상황이 벌어진다. 혼자 살지만 딸 둘이 겨끔내기로 사나흘에 한 번씩 와서 청소도 하고 밑반찬도 만든다. 그 사정을 소희 씨는 알고 있다. 알면서 집으로 오지는 않을 것이다. 그렇다고 숙소는 어떻게 할 것이냐고 대놓고 물을 수도 없다. 걱정을 미리 하는 것도 대책 없는 스트레스다.

여자가 부담스러운 나이가 되었다는 사실이 큰 덩어리로 가슴에 얹혔다. 며칠은 반갑고 즐거울 것이다. 독일에서 소희와 열이틀 밤을 함께 지냈다. 부담스러운 밤도 있었지만 즐거움도 있었다. 하지만 여기서는 분위기도 기분도 많이 다를 것이다. 생각할수록 대책 없는 여자라는 사실이 마음에 버겁게 느껴졌다.

7월 20일, 차를 끌고 공항에 나갔다. 5시 40분에 소희 씨가 출구로 나왔다. 큼지막한 가방이 두 개다. 장기간 있을 것 같은 예감이 들었다. 여자가 사정없이 달려들어 안겼다. 여기는 유럽이 아니다. 사람들이 쳐다보아서 강제로 떼어내고 가방을 받았다.

공항을 빠져나오자 소희 씨가 말했다.

"엄마 돌아가셨을 때 왔으니까 11년 만이에요. 내 조국에 오니 기분 좋아요."

"조국? 40년 넘게 독일에 살면서 조국이 그리웠어요?"

"그럼요. 태어나서 스물다섯 살까지 자란 조국이잖아요. 이사를 자주 다녀서 고향이라는 애틋함은 없지만 어릴 때 자란 제천 송학에는 가보고 싶어요."

제천시 송학면은 내 고향 강원도 영월과 같은 생활권이다.

"제천시 송학면은 이제 많이 변했어요. 고향 냄새 맡기는 어려울 거예요."

"그렇겠지요. 50년이 흘렀으니까요. 그런데 선생님, 제가 어디로 가는지 왜 묻지 않으세요?"

이런 제기랄, 난 지금 그게 궁금해 밑이 근지럽던 참이었다.

"지금 물으려던 참입니다. 어디로 모실까요?"

"밀레니엄힐튼호텔 예약했어요. 작년에 친구가 그 호텔에 묵었다면서 좋다고 해서요. 남산 밑이고 남대문시장도 가깝다고 했어요."

"그래요. 비교적 조용한 호텔이죠."

소희 씨가 예약한 방은 11층이었다. 남산이 정면으로 보이는 방인데 더블침대가 있고 싱글침대도 있다. 소희가 팔을 벌리고 다가섰다. 선 채로 부둥켜안았다. 여자가 가슴에 얼굴을 묻은 채 말했다.

"선생님, 보고 싶었어요. 매일매일 그리웠어요."

대답할 말이 궁하다. 맞장구치자니 속이 간지럽고, 양심에도 찔린다.

"잘 왔어요. 나두 보고 싶었어요."

고개를 들고 눈을 맞추며 응석을 부렸다.

"정말요. 정말 소희가 보고 싶었어요?"

"그럼요. 왜, 아닐 것 같아요?"

다시 내 등을 조여 안으며 좀 달뜬 목소리로 말했다.

"그게 아니라, 사실은 선생님 대하기가 좀 무안한 생각이 들기는 했어요. 좀 씻어야겠어요. 서울, 정말 엄청 덥네요."

여자는 속옷을 챙겨놓고 거침없이 옷을 훌훌 벗었다. 내가 면구스러워 슬그머니 돌아섰다. 이내 물소리가 들렸다. 마누라 샤워 소리를 들으면 가슴이 벌렁벌렁 뛴다더니, 내가 지금 그 짝이다. 동갑내기 아내와 40여 년을 살았지만, 이런 감정을 느낀 적은 없었다는 생각으로 가슴이 번조롭다. 저 여자가 나오면 나는 어떻게 해야 하나? 그렇다! 다 익은 음식에 차려진 밥상이다. 나는 지금 배가 고프다.

여자가 타월을 몸에 두르고 나왔다. 볼이 발그레한 화사한 민낯이 참 예쁘다. 가볍게 안아주고 셔츠와 바지를 벗고 욕실로 들어갔다. 나도 종일 34도의 열기에 땀을 흘렸다.

여자의 몸은 뜨거웠다. 남자의 물건은 오랫동안 써먹지 않으면 귀가 먹는다고 한다. 술을 즐기고 글쓰기에 빠진 지난 3년간 내 몸을 방치했었다. 그래서 귀먹은 내 물건을 독일에서 소희가 귀를 뚫었다. 오랜만에, 참으로 오랜만에 몸과 마음을 다해 운우의 정을 나누었다. 소희가 '자신이 아직 여자였다'는 말마따나 나는 아직 건장한 사내였다. 비행기에서 잠을 설친 여자는 이내 새근새근 잠이 들었다. 예순 중반의 여자답지 않게 고운 얼굴에 행복이 가득해 보였다.

어느새 잠이 들었다가 깨어 보니, 여자는 아직도 한밤중이다. 상황이 상황이었던 만큼 즐거운 꿀잠일 것이다. 살며시 침대에서 내려섰다. 아홉 시가 되어간다. 호텔에서 저녁 먹기는 틀렸다.

내 기척에 여자가 눈을 떴다. 화들짝 놀라 일어나는 여자의 가슴이 풍만하다. 가서 안아주고 싶지만, 찰거머리처럼 들러붙기 십상이어서 참아야 했다. 호들갑을 떨며 속옷을 챙겨 입고는 언제 잤더냐 싶게 맑은 목소리로 말했다.

"어머나, 밤이네요. 몇 시나 됐어요?"

"아홉 시가 넘었어요. 호텔 저녁 식사는 이미 끝났으니 나가서 저녁 먹어요."

주섬주섬 옷을 입으며 대답했다.

"그러게요. 호텔 근방 시장 골목에 생선 구이집이 많다고 친구가 말했어요. 거기 아세요? 고등어나 갈치구이 먹고 싶어요."

"알아요. 어서 갑시다."

호텔을 나와 남대문시장 갈치골목으로 들어갔다. 갈치구이와 생선조림 냄새가 구수했다. 여자가 반색을 하며 호들갑을 떨었다. 난생처음 맡아보는 좋은 냄새란다.

"어머나, 어머나 이 냄새! 어서 들어가요."

저녁 시간이 지나서인지 식당은 조용했다. 우선 갈치조림을 시키고 구이도 주문했다. 여자는 정말 환장을 하며 갈치를 잘도 발라 먹었다. 시장이 반찬이라지만 내가 먹어봐도 맛있다. 저녁을 먹고 나니 열 시가 넘었다. 여자가 팔짱을 끼며 여전히 즐거운 목소리로 말했다. 난생처음 보는 서울 밤거리라니 즐겁기도 할 것이다.

"선생님, 우리 소주 마시러 가요. 어디 잘 가시는 데 없어요?"

남대문시장 골목골목 알지만 금방 마땅한 곳이 생각나지 않았다.

"소희 씨, 생선회 먹어봤어요?"

"어려서 아버지가 잡아 온 붕어나 잉어회는 먹어보았지만, 50년이 넘어서 맛은 기억나지 않아요. 먹고 싶어요. 어서 가요."

내가 가끔 가는 자매횟집으로 데리고 갔다. 술손님이 대여섯 팀 있지만 비교적 조용했다. 주인 여자가 반기며 너스레를 떨었다. 젤로 맛있는 회를 찾았더니, 오늘 올라온 병어돔이 있다고 했다. 좀 비싸기는 하지만 두말할 필요가 없다. 병어돔은 요즈음이

제철이지만 자연산이라 먹기 어려운 횟감이다. 난생처음 바다 생선회를 먹는 여자에게 양식 생선회를 먹일 수는 없다.

나도 오랜만에 먹어보는 병어돔회는 쫄깃쫄깃하고 고소하니 참 맛있다.

"선생님, 생선회가 모두 이렇게 맛이 있어요?"

"그건 아니에요. 병어돔은 자연산으로 여름 한 철이 가장 맛있는 회라구요."

여자는 독일에서 독한 술만 먹어서인지 소주를 물 마시듯 꼴깍꼴깍 잘도 마셨다. 천천히 마시라고 해도 그때뿐이었다. 끝내 혀가 고부라졌다.

"선생님, 소주가 이렇게 맛있는 술인 줄 이제 알았네요. 아주 달아요, 달아."

15년간의 외로움을 술로 달랬다는 여자의 주량은 나에 못지않을 정도였다. 소주 다섯 병을 비우고 호텔에 들어왔다. 정신을 못 차리도록 취한 여자를 두고 갈 수는 없다. 곯아떨어진 여자를 침대에 눕히고 나는 옆의 싱글침대에 누웠다. 술은 취하지만 잠이 오지 않았다. 이 여자가 언제 돌아갈지 모르지만, 예측할 수 없이 당돌한 여자가 마음에 걸렸다. 친정 식구들과 결별을 했다니, 머무는 동안 내가 책임을 져야 할 것이다. 아니다. 아예 돌아가지 않고 함께 살겠다고 주저앉을 수도 있다. 그리되면 나는 참 많은 고민을 해야 한다. 딸아이들은 아비가 재혼하기를 은근히 바라는 눈치다. 그렇다면 이 여자가 적격일 수도 있음이다.

나는 아침 여섯 시면 저절로 잠이 깬다. 그건 이십 년이 넘은 습관으로 전날 아무리 과음했어도 어김없이 잠이 깬다. 여자는 아직 한밤중이다. 오늘은 고스란히 비워둔 날이니 구태여 깨울 필요가 없다. 소리 안 나게 맨손 체조로 몸을 풀고 샤워를 했다. 수건으로 몸을 닦으며 나와 보니 여자가 깨어있었다.

"어머, 선생님. 저를 깨우시지 그랬어요. 술에 떨어져 자는 모습 다 보셨잖아요."

"안 볼 수가 없잖아요."

"어머나, 입을 헤벌리고 침을 흘리며 자던가요?"

"아니, 자는 모습이 천사 같던데…….'"

애도 어른도 예쁘다면 반색을 한다. 속옷만 입은 채 품에 달려들며 아양을 떨었다. 우리 부부는 신혼 때도 이러지 않았다는 생각 불쑥 들었다.

"정말요? 애기두 아닌데 설마…….'"

"정말 애기처럼 새근새근 잘도 자더군요."

이제 생각하니, 여자가 자는 모습을 자세히 본 기억은 없지만, 미상불 자는 모습이 흐트러지지 않고 곱기는 했었다.

그날은 서울 구경을 시켰다. 경복궁, 창덕궁, 남산을 구경하고 청계천을 한 시간 걸었다. 대구에서 대학 다닐 때 서너 번 서울 구경을 했다는 여자는 서울이 아름답고 활기찬 도시라면서 여기서 살고 싶다고 했다. 나는 순간적으로 그 표정을 살폈는데, 그냥 해보는 말이 아닌 것 같아 더럭 겁이 났다. 대체 현실로 드러난 것도 아닌데 왜 겁이 나는 것일까? 스스로 생각해도 이해가 되지 않았다.

청계5가 포장마차에서 소주를 마시고, 내가 가끔 가는 혜화동 카페에 가서 양주를 마셨다. 나는 의도적으로 술에 취했다. 호텔에 돌아왔을 때, 오랜만에 흠뻑 취한 나를 거울에 비추며 회심의 미소를 지었다. 적어도 오늘 밤은 여자에게 봉사할 수 없다. 그런데, 그것이 왜 기분이 좋을까? 여자는 어제 과음을 해서인지 오늘은 술을 사려 덜 취했다. 덜 취한 정신으로 기대를 했던 남자가 술에 취해 흐느적거리자 짜증스런 표정을 짓는 것을 눈치챘으니, 나는 곤죽이 되지는 않았음을 스스로 느끼며 침대에 쓰러졌다.

아침 6시에 잠이 깼었는데, 눈을 뜨니 여자가 옆에 앉아 나를 들여다보고 있었다. 표정으로 보아 꽤 오랫동안 잠자는 내 모습을 들여다보았음을 느낄 수 있다. 불끈 신경질이나 일어나 앉았지만 표정으로 드러낼 수는 없다. 그러나 기분은 정말 더럽다. 술 취해 자는 모습이 보기 좋을 리가 없을 터이고, 들여다보는 여자의 표정이 떠올라 화가 났다. 결혼하여 같이 산 여자가 아닌, 남의 아내였던 여자가 대책 없이 부담스럽다는 것을 비로소 알게 되었다.

아침을 먹고 여자가 태어난 고향이라는 충북 제천시 송학면에 갔다. 여자가 중학교 졸업할 때까지 살았다는 마을은 많이 변했지만, 다니던 초등학교는 그 자리에 있었다. 송학산 밑에 있던 태어난 집터는 젖소 목장으로 변했는데, 놀랍게도 주인이 여자의 재당숙이었다. 여자보다 다섯 살 위인 재당숙이 50여 년 만에 용케도 칠촌 조카를 알아보았다. 우리는 그 집에서 점심을 얻어먹고 서울로 올라왔다.

여자를 내 차에 태우고 동해안, 서해안, 부산을 구경시키는데 보름이 걸렸다. 여자는 한 달 고국 여행 일정이었다. 우리는 그동안 누가 봐도 다정한 초로의 부부였고 잠자리도 그랬지만, 피차간에 의도적으로 앞으로의 상황에 대해서는 언급을 피했다. 그러나 서로의 마음은 많은 갈등으로 깊은 생각을 하고 있음을 서로 느끼고 있었다. 하지만 그 느낌이 부담스럽거나 서로의 행위에 거리낌이 없다는 것이 참 신기하다는 생각은 가끔 들었다.

여자의 여행 20일 차 되는 날 제주도에 갔다. 제주도에서는 내가 운전을 하지 않으니 자유롭고 즐거웠다. 택시로 때로는 버스로 제주도 곳곳을 일주일간 구경했다. 나도 제주도를 이렇게 구석구석 돌아보기는 처음이었다.

내일 서울로 돌아가는 날 저녁, 여자가 품에 안겨 내 가슴의 털을 쓰다듬으며 촉촉하게 젖은 음성으로 느닷없이 말했다.

"선생님, 저 이제 한국에서 살고 싶어요."

순간적으로 가슴에 찌릿한 전류가 흘렀다. 올 것이 마침내 왔다. 결론이 어떻게 나던 나도 기다리던 말이다. 그렇더라도 이런 잠자리에서 할 말은 아니라는 생각이 얼핏 들었다. 금방 대꾸가 떠오르지 않아 여자의 등을 쓸어주다가 대답했다.

"왜 그렇게 생각해요?"

여자는 애초부터 작정했던 듯 선뜻 대답했다.

"선생님이 좋아서요. 매일 잠자리에서 일어나 선생님 자는 모습 보고 싶어요."

이런, 웬 유행가 가락! 여자가 그 노래를 알 턱이 없다고 보면 이 말은 진심일 것이다. 가슴이 무겁고 답답하다. 내 마음 저변에는 여자가 이렇게 나오기를 은근히 바랐음을 부인할 수 없으면서도 그렇다. 우리가 부부가 된다고 하여 그 누구도 탓하거나 만류할 이유도 그럴 사람도 없다. 그런데 내 마음의 한가운데는 아직 아내의 잔영이 남아있고, 애틋한 정이 남아있고, 못다 한 사랑이 고여 있다. 그런 마음과 정신 상태로 외국에서 40년 넘게 살다 온 여자를 행복하게 해 줄 자신이 과연 내게 있을까? 나는 할 말이 쉽게 떠오르지 않아 바로 누워 잠시 정리한 대답을 했다.

"소희 씨, 그건 일시적인 감정이 아닐까요? 정말 자식들이 있는 독일을 버리고 내 모습만 보며 살 수 있겠어요?"

"전 선생님이 독일에 오셨을 때부터 그런 생각을 했어요. 그리고는 결심을 하고 한국에 왔어요. 우리 아이들 잘살고 있어요. 제가 옆에 붙어있지 않아도 문제없어요. 제게 두 아이도 중요하지만, 선생님도 남은 제 인생에 있어서 중요해요. 사랑하는 사람과 함께 사는 것보다 더 행복한 삶이 어디 있겠어요?"

대답이 금방 나온 것으로 보아 오래 생각했을 여자의 진심임이 분명하다. 공은 이제 내게로 넘어왔다. 그러나 나는 여자처럼 금방 대답할 수는 없다. 그렇지만 무슨 말이든 해야만 한다. 나는 가장 중요한 것을 안다. 여자는 나와 재혼하면 독일의 재산을 처분하고 나올 것이다. 내게 생활상 재정적인 부담을 줄 여자는 아니다. 외려 내가 덕을 볼 것이다. 그렇더라도 내 마음이 썩 내키지 않는 이유를 정말 나도 알 수가 없다. 궁상맞은 홀아비 생활이 지겹다는 생각을 가끔은 했기에 더욱 그렇다. 게다가 세 딸도 아비의 재혼을 권유하던 터였기에 내 마음은 더욱 갈등한다. 이건 중요한 문제다. 남은 내 여생을 당사자인 여자를 품에 안고 금방 결정할 일이 아니다.

"그래요. 사실은 나도 그런 기대와 생각을 하기는 했어요. 하지만 이건 아주 중요한 문제예요. 우리 지금부터 신중하게 생각해 보기로 하고 오늘은 그만합시다. 소희 씨, 우리 술 마시러 나갈까요? 아직 열한 시 전이에요."

"그래요. 저도 그 생각을 하던 참이었어요."

그랬을 것이다. 서로 뱃속도 마음도 헛헛한 분위기이고 어색함을 넘기고 싶은 순간이기도 했다. 밤늦은 횟집은 이제 조용하다. 초저녁에는 손님이 늘어서서 회 먹기를 포기했었다. 늦은 밤에 양이 많은 회보다는 전복과 해삼을 시키고 소주를 마셨다. 내일 오후 4시 비행기를 타면 된다. 시간이 넉넉하니 마음 놓고 마실 수 있어 기분도 좋았다.

　이튿날 아침, 커피를 마시며 맨정신으로 궁금했던 것을 물었다. 취기에 건성으로 묻고 들을 대답이 아니라서 벼르고 아껴두었던 궁금증이었다.
　"소희 씨 남편이었던 사람은 같은 병원 의사였나요?"
　여자는 잠시 나를 빤히 마주 보다가 그럴 줄 알았다는 듯이 대답했다.
　"독일 의사가 한국 간호사 여자를 택하겠어요. 독일 의사들 얼마나 도도한데요. 처음엔 정말 눈물 나도록 힘들었어요. 저는 마지막 케이스로 왔기 때문에 더 견디기 힘들었어요. 일이 힘든 게 아니라 한국에도 그때는 60년대가 아니라 먹고살 만했기 때문에 낯선 생활이 어려웠지요. 괜히 왔다는 후회가 막심했어요. 그런 때에 그 남자가 저를 잡아주었지요."
　"그럼, 오자마자 결혼을 했나요?"
　"아네요. 그 남자는 우리나라로 말하면 병원 원무과 직원이었어요. 나이도 저와 동갑이었는데 이상하게 처음부터 관심을 보였지만 싫었거든요. 그런데 갈수록 일이 힘들고 집 생각이 나고 견디기 어려웠어요. 그때 제 맘을 잡아준 사람이 정숙 언니였어요. 그렇게 2년이 넘었을 무렵, 그 사람이 정식으로 제게 프러포즈를 하더군요. 저는 3년 계약 기간이 끝나면 한국으로 돌아갈 생각이 있었는데, 정숙 언니가 받아들이라고 해서 얼결에 결혼을 하게 되었어요."

결국 같은 병원에서 일하던 우리 형수의 권유로 소희는 독일 남자와 결혼을 하게 되었다는 말이었다. 여자는 오래된 항아리에서 오래 묵은 물건을 꺼내듯이 그렇게 무심한 듯 착잡한 얼굴로 힘들이지 않고 말했다.

"그럼 남자 집안에서는 반대하지 않았나요?"

"왜 아니겠어요. 남자 어머니가 엄청난 반대를 했지요. 그러나 나중에 아버지가 인정을 해서 성사가 되었지만, 사실 저는 당시 임신상태였어요."

나는 참 묘한 심정으로 좀 잔인하다 싶으면서도 물었다.

"그랬군요. 친정 식구들 문제가 터지기 전까지는 행복했겠군요."

여자는 실그죽한 얼굴로 나를 보다가 찻잔을 어루만지며 대답했다.

"선생님은 제가 행복했을 것이라고 믿으세요?"

나는 대답할 말이 궁해서 그냥 빙그레 웃으며 바라보기만 했다.

"처음 일 년은 시어머니 눈에 들기 위하여 간 쓸개 다 빼버리고 별별 짓을 다 했지요. 그러다가 연년생으로 아이 둘이 태어나고, 아이들에 정신을 빼앗기자 남편이 우리말로 바람을 피우더군요. 처음에는 이해를 했어요. 저도 자기 나라 여자 맛을 보고 싶었을 것이라고 넓게 생각했지요. 그렇지만 그 속이 어디 속이었겠어요? 잠시 그러다 마려니 했는데 아니더군요. 그래서 자주 싸우고, 저는 그저 울기만 하는 나날이었어요. 그 분풀이를 정숙 언니한테 하지만 그것도 한두 번이지요. 독일 사람들 겉으로는 안 그런 척하면서도 인종차별 엄청 심해요. 특히 시어머니는 처음부터 이혼할 때까지 저를 며느리로 대하지 않았어요."

"그럼, 아이들에게는 어땠나요?"

"애들한테는 잘했어요. 시아버지는 두 아이를 끔찍이 사랑했지요. 이혼할 때 애들이 열한 살, 열 살이었는데 살던 집도 그대로 주고 양육비 전체를 대주었어요."

"그야 당연하잖아요."

"그야 그렇지만요."

나는 가장 궁금한 것을 마지막으로 물었다. 지금까지 내가 겪은 이 여자가 정말 15년간 독수공방을 했는지 알아야 한다.

"참 안타까운 일이었군요. 그런데, 이혼한 뒤에 남자가 일절 발길을 끊었나요?"

아니나 다를까, 여자는 좀 난감한 얼굴로 잠시 딴전을 보다가 그러나 당당하게 대답했다.

"처음 한 일 년은 귀찮게 했지요. 아이들이 보고 싶다며 오기도 했구요. 그러다가 나중에는 내가 아이들을 주일마다 할아버지 집에 데려다주곤 했어요. 발길을 끊은 건 이년이 넘으면서부터였지요. 그쪽에서도 아이가 태어났거든요."

"그랬군요. 대답해 주어서 고마워요."

여자는 잠시 생각하다가 말했다.

"선생님이 묻지 않아도 말할 기회를 찾던 중이었어요. 이제 아이들도 다 자라서 독립하였고, 저도 자유로워요. 남은 인생 여자답게 남편 밥해 먹이고, 옷 빨아 입혀주며 오순도순 살고 싶어요."

마지막 말이 덜컥 가슴에 얹혔다. '남편 밥해 먹이고, 옷 빨아 입혀주며 여자답게 살고 싶다!' 이 말은 15년간 혼자 살아온 여자의 진심일 것이다. 남편이 동족 여자를 찾아 재혼했듯이 여자도 동족 남자가 그리웠을 것이다. 또한 나이 들어가는 황혼 녘 여자의 알뜰한 소망일 것이다. 결국 나는 감당하기 버거운 부담을 떠안는 결과가 되고 말았다.

제주도에서 돌아온 날 밤 나는 집에서 잠을 잤다. 8일 만에 집에서 혼자 침대에 누워보니 참 편안하고 홀가분했다. 어수선하고 소란한 호텔 방보다 오래 길든 내 집 내방이 천국이라는 것을 비로소 깨달았다.

160

아침에 일어나니 정신이 멍했다. 꿈을 꾸다가 깨어 보니 새벽 4시였다. 꿈을 더듬다가 그루잠이 들었는데 깨어 보니 6시다. 몸을 풀고 운동을 해야 하지만 간밤의 꿈이 육신을 잡아 누른다.

꿈에 아버지와 어머니를 보았다. 꿈에 더러 아버지 어머니를 보기는 했지만, 양주 분을 같이 보기는 처음이었다. 아버지는 쉰여덟에 홀아비가 되어 7년을 혼자 살다가 예순다섯에 돌아가셨다. 어머니는 쉰일곱에 진폐증(塵肺症: 먼지가 폐로 들어가 호흡 기능에 장애를 일으키는 병)으로 돌아가셨다. 진폐증의 원인이 바로 내가 철이 들면서부터 세상에서 가장 훌륭하다고 존경하던 문익점의 목화솜 때문이었다. 어머니뿐만 아니라 할머니의 며느리 셋이 모두 진폐증으로 세상을 떠났고, 아들 삼형제도 일흔을 못 살고 모두 저세상으로 갔는데 결국 목화솜 먼지가 원인이었을 것이다.

할머니 세 아들과 며느리 중 어머니가 가장 먼저 돌아가셨다. 내가 서른 살이던 1980년 어머니는 폐가 굳는 진폐증이라는 병으로 생을 마감했는데, 같은 증상으로 호흡곤란과 기침으로 골골하던 큰어머니와 숙모가 진폐증으로 밝혀지며 집안이 발칵 뒤집혔다. 따라서 아버지 삼형제도 종합 검진을 했는데, 여자들보다 심하지는 않지만 모두 진폐증 환자였다. 집안은 온통 난가가 되었다.

우리 집안은 40여 년간 삼베와 목화길쌈을 하여 돈을 벌어 동네 부자 소리를 들었다. 길쌈을 하자면 집이 넓고 베틀을 앉힐 방도 커야 한다. 하여 우리 집은 동네에서 가장 큰 집이었다. 베를 짤 수 있도록 실에 풀을 먹이고 도투마리에 감자면 마당이 넓어야 한다. 늦여름부터 가을까지는 삼베길쌈을 하고, 늦가을부터 목화를 따기 시작하면 이른 봄까지 목화 길쌈을 한다. 큰방 두 칸에 베틀 두 틀을 앉히고 밤늦도록 쩔걱쩔걱 바디 소리가 끊이지 않았다. 동네 아낙네들도 매일 두셋씩 와서 일을 했으니, 요샛말로 하면 우리 집은 작은 방직공장이었다.

껍질을 깐 목화를 씨아틀에 돌려 목화씨를 빼고 거핵을 내면, 어머니를 비롯한 여자들은 거핵(去核: 씨를 뺀 목화솜)을 커다란 활시위를 힘껏 당겼다 놓으면 활시위가 목화솜을 탁탁 치면서 탄력을 받아 부풀어지며 보드라운 솜이 된다. 그 과정에서 눈에 보일 정도의 보얀 먼지가 이는데 방안이 자욱할 정도였음이 어린 시절이던 내 기억에도 생생하다. 때로는 솜을 타면서 수건으로 코와 입을 가리기도 하지만 갑갑하다면서 그것도 하지 않았다. 눈에 보일 정도의 목화솜 먼지는 그대로 호흡을 통에 폐에 들어가면 배출되지 않고 그대로 폐에 들러붙는다. 하여 폐는 섬유질화 되어 점점 굳어지고 끝내 목숨을 잃는다. 그 병에는 약도 없다는 것이 어머니의 죽음으로 밝혀졌다. 속수무책으로 죽을 날만 기다리는 상황은 당사자나 가족들 모두 죽음보다 더한 고통이었다.

아니나 다를까, 어머니가 돌아가신 이듬해 큰어머니가, 그 이듬해 숙모마저 목화의 한을 품고 저세상으로 갔다. 그리고 이태 뒤에 큰아버지가 돌아가시고 이듬해 숙부가, 그리고 이태 뒤인 1987년 아버지가 돌아가시며 연년이 줄초상을 치르고 우리 집안에 진폐증 소동은 끝났다. 결국 내가 철이 들면서부터 세종대왕보다 먼저 알고 세상에서 가장 훌륭하다고 존경했던 문익점의 목화 때문에 우리 할머니의 아들 삼형제와 며느리 셋이 명대로 못살고 앞서거니 뒤서거니 저세상으로 갔다.

내가 열다섯 살이던 1965년 예순다섯에 돌아가신 할머니는 매년 음력 2월 초여드렛날 한밤중에 장독대 된장 항아리 위에 정화수를 떠놓고 절을 하며 비손이를 했는데, 그날이 문익점 제삿날이라고 했다. 필경 진폐증으로 돌아가셨을 할머니는 자신의 죽음 원인이 조상처럼 받들던 문익점의 목화 때문이었다는 것을 알았더라도 세 며느리에게 목화 길쌈을 계속 시켰을 것이다.

쉰여덟에 홀아비가 된 아버지는 7년을 혼자 살았다. 넓은 집을 헐고 우리 4남매가 아담한 양옥집을 지어드리고 새 장가를 들라고 지성껏 권해도 끝끝내 혼자 살았는데, 살림살이를 아낙네처럼 깨끗하게 잘했다.

잠자리에 누워 꿈을 더듬던 나는 마침내 깨달았다. 나는 형제 중 아버지를 가장 많이 닮았다. 물론 성격도 닮았을 것이다. 아버지는 지금 내 나이에 돌아가셨다. 꿈에 커다란 목화 활로 솜을 타던 어머니를 보았고, 알뜰하게 혼자 살던 아버지를 보았다. 나는 아버지를 닮은 아들이다.

여자가 독일로 가기 전날, 가방을 챙겨 우리 집에 데려왔다. 서초동에 혼자 사는 내 아파트는 54평이다. 그래도 책이 거실과 방 두 칸을 차지하여 일상 쓰임새는 그리 넓은 편이 아니다. 여자는 집안을 둘러보며 연실 감탄을 했다. 이런 집에서 둘이 알콩달콩 살고 싶다는 표정과 감정이 말 마디마디와 행위에서 드러났다.

내가 보글보글 끓인 된장찌개로 저녁을 먹고, 아끼던 고급 양주를 마시며 대화를 시작했다. 홀아비와 과부 간에 중요한 대화가 될 것이라 분위기가 비교적 무거웠다. 제주도 호텔 방에서 내가 넘겨받은 공을 이제 돌려주거나 게임을 끝내야 한다. 애타게 대답을 기다리는 여자의 모습이 안타깝다고 느껴졌다.

"소희 씨, 아직도 나와 재혼하고 싶다는 생각은 변함없나요?"

말끄러미 바라보는 얼굴이 예쁘고 처연하다고 느끼는 순간, 큰 눈에 눈물이 가득 맺혔다.

"제 마음은 변함이 없지만, 선생님 생각은 아니라는 것으로 짐작하고 있어요. 제 짐작이 틀렸으면 좋겠어요."

난제일수록 속전속결이 중요하다.

"아니, 틀리지도 않고 맞지도 않았어요. 왜냐하면, 아침에 깨어 잠든 얼굴을 매일 볼 수는 없어도 일 년에 4개월, 또는 반년씩 정도는 매일 볼 수 있는 방안을 내가 제시할게요."

여자는 굳은 얼굴로 눈을 크게 뜨며 온몸으로 말없이 재촉했다.

"나도 소희 씨를 사랑해요. 그 몸과 마음 매일 갖고 싶어요. 그러나 67년 내 삶이 크게 변동되는 게 난 겁나요. 그리고 우리 사랑이 끝끝내 지금처럼 뜨거울 수 없다는 당연한 사실이 부담스러워요. 게다가 난 누구의 간섭 없이 내 마음대로 자유롭게 사는 것에 길들어졌어요. 이건 내 쪽의 사정이고, 소희 씨 사정으로 보아도 40년간 살던 독일 생활을 하루아침에 접고 한국에 온다는 것이 그리 쉽지 않을 거예요. 게다가 아무리 잘 자라서 각기 제 삶을 산다지만 두 자녀를 그렇게 잊을 수는 없을 거예요. 이제 남매가 결혼하여 손자를 보게 되면, 지금보다 엄청난 변화가 옵니다. 내가 보는 소희 씨는 그 변화를 피할 수 없어요. 그리되면 우리 재혼은 지금처럼 행복할 수 없을 겁니다."

소희는 잠시 생각하다가 말했다.

"선생님 말씀 듣고 보니 그렇군요. 그러나 저는 선생님을 잊을 수 없어요. 매일 보고 싶어 아마 병이 날 수도 있을 것 같아요. 그건 어쩌지요?"

"그건 나도 그럴 거예요. 그래서 제안을 하지요. 내가 매년 한 번씩 독일에 가고, 소희 씨가 역시 매년 한국에 와요. 그러면 적어도 6개월 정도는 같이 지낼 수 있어요. 그게 바로 즐거운 이별,

행복한 만남이 아닐까요? 게다가 이 집이 그대 집이고, 독일 그대 집이 내 집이 되니까 우리 재산도 서로 지킬 수 있어요."

마주 앉았던 여자가 일어나 내 품으로 달려들었다. 목을 껴안고 사정없이 입술을 탐했다. 향긋한 위스키 맛이 입안에 가득하다. 얼굴을 뗀 여자가 눈물이 그렁그렁한 눈으로 행복하게 웃으며 말했다.

"어쩌면, 그런 행복한 방법이 있었네요. 즐거운 이별, 행복한 만남! 선생님 고마워요. 죽을 때까지 함학준 선생님 사랑할 거예요."

"나도 죽을 때까지 윤소희 씨 사랑합니다."

위스키 한 병이 바닥났다. 이제 여자의 서울 여행에서 마지막 밤이 남아있다.

불알친구 증손주

택배로 주문한 옥수수 20통이 와서 껍질을 벗기는데, 옆에 둔 전화기가 방정을 떤다. 열어보니 입력되지 않은 번호다. 같잖은 전화가 하도 많아서 뜨악하게 받았는데, 보리 탁배기 같은 걸쭉한 목소리에 외양간두엄 냄새가 확 풍기는 말투가 들렸다.

"니, 장준우나?"

나는 잠시 정신이 멍했다. 성인이 된 뒤에 내 이름을 이렇게 부른 사람은 없었다. 전화기를 들여다보다가 얼결에 그런 말투로 대꾸했다.

"근데, 넌 누구나?"

"낄낄낄……!"

귀에 거슬리는 웃음소리가 좀체 끝날 것 같지 않아 전화기를 멀거니 들여다보는데, 낄낄낄은 계속되었다. 낄낄은 남의 웃음을 비하하여 이르는 말이지만 이 웃음은 보태고 뺄 것도 없는 글자 그대로 '낄낄낄'이었다. 전화기를 귀에 대자 텁텁한 말이 왕왕 들렸다.

"준우야, 내다, 목식이, 조목식이다."

"뭐, 옥시기! 니가 옥시기라 이말이나?"

"그래, 옥시기. 옥시기 맞다 야."

이런 옥시기라니! 까다 만 옥시기를 눈앞에 치켜들고 말했다. 나는 늘그막에 임플란트로 치아를 보강하고 옥수수 옛맛을 되살려 매일 한두 통씩 먹는다.

"니, 시방 거 어디나?"

"내, 시방 여 면목동에 와있다."

"뭐라, 면목동?"

"그래, 증손주눔 첫돌 해먹을라구 오늘 올라왔다, 야."

이런, 갈수록 태산이라더니, '증손주'란 도드라진 말이 솜방망이처럼 내 머리를 툭 쳤다. 나이 일흔여덟에 증손주라! 56년 만에 전화로 만난 불알친구와 30여 분간 많은 얘기를 나누고 증손주 첫돌 잔치에 초대를 받았다.

조목식이는 어려서부터 옥수수를 하도 잘 먹는 데다 이름이 '목식'이어서 별명이 '옥시기'였다. 우리는 늘 놀려먹었다. '목시기 옥시기 억시기(게) 먹네' 우리 어릴 때는 찰옥수수가 없었다.

하얀 메옥수수 알이 손톱만큼 굵은데, 옥수수통 크기가 아이들 팔뚝만 했다. 제 팔뚝만 한 옥수수를 옥시기는 서너 입만 훑으면 빈 통이 되었다. 말이 빈 통이지, 겉만 뜯어먹은 옥수수통에는 씨눈이 그대로 있어서 마당에 휙 던지면, 닭들이 달려들어 다투어 쪼아먹는다. 요새 말로 하면 옥시기는 탄수화물만 뜯어 먹고 단백질인 씨눈은 버리는 것이다. 하기는 노란 씨눈을 먹은 암탉은 노른자가 샛노란 알을 낳으니 아까울 것은 없을 터였다.

조목식이는 별명이 또 하나 있었다. 너부데데한 네모진 얼굴에 입이 하도 커서 '미기(메기)'였다. 그는 어릴 때부터 주먹을 입에 넣고 빨아서 오른쪽 주먹이 늘 허옇게 팅팅 불어 있어 우리는 놀려먹었다.

"미기야, 주먹 맛있니?"

"말이라구? 손구락 보담 열 배나 맛있지"

그 큰 입으로 옥수수통을 아구아구 훑는 모습이 눈에 선하다. 내륙 지방인 우리 고향은 옥수수와 감자의 고장이다. 흙살이 좋은 평지밭에는 감자나 콩, 조와 수수를 심고, 비탈밭이나 자갈밭에는 옥수수를 심는다. 삼복더위 한낮이면 메마른 밭의 옥수숫대는 수분을 빼앗기지 않으려고 잎이 대롱처럼 도르르 말린다. 그에 따라 자갈밭은 그늘이 없어져 따가운 볕에 자갈이 따끈따끈하게 달궈진다. 그때 소나기가 쏟아지면 바짝 달궈진 자갈이 빗방울을 퉁기며 '피식피식' 오줌을 싼다. 그 알칼리성 자갈 오줌이

옥수수에 딱 좋은 거름이 된다. 조목식이네는 종손이라 그런지 산이 많아 비탈밭 자갈밭이 많아서 옥수수 농사가 주농이었다.

나보다 한 살 더 먹은 목식이는 내가 스무 살 고등학교 3학년 되던 해 봄에 장가를 들었는데, 처가가 평창군 둔내면 하늘 아래 첫 동네였다. 1964년 그 무렵 결혼은 신붓집 마당에서 혼례식을 했었다. 혼인날이 되면 신랑은 도락구(트럭)를 대절해서 타고 가는데, 우인友人 대표라 하여 신랑 친구들 예닐곱 명이 도락구 적재함에 타고 따라간다. 벌목 목재를 운반하던 험한 산판 비탈길로 아슬아슬하게 한 시간 올라간 곳에 대여섯 집 마을이 있었다. 우리 마을도 왜정 때부터 신작로가 나기는 했지만 산골인데, 나는 그런 산중에도 마을이 있다는 것을 처음 알았다.

그때 혼례식에는 으레 우인 대표 중의 대표가 축사를 읽었는데, 축사를 내가 쓰고 읽었다. 우리 마을 처녀총각 혼인에는 늘 내가 축사를 써주었고, 때로는 초대되어 가서 축사를 읽고는 했었다. 혼인 사흘 뒤, 신랑이 첫 신행을 다녀온 뒤에 새신랑을 달아 먹는 맛과 재미가 꽤 쏠쏠했었다.

입쌀밥을 제삿날 보기는 했어도 먹어보지는 못했고, 초등학교 문턱에도 못 가보았다는 그 산골 처녀에게 장가를 든 목식이는 이듬해 외가가 있는 이웃 마을 용정리로 이사를 갔었다. 외동딸이던 목식이 어머니의 노모가 죽어 홀아버지를 모시기 위해서였다. 그 뒤로 나는 조목식을 만난 적이 없었다. 결국 외할아버지

재산이 모두 목식이 것이 되어서, 근방 3동네에서 가장 부자라는 소문은 들었다.

이들 부부는 몸이 튼튼하고 금슬도 좋아서 3남 3녀를 두었다고 했다. 장남과 첫딸이 내가 졸업한 강릉 K대학 교수라고 했다. 막내아들이 아버지 뒤를 이어 농사를 짓는데, 2만여 평 농지에 최신식 농법과 장비로 농사를 지어 힘도 들지 않는다고 자랑했다.

내일이 첫돌이라는 증손주를 낳은 손자는 친구 장남의 장남인데, 스물여덟 살이라고 했다. 그는 증손주까지 손자 손녀가 열셋이라고 했다. 우리가 '미기, 옥시기'라고 놀려먹던 조목식이는 시골 초등학교 출신이지만 농사에 성공하였고, 자식 농사도 대성공하여 부러울 게 없다고 했다. 그는 거짓말을 할 사람이 아니고 허풍은 더더구나 아니다.

우리 마을에서 세 번째 대학생으로 부러움의 대상이었고, 첫번째 대학교수가 되었던 내가 지금 조목식이만큼 행복한가? 아니다. 그가 부러워지니 아닐 것이다. 나는 3전에 상처(喪妻)를 하였고, 외국 유학을 보냈던 큰딸은 그 나라 남자와 결혼하여 잘 살기는 한다. 둘째 딸은 결혼하여 잘살지만, 10년 전에 딸 하나 낳고 단산하였다. 나는 외국의 외손자까지 손자가 셋이기는 하지만, 한 달에 한두 번 보는 열 살인 외손녀 하나가 고작이다. 하여 나는 증손주는 언감생심 꿈도 꿀 수 없다.

하늘 아래 첫 동네 처녀였던 동갑내기 그의 처도 산중의 정기를 받고 자라서였는지, 아직 건강하여 트랙터를 모는 등 막내아들에 버금가는 농사꾼이라고 자랑을 늘어놓았다. 꽤 예쁜 얼굴에 연지, 곤지 찍고 족두리 쓰고 다소곳이 앉았던 새색시가 아직도 눈에 선하다. 이 또한 홀아비인 내게는 머나먼 나라 사람 이야기다.

행복이란 누가 주지도 팔지도 않는다. 형체도 없고 냄새도 없다. 모름지기 자신이 찾아내어 다듬고 가꾸어야 한다. 그러나 인위적으로 행복이 만들어지는 것은 아닐 터이다. 열심히 살다 보면 행복이 되고, 가족 간 이웃 간에 서로 보듬어 안고 사랑하며 살다 보면 그게 행복이라는 걸 느끼게 될 것이다. 불알친구 조목식이는 그렇게 살다 보니 저절로 행복해졌을 것이다.

목식이는 가을 소나무 밑에서 이른 아침 이슬을 머금고 살며시 머리를 내미는 보얀 송이버섯 같은 순진무구한 사람이다. 오랜만에 듣는 친구 목소리가 너무 반가워 숨도 못 쉬고 낄낄거리며 반기는 진정한 친구다. 대학을 나와 대학교수를 한 나와 초등학교 출신인 조목식이는 늙어온 과정은 다르지만, 불알을 잡으며 자란 70년 지기 친구다.

오늘 밤은 초등학교 때, 소풍 가기 전날 밤처럼 고향 생각 유년의 추억으로 잠을 이루지 못할 것 같다. 내일 불알친구 옥시기를 만나면 와락 그러안고 등을 두드려주고는 물어볼 것이다. '옥식아, 시방도 옥시기 억시기 먹니?' 연거푸 놀려먹을 것이다. '미기야, 주먹 한 번 빨아봐.' 그리고 불알친구 증손주 고사리 같은 예쁜 손가락에 반 돈짜리 금반지를 끼워주고 오랜만에 배릿한 아기 냄새를 맡으며 꼬−옥 안아줄 것이다. 내 품에 안겨 방실방실 웃는 아기, 증조 할아비를 닮아 얼굴이 탐스럽게 너부데데할 친구 증손주가 눈에 선하다.

어머니의 소

꿈에 보이는 소를 조상祖上이라고 해몽한다. 나는 청년기를 지나 장년에 이르는 동안 가끔 소가 보이는 꿈을 꾸었었다. 그런데 그 꿈이 사뭇 엇비슷했다. 외양간에 메어 있거나 대문 바깥 담장 밑에 메어 있거나 늘 비쩍 말라 갈빗대가 어른어른 드러나 비실거리는 소가 보이곤 한다.

그러한 꿈을 자주 꾸어 어머니에게 꿈 이야기를 했었는데, 그게 아마 내가 서른대여섯 되던 해였을 것이다. 서른에 장가를 들어 첫딸을 낳고 둘째로 아들을 본 지 반년쯤 지난 뒤였는데, 그 무렵에 유달리 비슷한 꿈을 하도 자주 꾸어 아무래도 이상하여 어머니에게 말했었다.

꿈 이야기를 들은 어머니는 대뜸 눈을 동그랗게 뜨며 내 무릎 앞으로 당겨 앉아 목소리를 착 가라앉히며 물었다.

"애, 그런 꿈을 은제버텀 꾸었니?"

"군대 갔다 온 뒤부터였으니, 하마 십여 년이 넘었구면요."

내 얼굴을 올려다보는 어머니의 크고 동그란 눈에 놀라움과 애잔한 빛이 서리는 모습을 보며 나는 잠시 마음의 갈피를 잡을 수 없었다. 어머니 눈은 유난히 크고 순해서 남들은 영락없는 암소 눈이라고 했었다.

여자가 눈이 크면 겁이 많다고들 하지만 천만에, 어머니는 겁 없이 당차기만 하다. 그 맑고 큰 눈빛에 한 번 쏘이면 누구든 고개를 숙이게 마련인데, 아버지는 일흔 중반에 이른 지금도 더러 어머니 눈망울 속에 갇혀 사는 사람이라고 반 자랑 반 심술을 부리곤 한다. 이제는 일흔이 넘어 비록 눈가에 잔주름이 자글자글하지만, 눈동자는 아직도 보이는 사람을 모두 담을 만큼 크고 시원하다. 그 눈동자에 잔잔한 놀라움과 애잔한 빛의 어림을 보며 나는 어쩔 수 없이 으스스 긴장이 되어 물었다.

"엄니, 왜 그런 눈으로 보세요?"

"그 꿈이 아무래두 심상찮다. 한두 번이 아니구 십여 년이 넘두룩 그런 꿈을 꾼다니, 그게 어디 예삿 꿈이겠느냐!"

혼잣말처럼 말끝을 사리며 어머니는 시선을 떨구었다.

나는 더욱 긴장이 되어 물었다.

"예삿 꿈이 아니라니요? 엄니, 그냥 꿈일 뿐이라구요."

어머니는 빨아들일 듯한 눈으로 나를 보며 목소리를 나지막이

깔았다.

"꿈에 보이는 소는 조상이란다. 굶주린 조상이 네 꿈에 보이는 것이여."

"엄니, 굶은 조상이라니요? 그런 조상이 왜 내 꿈에 보여?"

너무 황당하여 펄쩍 대드는 내 무릎을 다독이며 어머니는 말을 이었다.

"어미 말 잘 들어라. 돌아가신 선대는 모두 조상이여, 네 백부모님이 바로 굶은 조상일 게다."

순간적으로 열이 머리끝으로 치솟아 정색을 하고 대들었다.

"말도 안 돼요! 그 백부가 왜 굶은 조상이여, 딸이 셋씩이나 있잖아요."

"아니다. 미국이니 캐나다니 떠돌아다니는 년들이 제 부모 제산들 지내겠느냐? 설사 지낸다구 해두 혼백이 타국 만 리 돌아다니며 제사 얻어먹지는 않을 것이다."

나는 놀라움을 넘는 울화가 치밀어 냅다 내쳤다.

"엄니, 그렇다고 그 조상이 왜 내 꿈에 보입니까? 그것도 비쩍 말라 시빌비실한 눈으로 왜 밤마다 날 쳐다보냔 말입니다."

어머니의 눈은 더욱 동그래지면서 재우쳤다.

"뭣이야! 그런 눈으루 널 쳐다본단 말이지?"

앉아 있다가는 뭔 말을 더 들을지 몰라 벌떡 일어서며 내쏘았다.

"몰라요. 엄니는 괜한 말을 해서 속을 뒤집어요. 그만 하세요."

어머니의 심상찮은 눈길을 등 뒤로 느끼며 마당으로 나섰다. 괜히 욱해서 어머니에게 화풀이를 했지만, 가슴속은 못 먹을 것을 억지로 씹어 삼킨 뱃속처럼 거북스럽기 짝이 없었다.

해가 뉘엿뉘엿 지는 초겨울 서녘 하늘은 을씨년스러운데, 누더기 같은 구름 조각들이 벌겋게 물들어 산머리 위에 어지러이 널려 있었다. 겨울 석양은 쓸쓸해서 슬프다. 돌연 콧잔등이 시큰해져 황혼을 보는 눈앞이 부옇게 흐려지며 꿈속의 야윈 소가 보였다. 손등으로 눈을 훔치며 마당으로 내려섰다. 아버지는 50여 마리의 소여물을 모두 주었는지 축사 단속을 하다 말고 나를 바라보았다.

나는 축사로 가서 아버지께 에멜무지로 말했다.

"여물 다 주셨어요? 힘드신데 절 부르시죠."

목에 둘렀던 수건을 풀어 가슴이며 다리의 먼지를 툴툴 털며 아버지가 받았다.

"맨날 하는 일인데 힘들게 뭐 있어. 어여 들어가자. 날이 급작이 추워진다."

"먼저 들어가세요. 잠시 둘러보고 들어갈게요."

석양을 등지고 걸어가는 아버지 뒷모습이 왜소하고 쓸쓸하여 콧잔등이 시큰해져서 돌아섰다. 나란히 서서 우걱우걱 사료를 먹는 소들을 물끄러미 바라보았다. 곁눈질을 하며 먹는 놈도 있고,

주둥이를 처박은 채 식탐을 부리는 놈도 있다. 부지런히 먹이를 먹는 소들을 둘러보며 꿈속에서 보이던 소를 떠올렸다. 꿈속에서는 소가 여물을 먹는 모습을 단 한 번도 본 적이 없었다는 생각에 이르며 나는 그예 부르르 진저리를 쳤다.

그 소는 결국 내가 굶겨서 갈비뼈가 두둘두둘 드러나도록 야윈 것일까? 그래서 늘 목마른 눈길로 나를 바라보았던 것일까? 나는 세차게 머리를 내젓고는 먹이를 먹는 소머리를 쓰다듬었다. 소는 머리를 들어 내 눈을 빤히 쳐다보았다. 그 눈은 방금 내 말에 놀라 쳐다보던 어머니의 눈도 아니었고, 꿈속에 나타나 나를 바라보던 소의 눈은 더더욱 아니었고, 어리광을 부리는 순진한 어린아이의 눈망울이었다. 소는 한 걸음 다가서며 머리를 내 가슴으로 들이밀었다. 나는 오른팔로 소머리를 안고 왼손으로 목덜미를 쓸어주며 생각했다. 꿈속에 보이는 소에게도 나는 과연 이렇게 할 수 있을까?

내 꿈속에 보이는 야윈 소가 조상이라면, 그 소는 내가 굶겨서 그런 모습으로 나타난다는 어머니의 말에 일리가 있기는 있다. 그러나 나는 그 조상의 제사를 봉사할 의무가 없다. 어머니 말대로라면 큰아버지가 그런 모습의 소로 내 꿈에 나타난다지만, 양아들인 내가 그 제사를 봉사할 이유며 의무가 십여 년 전부터 없어졌던 터였다.

내가 큰아버지의 양자로 들어간 것은 열다섯 살 되던 해였다. 아버지는 3형제 중의 셋째였는데, 둘째 큰아버지가 딸만 셋에 아들이 없어 내가 양자로 들어갔었다. 큰아버지는 젊어서부터 소 장사를 해서 돈을 잘 벌어 동네 부자 소리를 들었다.

아버지는 농사를 짓는 틈틈이 큰아버지를 따라다니며 사들이는 소를 모아 집으로 몰고 오는 일을 거들기도 했는데, 나중에는 우리 텃밭에 넓은 마구간을 짓고 마방을 차려 큰아버지가 사들이는 소를 며칠씩 거두는 일을 했다. 때로는 소가 20여 마리에 이르기도 하고 대여섯 마리가 되는 때도 있지만, 장날마다 사들이고 팔려나가는 소가 끊이는 적 없이 늘 소가 북적거렸다.

내가 고등학교에 입학하며 큰댁 양아들로 들어가게 되었을 때, 두 살이 위인 형이 고등학생이었고, 여동생이 중학교에 입학하게 되자 큰아버지가 나를 데려가겠다고 했었다. 그러잖아도 생활에 부담을 느끼던 아버지는 이미 큰아버지 아들로 족보에 올라 있던 나를 기다렸다는 듯이 보냈었다.

양자로 가긴 했지만 작은 봇도랑을 가운데 둔 이웃 간이라 나는 두 집을 오가며 살았다. 그때 큰댁의 사촌 누나 셋 중 둘은 이미 출가한 뒤였고, 막내 누나가 고등학교를 졸업하고 읍내 우체국에 취직이 되어 다니고 있었으니 나는 양부모와 누나의 보살핌과 사랑을 받으며 고등학교를 졸업했다.

원주의 대학에 진학한 나는 3학년 2학기에 휴학을 하고 군에 입대했다. 큰아버지는 내가 입대한 얼마 뒤에 홍천 장에서 소를 팔고 오다가 강도를 만나 흠씬 두들겨 맞고는 소 여남은 마리 값의 돈을 몽땅 털리는 사고를 당했었다. 강도가 휘두른 몽둥이에 정강이가 부러져 거동이 불편해졌을 뿐만 아니라, 이제는 나이가 들고 겁을 먹은 탓인지 다시는 소 장사를 하지 않겠다고 했다. 큰 돈을 빼앗기고 몸까지 상한 큰아버지는 울화병이 생겨 젊어서부터 즐기던 술로 소일하고 있었다.

그러던 큰아버지가 예순다섯이 되던 해에 갑자기 돌아가셨다. 그러나 나는 그 장례에 참석할 수 없었다. 그때까지 족보상의 아들로만 올라 있었지, 호적상으로는 아들이 아니었기 때문에 군대에서는 친상(親喪) 휴가를 내주지 않았다.

장례를 치른 지 4개월 뒤에 정기휴가를 나와 미리 준비해 두었던 내 상복을 입고 큰아버지 산소에 가서 곡을 하며 제사를 지내고 아들 노릇을 했다. 그리고 1년 반 뒤에 제대를 했을 때, 내가 4년 남짓 살았던 큰댁은 마을에 없었다. 사촌 누나들이 땅이며 임야 등 전 재산을 팔아 어머니를 모시고 떠났는데, 그 돈이 20억이 넘었다고 했다.

어느 날 큰어머니가 우리 집에 와서는 내일 큰 딸네 집으로 이사를 간다고 해서 아버지 어머니는 깜짝 놀라면서도 설마 했었다. 그러나 과연 이튿날 새벽에 사위 둘이 들이닥쳤고, 큰어머니는 울면서 이삿짐을 대강 챙겨 작은 트럭에 싣고 떠났다고 했다.

60년 살던 집을 미련 없이 버리고 떠난 그 빈집에 사흘 만에 외지 사람이 이사를 왔는데, 남겨진 엄청난 살림살이들을 어머니더러 치워달라고 했다.

아버지와 어머니는 재당숙 내외와 합세하여 살림살이를 들어내고 보니 4톤 차로 한 차가 넘더라고 했다. 나는 그렇게 양부모로부터 버림을 받았다. 1980년대 중반에 20억이면 큰돈이었다. 사촌 누나들은 감쪽같이 자기 아버지 재산을 팔아 세 자매가 모두 미국으로 이민을 가버렸다.

그러나 나는 지금도 그들을 원망하거나 욕하지 않는다. 4년이 넘도록 먹여주고 재워주며 고등학교를 졸업시켰고, 대학 입학금이며 등록금 5분기분을 대주었으니 그만해도 큰 덕을 본 셈이었다. 그러나 아버지는 가끔 후회를 했다. 돈이 들더라도 내가 어릴 때 호적을 파서 옮겼더라면 이런 일은 안 당했을 것이라고 하지만, 어머니는 그러는 아버지를 안타까운 눈으로 바라보며 뒷말을 자르곤 했었다.

그날 저녁을 먹은 뒤에 어머니는 아버지에게 내 꿈 이야기를 했다. 아버지의 반응도 어머니와 마찬가지였다. 딸년들이 제사를 모시지 않는 것이 분명하다는 것이었고, 내가 지금까지 운이 풀리지 않는 것이 그 탓일지도 모른다며 어머니보다 한 발 더 나서서 내 속을 뒤집었다.

나는 대학 영문과를 졸업하고 부모님을 졸라 적잖은 돈을 마련해서 중고등학생 보습학원을 차렸었다. 그러나 치열한 경쟁에 밀려 3년 만에 실패한 뒤로 학원 영어 강사를 하고 있지만, 두 아이들 뒷바라지도 빠듯하여 아내까지 논술 그룹지도를 한다. 그래도 겨우 먹고 사는 게 고작인 실정이다. 하지만 그것이 아버지 말대로 양부모 제사를 봉사하지 않은 탓이라고 믿기는 싫었다.

어머니는 잠시 뜸을 들이다가 말했는데, 틀림없이 아버지와 말을 맞춘 뒤의 결정을 내게 통고하는 어조였다.

"애비야, 니가 제사를 모셔라. 따로따로 모실 필요는 없다. 큰엄니는 타국 땅에 묻혔을 것이니 제삿날을 알 수는 없구, 큰아버지 제삿날 함께 메를 떠놓고 한해 한 번만 제사를 모시거라."

아버지도 거들었다.

"그렇게 해라. 딸년들 행위를 생각하면 치가 떨리구 분하기두 하다만은 애비에게는 바로 위의 형님이기두 하다. 그두 그렇거니와 그 형님 덕에 이만큼이나마 살게 되었으니 그것두 은덕이다."

나는 울컥 화가 치밀어 대꾸했다.

"은덕은 무슨, 아버지가 그만큼 거들었으니 대가를 받은 거잖아요. 큰아버지는 소를 사들이고 팔기만 했지, 관리는 아버지가 다 했잖아요. 두 분이 젊어서부터 몇십 년을 소똥만 치우다 늙은 생각은 왜 안 하십니까?"

어머니는 늙은 암소의 눈으로 나를 어르며 말했다.

"그렇기는 하다만, 그렇지 않으면 또 어찌했겠니? 몇 뙈기 안 되는 농사지어야 겨우 입에 풀칠하면 고작이었다. 그래두 그냥반 덕에 돈을 모아 땅을 산 것이 오늘날 이만큼이나마 살게 된 것이여. 그두 그렇지만, 아부지 형제들처럼 우애가 좋은 집안은 없었단다. 어미는 지끔두 울면서 떠나던 형님 생각을 하면 가슴이 짠하다.”

어쩔 수 없이 부모님만큼 자상하던 백부모님을 떠올리며 나는 한풀 죽어 툴툴댔다.

“그건 다 옛날얘기가 돼버린 일이잖아요. 현실은 그게 아니잖아요. 제사를 모시게 되면 나중에 그 제사 제 아들이 맡게 되는데, 엄니, 그게 말이 됩니까?”

두 분은 잠시 눈길을 주고받으며 아버지가 말했다.

“그것두 참 그렇구나. 하지만 기왕 말이 나온 김에 제사는 모셔야 한다. 니 대에서만 모시거라. 그저 마음에 걸려서 그런 것이니 날짜만 잊지 말구 주과포酒果脯만 올리더라두 지내야 한다.”

나는 단호히 잘랐다. 애초부터 그럴 생각은 추호도 없었음이었다.

“아버지, 저는 못 합니다. 애들 어미두 보나 마나 펄쩍 뛸 겁니다. 전 그 사람 설득할 자신이 없어요. 그거 엄니도 아시잖아요?”

어머니는 비로소 심각한 얼굴이 되어 잠시 머리를 주억거리고는 말했다.

“애비 말이 맞다. 그걸 에미한테 강요할 수는 없겠구나. 허지만, 애초 말이 없었다면 모르거니와 이제는 그만둘 수 없게 되었다. 여보 영감, 우리가 모십시다."

아버지도 이미 그 생각을 하고 있었던 듯 금방 받았다.

"할 수 없겠구먼, 그렇게라두 해야지. 대신 제삿날 너는 꼭 참례해야 한다."

나는 속이 떨떠름하기는 했지만, 시시때때로 꿈에 보이던 그 야윈 소를 보지 않게 된다면 그만한 일쯤은 감내하겠다고 생각했다.

그 해부터 시작한 양부모님 제사는 매해 한 번씩 큰아버지가 돌아가신 날 지내게 되었는데, 이상하게도 그 뒤부터 꿈에 그 야윈 소가 보이지 않았다. 그뿐만 아니라 나는 우연한 기회로 4년간 다니던 어학원을 옮겼는데, 국내 굴지의 그 학원에서 나는 토익과의 유명 강사로 소문이 나며 시쳇말로 뜨기 시작하여 연봉 억대 토익 강사가 되었다.

아내는 그것을 내 십 년 강의의 결과라고 우기지만, 나는 반박은 하지 않으면서도 꿈에 보이던 야윈 소가 보이지 않는 것과 무관하다고 생각지는 않았다. 아내 역시 겉으로는 벋대지만 내 심중을 아는지, 제작 년부터 제삿날이면 아침 일찍 내려가 어머니와 함께 제사 장만을 하곤 하여 부모님과 나를 즐겁게 해주었다.

나는 태어나면서부터 암소의 눈 같은 어머니의 눈을 보며 자랐고, 사물을 분간하면서부터 철이 들 때까지 소똥 냄새를 맡으며 성장했다. 우리 집에는 늘 소가 들끓어 소 울음소리가 끊일 날이 없었다. 부모님은 일흔 중반에 이르도록 아직도 소똥 속에 묻혀 산다.

큰아버지가 소 장사를 그만둔 뒤에도 아버지는 늘 소를 두세 마리씩 키웠는데, 그것이 어머니의 강요에 의한 것임을 나는 일찍부터 알고 있다. 어머니의 소 사랑은 나와 아내가 보기에는 안타깝고도 끔찍할 정도로 지극정성이다. 송아지가 태어나면 당신의 품속에서 기르다시피 하고, 소가 팔려나갈 즈음이면 며칠 전부터 소털을 고르고 쓰다듬으며 눈을 맞추고 그 큰 눈에 눈물이 어리곤 하였다. 그 모습은 영락없는 암소의 눈이라고 아버지는 늘 말했다.

그에 따라 아버지도 아내를 사랑하듯 소를 사랑해서 점차 사육 두수를 늘려 한때는 1백여 마리가 넘을 적도 있었다. 그러나 이제 나이가 들어 힘에 부치자 3, 40두로 줄이기는 했지만, 두 분의 소 사랑은 여전하다. 그렇게 두 양주분이 지극정성으로 키운 소는 팔려 갈 때마다 특급 판정을 받아 소득이 꽤 짭짤했다.

어머니는 소의 눈만 보아도 어디가 아픈지, 왜 병이 났는지를 단박 알아낸다. 그래서 다른 소에 전염되지 않도록 미리미리 사료를 조절하고, 예방 약제를 사료에 섞어 먹이고, 주사를 놓기도 하는 등 그 실력이 수의사에 버금간다. 그러자니 그 고생이 오죽

하고 안쓰러워 우리 형제는 고향에 갈 때마다 소를 처분하고 쉬시라고 채근하지만, 특히 어머니의 소고집을 꺾을 수 없다.

나와는 영판 달리 형은 소를 끔찍이도 싫어했다. 어려서부터 소똥 냄새며 소 울음소리도 싫어해서 고등학교를 원주 고모네 집에 가서 다닐 정도였다. 대학을 졸업하고 행정고시에 합격하여 고급 공무원이 되어 결혼했는데, 서울 토박이인 형수는 더더욱 소와 소똥 냄새를 싫어해서 설날 외엔 시가에 오지 않을 정도로 혐오했다.

우리 소에도 구제역이 왔다는 전화를 받은 것은 2010년 크리스마스이브인 24일 점심시간이었다. 동료 강사들과 점심을 먹던 나는 어머니의 전화를 받고 그만 넋을 잃었다. 가슴이 서늘해지며 머리까지 싸늘하게 식어가는 느낌이었다. 내 모습에 놀란 동료들이 무슨 일이냐고 물어댔지만 나는 자리에서 일어섰다.

학원 사무실로 돌아와 시골집으로 전화를 걸었다. 어머니는 울먹이며 전화를 받았는데, 내일 아침부터 살처분 작업을 하게 되었다며 그예 흐느껴 울었다.

전화기를 빼앗은 아버지가 받았다.

"그예 큰일이 터졌구나. 마흔여덟 마리 모두 묻어야 한다. 느이 내외가 어여 내려와야겠다. 내 혼자는 니 엄니를 감당할 재간이 없다."

나는 삭신에 맥이 풀려 일어설 기력도 없어졌다. 철저한 방역을 한다더니 결국 청정지역 강원도 횡성의 한우 대단지에도 구제역이 침범했다. 잘 키운 그 많은 소들을 모두 땅속에 묻어야 한다니……! 몰살을 당하는 소도 소지만 근래에 부쩍 심신이 약해진 어머니가 그 충격을 과연 이겨낼지가 큰 걱정이었다. 마흔여덟 마리 중에 한 달이 채 안 되는 송아지가 열 마리이고, 부룩송아지가 열 마리에 나머지 스물여덟 마리가 곧 팔려나갈 소들이었다.

어머니는 특히 송아지들을 사랑하여 자식 키우듯이 애지중지한다. 이제 봄이 되면 한창 눈에 보이도록 우쑥우쑥 자라는 송아지들을 꿈꾸며 알뜰히 보살피던 어머니의 심적 충격이 눈에 보이는 듯 선하여 아무 생각도 할 수 없다. 그러나 오후 강의를 폐할 수는 없었다.

아내와 함께 시골집에 도착한 것은 오후 여덟 시였다. 아니나 다를까, 어머니는 몸져누웠고, 아버지는 주방 식탁에 앉아 술을 마시는 중이었다. 우리 집에는 늘 강냉이 맑은 술이 떨어지지 않는다. 아버지는 젊어서부터 강냉이로 빚은 술을 즐겨 드셨는데, 그것도 어머니가 담는 술만 드셨다. 어머니의 강냉이 술 담는 솜씨는 우리 집안에 대대로 내려오는 비법이라고 인근에 소문이 나 있을 정도로 그 술맛을 인정받았다.

아내는 서울에서 사온 전복죽을 데워 어머니와 함께 식탁에 둘러앉았다. 나는 아버지와 마주 앉아 가슴이 답답한 데다 갈증이 나서 강냉이 술 한 대접을 단숨에 비웠다. 구제역은 이웃 우천면에서 사흘 전에 발생했는데, 철통같은 방역망을 뚫고 신흥면까지 번졌다고 아버지가 말했다.

"이대루 간다면 불과 며칠 안에 횡성 한우는 씨가 마를 것이여. 대체 귀신의 조홧속이 아니구서는 이럴 수가 없다. 소를 키우는 집집마다 푸닥거리를 안 하는 집이 없다더라. 엊그제 니 엄니두 그걸 하더라마는 다 소용없는 짓인 줄 알지만 말릴 수는 없었다."

잡귀풀이 음식을 차려놓고 비손이를 하는 어머니를 떠올리며 나는 가슴이 답답하여 말했다.

"아버지, 그러면 온 동네 소를 모두 살처분한다는 겁니까?"

"어제버텀 상산리에서 살처분이 시작됐으니 점점 퍼지겠지. 낼은 우리 소버텀 시작해서 건넌말 광춘이네 소까지 한다더라. 그 집은 소가 백여 마리여."

죽을 서너 숟가락 뜬 어머니도 그제서 기력을 찾은 듯이 말했다.

"이 일을 우쩨면 좋으냐? 저 어린 것들 죽이는 꼴을 우찌 본단 말이냐! 억장이 무너진다더니, 그 말이 뭔 말인지 인제 알겠다. 그저 가슴이 먹먹하고 삭신이 떨려 갱신을 못하겠다."

아내가 어머니 손에 숟가락을 들려주며 말했다.

"엄니, 그럴수록 드셔야 합니다. 기운을 차리셔야죠. 어디 우리 소만 당하는 건가요. 소는 소일뿐이고 사람은 사람입니다. 이제 다시는 소먹이지 마세요."

나도 거들었다.

"그래요 엄니. 어서 드시고 정신 차리고 기운을 찾으세요. 내일 어머니 모시고 올라갈 테니 그리 아세요."

어머니는 눈을 크게 뜨며 물었다.

"올라가다니, 내가 어딜 간다는 것이냐."

아내가 받았다.

"엄니, 제가 모시고 갈게요. 텅 빈 축사를 보고 어떻게 견디실 건데요?"

어머니는 머리를 내저으며 받았다.

"나는 안 간다. 니 아버지는 어떻게 하구 나만 간다는 것이냐? 그두 그렇지만 내가 집을 비울 수는 없다."

아버지가 벌컥 역정을 내며 거들었다.

"애들이 가자면 가. 텅 빈 외양간 들여다보며 우는 꼴 나두 보기 싫어. 내 걱정 말구 한 대엿새 쉬다가 와."

"영감일랑 내 걱정 마시우. 내가 소를 한두 해 멕였수? 그간 소들 모두 팔아버린 셈 치면 되지 뭘."

큰 눈에 눈물을 머금고 입을 앙다무는 어머니를 보며 가슴을 쓸어내렸다. '그간 소들 팔아버린 셈 치겠다'는 말은 가슴에 담아두겠다는 말에 다름이 아님을 나는 안다. 어머니는 저 큰 눈에 막내송아지를 비롯한 마흔여덟 마리의 소를 모두 담고는 나날이 괴로워하며 살 것이 뻔하다.

이튿날 이른 아침이었다. 식구들이 서둘러 아침 식사를 마쳤을 8시에 굴삭기 한 대가 왔다. 아버지는 어제 이미 정해진 구덩이 자리로 굴삭기를 인도해서 구덩이를 파게 했다. 그곳은 축사에서 100여 미터 떨어진 산 밑의 밭 자락이었다.

아버지와 어머니가 서둘러 아침 여물을 주어 소들은 이미 먹이를 다 먹고 어슬렁거리거나 어미 소들은 새끼에게 젖을 먹이는 등 마냥 평화롭기만 했다. 소들이 잠시 뒤에 벌어질 참상을 알 턱이 없으니, 배불리 먹은 부룩송아지들은 한창 신바람들이 나서 이리저리 경둥경둥 들뛰고 있었다.

축사에 나와 땅을 파는 굴삭기를 물끄러미 바라보던 어머니는 '핑'하고 코를 풀어 기둥에 닦고는 암소들 축사로 들어가고 나는 그 뒤를 따랐다. 어머니는 송아지들을 둘러보다가 보름 전에 낳은 막내송아지 곁으로 다가섰다.

송아지는 어머니를 알아보고 다가와 말간 눈으로 올려다보며 어리광을 부렸다. 어머니는 와락 달려들어 송아지 목을 그러안고는 콧등이며 볼에 얼굴을 비벼대다가 그예 흐드득 눈물을 쏟았다. 어미 소가 다가와 어머니 등에 볼을 비벼댔다.

어머니는 팔을 벌려 어이 새끼 두 마리 머리를 한꺼번에 그러안았다. 새끼 달린 소들이 중긋중긋 모여들기 시작하였고, 덩달

192

아 따라온 대여섯 마리의 송아지들은 제 어미를 찾아 젖꼭지를 물기도 하고, 저들끼리 툭툭 머리를 받으며 장난을 치는 녀석들도 있다. 젖을 빨던 송아지는 젖이 안 나오는지 젖꼭지를 놓고 머리로 어미 젖퉁이를 서너 번 쿡쿡 치받고는 다시 젖을 빨기도 했다.

나는 그 모습들을 물끄러미 바라보며 치미는 격정을 참을 수 없어 '헉!'하고 숨을 몰아쉬었다. 세상에 이렇게 아름다운 광경이 또 있을까? 철이 들면서부터 소를 식구처럼 대하며 살았지만 이런 광경을 보는 건 처음이다. 나는 흐르는 눈물을 닦을 염도 없이 앉은걸음으로 어리게 보이는 송아지에게 다가갔다.

송아지는 코에 선 냄새를 맡았는지 주춤주춤 물러섰다. 다시 다가가자 송아지가 곁을 주며 내 어깨에 볼을 비벼댔다. 어쩔 수 없이 내 몸에도 소똥 냄새가 배어있을 터였다. 기특해서 송아지 머리를 쓰다듬다가 목을 안아주자, 송아지는 놀랐는지 화닥 머리를 빼고는 물러섰다.

어머니는 송아지들을 일일이 불러 목을 안아주었다. 송아지들은 어머니가 손짓으로 부르면 아기들처럼 아장아장 걸어와 어머니 품에 안기곤 했다. 나도 그렇게 해 보았지만 송아지들은 멀거니 바라보기만 할 뿐 곁을 주지 않았다.

송아지들은 모두 안아본 어머니는 옆의 부룩송아지 축사로 가며 나를 불렀다. 여남은 마리의 고만고만한 부룩송아지들은 한창 신나게 이리 뛰고 저리 뛰며 서로 장난질 치다가 어머니를 보고는 웅기중기 모여들었다. 코뚜레를 하기 직전의 부룩송아지들은 마치 사춘기의 아이들처럼 한창 장난꾸러기들이다. 잠시도 가만있지를 못하고 들고 뛰며 서로 머리를 들이받는 등 힘자랑을 하기 일쑤였다.

어머니는 송아지들을 일일이 돌아보다가 손바닥을 펴 내밀며 불렀다.

"누렁아 이리 온."

부룩송아지 서너 마리가 어정어정 걸어와 어머니 앞에 섰다. 어머니는 가슴까지 자란 송아지 뺨을 감싸안고 마치 눈싸움이라도 하듯이 눈을 들여다보았다. 어머니의 눈은 점점 벌어져 송아지 눈만큼 커졌다. 송아지가 눈이 부신 듯 머리를 냅다 흔들어 빠져나갔다.

어머니는 이어 두 마리 목을 한꺼번에 그러안았다. 두 마리가 버둥질치며 목을 빼서 후다닥 달아나더니 뒷발로 땅을 차며 경둥경둥 뜀질을 했다. 송아지들의 저런 뜀질은 한창 신바람이 났을 때 하는 행위임을 나는 안다.

뛰노는 부룩송아지들을 하나하나 눈에 담듯이 둘러보던 어머니는 발길을 돌리며 말했다.

"애비야, 난 다시 소를 멕일 것이다. 팔다리에 핏기가 있는 한 소를 멕일 것이여. 그리 알거라."

나는 어머니 마음을 안다. 어머니는 소가 없으면 하루 못 살 어쩔 수 없는 소의 분신이라는 것을……! 그러나 당장 축사에 소를 들일 수는 없을 것이다. 소를 먹이지 못하는 그 세월이 어머니에게는 가장 불행한 나날일 것임을 알기 때문에 내 마음은 더욱 안쓰럽고 불안하기만 했다.

살처분 수의사와 방역공무원, 작업 인부들이 들이닥친 시간은 아침 아홉 시였다. 하얀 방제 복장의 사람들 여남은 명이 축사로 다가가자 소들은 놀랐는지 큰 눈을 뚜릿거리며 여물통 빗장에 바짝 메어진 고삐를 목에 힘을 주며 당기도 하고, 네 굽을 연방 드놓으며 불안해했다. 어떤 소들은 콧김을 푸푸 내뿜으며 화를 내기도 하지만, 이미 고삐가 당겨 메어져서 행동이 자유로울 수는 없다.

어머니가 다가가서 고삐를 당기자, 소는 단박 순한 눈이 되어 다가와 손에 볼을 대며 비벼댔다. 어머니는 왈칵 눈물을 쏟으며 소 목을 그러안았다. 아버지는 멀찍이 돌아서 있었고, 나와 아내가 다가가서 어머니를 안아 떼어냈다.

주사기를 든 수의사가 말했다.

"어서 모시고 들어가세요. 우리가 작업을 할 수 없습니다."

아내가 흐느껴 우는 어머니를 안고, 나는 두 여인의 등을 밀어 집안으로 소 몰듯이 몰았다. 두 여인을 거실에 몰아넣고 축사로 나왔을 때, 여남은 마리의 소가 끌려 나가고 파놓은 구덩이 앞에는 쓰러져 죽은 소가 누렇게 보였다. 소들은 방제복을 입은 사람들이 고삐를 풀고 당기지만 완강하게 네 발로 버텼다. 몽둥이로 엉덩이를 맞으면 끌려 나와 비교적 순하게 걸어가지만, 구덩이 앞에 서면 심하게 나대는 모습이 축사에서도 보였다. 안락사 약제인 근육 이완제 석시콜린을 맞으면 소는 1분 이내에 털썩 주저앉으며 쓰러진다.

아버지는 끌려 나가는 소들의 등을 일일이 쓰다듬고 다독이며 콧물 눈물을 주체하지 못하지만, 나도 일하는 사람들도 그 짓을 말리지 못했다.

주머니 속의 전화기가 울었다. 어머니의 울먹이는 말이 들렸다.

"우찌 됐니, 큰 놈들은 다 끌려 나갔어?"

"예, 엄니."

"나가겠다. 가서 어린 송아지 한 번 안아주고 보내야겠다."

옆에서 만류하는 아내의 목소리가 들리고, 나도 외쳤다.

"엄니, 나오지 마세요. 가슴만 더 아프잖아요."

전화가 끊어짐과 동시에 어머니는 축사로 달려 나오고 있었다.

이제 남은 소는 가장 어린 송아지 어미뿐이었다. 어미 젖을 빠는 송아지를 차마 떼어놓을 수 없어 아버지가 고삐를 넘겨주지 않았음이었다. 나는 가슴이 타도록 안타까웠지만 아버지는 여전히 고삐를 쥐고 있었고, 그예 어머니가 달려왔다.

곁눈질로 어머니를 본 송아지가 어미 젖꼭지를 놓고는 가랑이에서 빠져나왔다. 어머니는 송아지를 와락 그러안고 얼굴을 비비며 끄억끄억 울음을 삼키고 있었다. 나도 아내도 아버지도 흰옷을 입은 사람들도 그저 바라만 볼 뿐이다.

잠시 뒤에 한 사람이 아버지 손에서 고삐를 넘겨받아 어미 소를 끌고 나갔다. 소는 큰 눈에 눈물을 주르르 흘리며 네 굽으로 버티지만 엉덩이에 몽둥이를 맞으며 비척비척 끌려 나갔다.

어미를 잃은 송아지들은 축사 한구석에 모여서 겁먹은 눈을 두릿거리고 있었다. 보다 못한 내가 어머니와 송아지를 떼어놓았다. 방역공무원인 듯한 사람이 내게 말했다.

"어서 부모님 모시고 들어가세요."

그 사람은 이제 아버지마저 들어가라고 말했다. 나도 그 말이 맞는다고 생각하며 아내에게 눈짓을 하고는 어머니 앞을 막아섰다. 천진한 어린 송아지는 아버지에게 다가서서 다리에 기대며 치근거렸다. 아버지가 꿇어앉으며 송아지를 그러안았다.

책임자인 듯한 사람이 언성을 높였다.

"시간이 없습니다. 어서 들어가세요."

나는 아버지를 안고, 아내는 어머니를 안고 밀다시피 축사를 나왔다. 어머니는 울음을 삼키며 들어가고, 아버지는 걸음을 멈추며 말했다.

"내가 있어야 한다."

나는 벌컥 역정을 내었다.

"왜요, 아버지?"

"넓은 축사에서 송아지들을 잡자면 내가 있어야 빠르다."

그럴 것이다. 송아지들은 낯선 사람들에게 잡히지 않으려고 들고 뛸 것이다. 어린 송아지들은 그래도 쉽겠지만, 고삐를 매지 않은 부룩송아지들은 더욱 날뛸 것이 뻔하다.

아버지와 축사로 들어갔다. 짐작대로 난장판이었다. 이미 세 마리의 송아지는 죽어 널브러져 있었지만, 일곱 마리의 송아지들은 잡히지 않으려고 들뛰고 있었다. 아버지가 송아지들에게 다가가자, 그제서야 긴장이 풀린 눈으로 뚜릿거리며 쭈뼛쭈뼛 다가서는 녀석도 있었다.

주사기를 등 뒤에 감춘 하얀 사람들이 조심스레 다가와 송아지 엉덩이에 주사침을 꽂았다. 송아지는 금방, 정말 어찌 그리도 금방 거짓말같이 털썩 나자빠지며 네 다리를 버둥거렸다. 그 광경을 보면서도 나는 이제 이상하게 아무런 감정도 일어나지 않았다. 다만 머리가 아득하고 삭신이 나른하다고 느낄 뿐이었다.

이내 정신을 차리고 보니 그새 열 마리의 송아지가 모두 나자빠져 있었다. 아버지도 이제는 눈물도 콧물도 흘리지 않았고, 다만 벌겋게 충혈된 눈으로 죽어 나자빠진 송아지들을 둘러볼 뿐이었다.

아버지와 나는 하얀 사람들에게 등 떠밀려 옆의 부룩송아지 축사로 갔다. 아버지를 본 송아지들이 우르르 몰려오다가 뒤서

웅기중기 선 하얀 사람들을 보고는 냅다 뛰어 달아나거나 더러
는 주춤주춤 물러서기도 했다. 아버지가 한 녀석의 목을 그러안
고 볼을 비비는 순간, 녀석의 뒷다리가 푹 꺾이며 주저앉았다. 그
러안았던 송아지 목을 놓은 아버지가 주사기를 든 사람을 충혈된
눈으로 노려보았다. 그 사람은 고개를 꾸벅 숙이고는 턱짓을 했
다. 고삐가 없는 부룩송아지들을 놀라게 해서는 큰일이다.

나도 송아지에게 다가갔다. 이상하게도 송아지가 내게도 곁을
주었다. 그러나 짧은 순간일 뿐이다. 여덟 마리의 송아지가 늘비
하게 죽어 자빠지자, 남은 두 마리가 마침내 난폭하게 날뛰기 시
작했다. 길길이 뛰며 음메 음메 누렇게 울부짖었다. 도저히 잡을
수가 없게 되자, 어느 사람이 말했다.

"두 사람만 남고 모두 나갑시다."

하얀 사람 둘과 아버지와 나만 남았다. 날뛰던 송아지 두 마리
가 그제서 축사 구석지에 모여 서서 멀거니 아버지를 보았다. 크
게 한숨을 내쉰 아버지가 송아지에게 다가가고, 나와 두 사람이
뒤를 따랐다.

아버지가 참으로 오랜만에 말을 했다.

"누렁아, 이리 온. 어여 이리 와!"

누렁이 두 마리가 머리를 들어 순한 눈으로 아버지를 보았다.
그 눈이 꼭 어머니 눈이었다. 아버지도 그 눈을 알았는지 금방 울
컥 울음을 토해냈다. 콧물 눈물이 한꺼번에 주체할 수 없이 흘렀

다. 참 이상하다. 사람이 늙으면 눈물과 콧물이 더불어 나오는 모양이다. 어머니도 방금 저렇게 울었다.

목에 감았던 수건으로 눈물 콧물을 훔친 아버지가 송아지를 어르며 다가섰다.

"누렁아, 이리 온."

한 마리가 목을 뽑으며 다가오고, 한 마리는 고개를 들어 '움ㅡ메!'하고, 누렇게 울었다. 아버지가 목을 껴안은 송아지가 푹 쓰러지고, 잽싸게 다가선 하얀 사람이 남은 송아지 엉덩이에 주사침을 꽂았다.

마지막 부룩송아지가 푹 쓰러지고, 아버지는 털썩 주저앉았다. 나는 그 순간부터 아무것도 생각하지 못하는 머릿속이 그저 텅 빈 멍청이가 되어버렸다.

그대, 고향에 가지 못하리

가을비가 을씨년스럽게 추적거린다. 빗방울을 맞고 하염없이 떨어지는 은행나무 잎들이 청승맞다. 도심의 은행잎은 단풍도 곱지 않다. 설삶아 놓은 우거지 배춧잎처럼 푸르뎅뎅하니 보기에 정나미가 떨어진다. 노랗게 잘 익은 은행잎과 새빨갛게 물든 단풍잎을 책갈피에 끼우던 기억이 문득 떠오르지만, 한가롭게 추억에 잠길 때가 아니었다.

택시를 잡지 못해 조급해지는 마음과 시름없이 떨어지는 낙엽의 느낌에서 오는 짜증이 겹쳐 나 자신이 처량 맞게 느껴졌다. 어쩌다 이 나이가 되도록 그 흔한 자동차 한 대 없이 이 꼴이란 말인가. 한때 잘나가던 시절이 이럴 때마다 돌이켜지는 것조차 짜증스럽다.

손님을 둘이나 태운 택시가 승차대 쪽으로 다가왔다. 나는 목을 길게 빼고 큰 소리로 '중랑교!' 했지만, 기사는 가당찮다는 웃음을 픽 웃고는 내 뒷사람을 쳐다보았다. 처음부터 같이 서 있던 40대 중반의 늘씬한 여자가 나를 힐금 쳐다보고는 '우이동!'하고 째지는 소리를 지르자, 기사는 벙긋 웃으며 빠르게 머리를 끄덕였다. 여자는 또 나를 핼끔 돌아보며 씩 웃고는 택시 앞문을 열고 엉덩이 먼저 밀어 넣었다. 나는 중랑교를 예닐곱 번, 외모 값도 못 하는 덤벙이에 틀림없을 저 여자는 우이동을 대여섯은 번 외쳤을 것이다. 우산도 없이 승차대와 도로를 들락거린 나는 비 맞은 장닭 꼴이 되었다.

바람이 비를 몰고 휘―익 스쳐 가자, 매연에 찌들어 푸르뎅뎅한 은행잎이 우수수 바람의 뒤꽁무니를 쫓아가다 하릴없이 보도에 나뒹굴었다. 아직 다섯 시도 전인데, 비가 오는 탓인지 사위가 어둑하다. 지금 택시를 잡더라도 다섯 시 반의 약속은 이미 틀린 노릇이다. 도로의 차들이 점점 많아져 그대로 주차장이 되었다.

택시를 두 대나 더 보내고 보니 내 뒤에 세 사람이 더 붙어 섰다. 실내등 불빛이 점점 더 밝아지는 길 건너 빌딩을 하염없이 바라보고 있는데 느닷없이 '빵! 빵빵!' 자동차 경적이 울려 기겁을 하고 놀랐다.

"저런 우라질 놈!"

욕지거릴 내뱉었는데, 승차대 앞 도로에 쥐색 승용차가 멎으며 앞문 유리가 슬슬 내려갔다. 운전자가 목을 억지로 빼고 뭐라고 하지만, 나는 관심이 없어 여전하게 욕지거리만 시부렁거렸다, 내 뒤에 서 있던 사람이 비를 맞으며 나가서 뭐라고 떠들더니, 되돌아와서 내 팔죽지를 쿡 찔렀다. 나는 웬일인가 싶어 두리번거렸는데, 승용차 운전자가 손짓으로 나를 부르고 있었다. 뭔가 싶어 다가가서 들여다보며 물었다.

"날 부른 거요?"

"그래, 어서 타시오."

"타다니? 당신이 누군 줄 알고 타!"

운전자는 같잖다는 얼굴로 말했다.

"당신, 평창 둔내 안 살았어?"

나는 더 대꾸할 필요도 없이 조수석 문을 열고 엉덩이를 들이밀었다. 문을 닫자마자 차가 출발했는데, 운전자 얼굴을 빤히 들여다보았지만, 전혀 낯선 사람이었다. 운전자는 곡예를 하듯이 2차선으로 빠져나가며 힐끔힐끔 나를 돌아보며 물었다.

"자네, 유길준이 맞지? 나 모르겠어?"

2차선과 3차선 중간에서 차 대가리를 삐뚜름하게 들이박은 채, 운전자는 아무렇지도 않은 얼굴을 내게로 돌려댔다. 괜스레 나 혼자 몸이 달아 얼른 차선을 바로 타기를 바라면서 나도 마주보았다. 어딘가 얼굴이 익은 듯도 싶었지만, 기억이 나지 않아 에멜무지로 대꾸했다.

"글쎄요. 혹시 응달모탱이 살던……."

그가 와르르 웃고는 핸들을 손바닥으로 두드리며 받았다.

"맞어, 내가 태춘이지."

고향마을이 크게 양짓말과 음짓말로 구분되었기에 그렇게 대 꾸했지만, 그는 볼수록 모르는 얼굴이었다. 가을비가 추적거리는 종로통은 갖가지 자동차들로 꽉 막혀 차는 아직도 차선을 휴전선 처럼 배꼽 밑에 깔고 대각선으로 삐딱하게 엎드려 있었다. 그가 고개를 빼고 앞을 보다가 말했다.

"신설동 쪽으로 빠질까 했더니, 이거 안 되겠구먼. 이 동네다 어디다 차를 박아놓고 한잔하세."

"아니, 저는 약속이 있는데요."

"약속! 어디서 무슨 약속이 있는지는 모르지만, 차가 이렇게 막히는데 어떻게 가나? 이 사람아, 고향 사람을 40여 년 만에 만 났는데 그냥 헤어져?"

애초부터 틀어진 약속으로 얼결에 방패막이를 하긴 했지만, 날 씨도 날씨인 데다, 저녁나절부터 기분도 더러웠던 터라 차라리 잘 됐다 싶었다. 이런 날 우연히 만난 고향 사람과 마주 앉아 술 잔을 기울이는 것도 그리 흔치 않은 행운일 것이다.

자동차들이 깡충거미처럼 쭈끔쭈끔 움직일 때마다 용케도 반 대쪽으로 차를 돌려 버스 차선으로 빠져나온 그는 종로 5가 뒷골 목으로 들어갔다. 문을 닫은 가게 앞에 차를 세운 우리는 먹자골 목으로 들어가서 B급 일식집으로 들어갔다. 이 집은 나도 가끔 드나들던 시장 뒷골목에나 있는 비교적 싼 일식 횟집이었다.

그가 자리에 앉자마자 손을 내밀어 악수를 청하며 말했다.

"자네도 벌써 늙었네 그려. 쉰대여섯 됐지?"

"그럼요. 쉰다섯이죠. 근데 어둑컴컴한 데서 용케 저를 알아보셨습니다."

"자네가 거기서 택시 잡는 걸 몇 번 보았었지. 내 사무실이 그 옆 경영빌딩에 있어. 서소문에 있다가 그리 옮긴 지 서너 달 됐지."

"그러셨군요. 전 그 건너편 시장에서 액세서리점을 하고 있습니다. 이제 한 동네 있으니 자주 뵙겠습니다."

그제서 보니 그 얼굴이 점점 눈에 익었다. 그는 나보다 대여섯 살은 연상일 터인데, 둔내 되네골 출신 중에서 가장 성공한 사람이라고 소문이 났었다.

"형님은 성공하셨다고 소문이 자자하던데요. 둔내면 출신 중에서도 손꼽히는 분이라고……."

그는 메추리알을 안주로 술잔을 비우고는 대꾸했다.

"출세, 성공! 이 사람아, 그거 영원할 수 없는 거야. 자네두 장사를 한다구? 애초부터 뿌리가 없던 자네나 나 같은 장사꾼에게 영원한 성공이 보장되나? 하루아침에 망하고, 잘만 하면 또 일어서고, 그게 장사 아닌가? 나 벌써 서너 번이나 엎어졌다 자빠졌다 했다네. 하지만, 이제는 다시 일어설 힘이 없어."

그는 가을비 내리는 바깥 날씨만큼이나 을씨년스러운 얼굴로 술잔을 연거푸 비우고 있었다. 이미 전주가 있었던지, 회 안주에는 손도 대지 않은 채 네댓 잔의 술에 취한 그는 하소연 섞인 잔소리가 점점 많아졌다.

"자네, 조당수 아나?"

나는 잠시 정신이 멍했다. 웬 조당수…!

"형님두, 참. 저두 조당수 먹고 자란 놈인데 조당수를 모릅니까?"

"그래, 우린 조당수 먹구 컸지. 대접에 좁쌀 몇 알 동동 뜨는 멀건 스숙 죽을 홀홀 마시구 컸지. 길준이, 나 조당수 먹으러 고향 갈라네. 감자에 조당수만 먹구 살아두 맘 편하면 천국일 것 같아. 조당수 먹던 그때가 좋았어. 나뿐만 아니라, 우리 모두 다시 조당수를 먹어야 돼. 우리가 이래서는 안 되는데, 정말 왜들 이러는지 모르겠어. 나만 잘된다면 부모 형제도 밟고 일어서는 세상이 돼 버렸어. 정말 이래서는 안 되는데 말이여."

정태춘이 이 사람은 내가 여남은 살 때 고향을 떠났었다. 국민학교 3, 4학년 때 아버지가 죽자, 장남인 그는 학교를 그만두고 농사에 매달렸다. 일흔이 넘은 할머니에다, 연년생으로 동생이 다섯이던 그의 집안은 식구가 여덟이었다. 비탈밭 몇 뙈기에다 천수답 대여섯 마지기를 도지로 얻어 농사를 짓던 그는 열댓 살이 되던 해, 지게를 밭두렁 뽕나무에 매달아 놓고는 당시 말로 도망구리를 쳤다. 한창 먹을 나이인 올망졸망한 동생들 다섯을 어린 혼자 힘으로 감당하기에는 너무 버거웠을 것이다. 그가 도망을 치자 도지 농토도 떼었고, 어린 동생들은 뿔뿔이 흩어져 거렁뱅이가 되었다는 소문이 나돌았다. 조당수는커녕 산나물, 칡뿌리, 소나무껍질을 벗겨다 먹어도 지겹도록 멀고 높기만 하던 보릿고개 그 시절이었다.

그렇게 고향을 떠난 그는 이태가 넘으면서부터 집에 몇 푼씩이나마 돈을 보낸다는 소문이 났었다. 밥이라도 빌어먹을 수 있을 만큼 컸던 동생 둘이 집을 나갔고, 할머니마저 돌아가셨던 터라, 그의 집안은 점점 형편이 나아졌다는 것을 나는 생생하게 기억한다. 그의 셋째 남동생이 와 동갑내기이기도 했던 터였다.

군에 입대할 나이에 가방공장 일류 제단 기술자가 되었던 그는 군대에 가지 않으려고, 재단기로 오른손 검지를 두 마디나 제 손으로 자른 사람이었다. 그렇게 군입대를 면한 그는 남들이 군대 생활을 하는 그 3년 동안에 자립하여 가방공장 사장이 되었다. 당시 봉제품 수출업이 유래가 없던 호황이기도 했지만, 가난에 포원이 졌던 그는 억척으로 돈을 모아 사업을 확장해 나갔을 것이다.

나는 그를 한 번도 만난 적은 없었지만, 그에 관한 소문은 비교적 자세하게 듣고 있었는데, 그는 한때 종업원 1,000여 명을 거느

린 당시 우리나라 피혁 봉제업계의 제1인자가 되었다고 소문이
났었다. 따라서 그의 가족들은 모두 고향을 떠나 서울로 올라갔
었다.

그는 서서히 취해가면서 많은 얘기를 했다. 1980년 중반부터
극심한 노사분규에 휘말리던 그는 중국과 국교가 트이면서 1993
년 국내 공장시설의 절반 이상을 중국 위해로 이전했다고 한다.
우리나라 중소기업들은 다달이 올라가는 임금과 노사분규에 시
달리다 못해 다투어 동남아 등지로 공장을 이전하던 시기였다.

그러나 그렇게 외국으로, 특히 중국으로 나간 수많은 중소기업
들이 초창기에는 경험 부족과 만용으로 거의 처참하게 실패했다.
현지 사정을 너무 몰랐던 데다. 발등에 떨어진 불에만 급급해서
앞뒤 없이 서둔 탓도 있었지만, 현지 사람들을 너무 만만하게만
보고 자만했던 탓이라고 그는 실패담을 술회했다.

중국으로 이전했던 사업에 실패한 그는 다시 베트남으로 눈을
돌렸다. 국내에서는 이미 더이상 버틸 수 없었던 그는 절반 정도
남아있던 국내의 공장을 팔고 본사 사무실만 둔 채, 공장시설 전
체를 베트남으로 옮겼다. 중국에서의 실패를 거울삼아 완벽한 계
획과 현지와의 완벽한 계약으로 시작한 베트남의 사업은 예상외
로 순조로웠다.

중국 위해에서 거의 실패했던 사업을 겨우 회생시키고, 베트남
으로 제2의 공장을 이전한 지 5년 만에 사업은 정상궤도 이르렀

다. 그러나 한숨 돌릴 겨를도 없이 조직적인 한국 베트남 사기단에 걸려들어 알몸으로 쫓겨 오고 말았다. 그것이 제 작년인 2000년 여름이었다고 했다.

술에 취해 울다 웃으며 털어놓은 파란만장한 그의 삶은 그야말로 한편의 극한 드라마였다. 초등학교 3학년의 학력이 전부인 강원도 산골 출신 정태춘은 한때 종업원 2천여 명을 거느린 막강한 기업의 사장이었고, 피혁제품 수출업체의 일인자로서 동탑산업훈장을 받기도 했었다. 게다가 그 바쁜 중에도 틈틈이 공부를 해서 중국어와 영어에도 능통한 시쳇말로 소위 인정받는 CEO였다. 그러나 그는 이제 내가 보기에 너무 지쳐 있었다. 나이로 본다면 이제 60을 갓 넘긴 한창때일 수도 있지만, 그가 보대끼며 헤쳐온 인생의 파도는 너무 거칠었던 모양이었다.

내가 보기에 그는 지금 눈앞에 어떤 큰 난관에 봉착한 듯싶었다. 그가 언뜻언뜻 흘리는 말들을 종합해 보면, 동생들 중에 누구거나, 동생들을 연줄로 한 어떤 세력에게서 배신과 배반을 당했음을 느낄 수 있었다. 그도 아니라면 형제들 간의 알력으로 제 몫 찾기에 급급해서 사업이 풍비박산되었을 수도 있을 것이다.

나는 그에게 궁금증을 유도할 겸 에멜무지로 물었다.

"형님, 그렇게 힘이 드시면 사업 규모를 줄여서 가볍게 소일삼아 운영해 보시는 것도 한 방법이 아닐까요?"

"줄여? 이 사람아, 내가 지금도 2천여 명을 거느린 기업체 사장인 줄 아는가? 아닐세, 내 지분은 이제 아무것도 없어. 자네가 몰라서 그렇지, 사업을 그렇게 소일 삼아 한다는 것은 있을 수 없는 일이야. 쓸데없는 넋두리이기는 하지만, 3년 전에만 내가 손을 떼었어도 노년은 보장될 정도였는데, 이제는 그도 저도 틀렸네. 하지만 마음은 편해. 어차피 죽을 때는 빈손이 아니던가. 아까 내가 말했지? 조당수 먹으러 고향에 가겠다구. 농담이 아니라 난 고향으로 갈라네. 그동안 호의호식도 해봤으니, 첩첩산중 둔내면 되네골 촌놈이 그만하면 됐지. 안 그런가, 길준이?"

나는 그저 고개를 끄덕이며 물었다.

"그럼, 고향에는 다녀오셨나요?"

"아니여, 이제 내려가 볼 참이네. 내 사촌이 몇 년 전에 귀향을 해서 자리를 잡았어. 자네도 알걸. 영춘이."

"정영춘이 알지요."

"그래, 영춘이가 고향에 내려가서 버섯 농장을 차렸어."

정영춘은 이웃 마을에 살았는데, 나보다 초등학교 2년 선배였다.

"영춘이가 고향에 내려가 버섯 농장을 크게 한다는 말을 저도 들었습니다."

"그래, 맞어. 그래서 동생한테 잡을만한 터가 있는지 알아보아 달라고 부탁을 했네. 하다못해 안 되면 동생 농장에서 일을 해서라두 먹구 살기야 하겠지."

그렇기는 할 것이다. 지금 농촌에도 일손이 달려 외국인들을 쓴다고 한다.

"고향에 다녀오신 지 몇 년이나 됐습니까?"

"나야 아주 오래됐지. 어린 시절이 하도 지겨워 그쪽으로 대고 오줌도 안 싸겠다고 맹세를 했을 정도니까."

나는 말없이 고개만 끄덕이는 것이 고작이었다. 종업원을 2천여 명 거느리던 사장이 과연 사촌 동생 밑에서 일을 할 수 있을까? 이 사람에게 달리 어떻게 해 줄 말이 떠오르지 않았다. 그렇다고 쉬운 말로 고향은 이미 옛날의 고향이 아니라고 말해주기도 싫었다.

그 옛날 산골짜기 비탈밭은 이제 강냉이나 심어 먹던 박토가 아니라, 고랭지 채소재배단지로 변하여 황금알을 낳는 옥토가 되어 있었고, 옛날의 정겹던 사람들은 거의 죽거나 비탈밭이 지겨워 내버리다시피 팔아먹고 고향을 떠났다. 나는 벌초와 성묘 차 한 해 한두 번씩 고향에 가지만, 얼굴을 아는 사람은 열에 한둘이 고작이다. 40년도 훨씬 전에 고향을 떠난 이 사람에게 그 고향이 정말 고향일까 싶어 나는 말없이 고개만 끄덕여야 했다.

우리는 열두 시가 가까워서 술집을 나섰다. 그새 가을비는 멎어 있었고, 군데군데 구름이 벗어지는 빠끔한 하늘 틈새로 별들이 숨바꼭질하고 있었다. 재빠르게 가을비 뒤에 묻어온 을씨년스러운 바람이 보도의 낙엽을 후루루 휩쓸고 가다가는 심술궂게 아무렇게나 흩뿌리고 있었다.

　이미 겨울을 예고하는 스산한 밤바람에 어깨를 잔뜩 움츠린 그는 팔을 뻗어 내 어깨를 걸고는 마치 고향까지 걷기라고 할 듯이 힘차게 내 걷기 시작했다. 술좌석 내내 울적했던 마음이 조금은 풀어진 나도 팔을 뻗어 왜소한 그의 어깨를 껴잡아 어깨동무를 하고는 발길이 가는 대로 힘차게 보조를 맞추었다.

　그는 아까 술좌석에서 일어서며 말했었다.

　"이보게 길준이, 오늘 밤은 우리 한번 이성을 잃어보세."

　별이 숨바꼭질하는 어둑한 밤하늘을 쳐다보며 나는 문득 생각했다. 나도 지금 이 사람만큼이나 지쳐가고 있다. 이도 저도 다 때려치우고, 이 사람을 따라 조당수 먹으러 고향으로 내려갈까. 마음 편하게 조당수나 먹을 고향이 아니라는 것을 번연히 알면서도 나는 꼭 그렇게 하고 싶은 마음으로 어깨동무한 팔에 힘을 주며, 이성을 잃어볼 그 어떤 곳을 향하여 힘차게 걸었다.

겨울 모기

간밤에 때아닌 모기 때문에 잠을 설쳤다. 며칠째 계속 그랬지만 간밤은 유난히 더했다. 아무리 춥지 않은 겨울이라고는 하지만 그래도 아침저녁은 영하의 기온인데 모기가 극성을 부린다. 친구에게 겨울 모기 극성에 잠을 설친다고 했더니 그 대꾸가 걸작이었다.

"요새 모기는 비아그라 먹은 사람 피를 빨아서 주둥이가 겨울에도 빳빳하다는 거 여태 몰랐어? 주둥이에 양기가 올라 겨울도 모르는 사시사철 모기가 되었다. 소설 쓴다고 골방에만 들어 엎드려 있으니 알 턱이 없지. 좀 배워라, 배워."

대학 동기인 친구는 하도 빈정거려 별명이 '빈대기'다. 처서가 지나면 모기 주둥이가 삐뚤어진다는 건 옛말이 된 지 오래다. 요즘은 늦가을까지 모기가 극성이지만, 친구 말마따나 주둥이에 양기가 올라서 그런지 올해는 12월 한겨울인데도 모기가 사람을 괴롭힌다. 여름 모기는 피를 빨아먹어 배가 통통해서 불을 켜면 벽에 붙어 쉽게 잡는다. 그러나 겨울 모기는 피를 못 빨아서 그런지 불을 켜도 찾을 수 없다. 못 찾고 잠자리에 누우면 또 귓가에서 앵앵거린다.

새벽 3시까지 작업을 하다가 잠자리에 들었지만, 모기와 전쟁을 하다가 잠을 설치고 말았다. 11시에 배가 고파 일어나 아침 겸 점심을 먹는데 초인종이 울렸다. 받아보니 웬 남자였다.

"저어, 조순영 씨 댁이지요?"

잠시 정신이 멍했다. 조순영 씨라니! 조순영은 우리 집사람이다.

"그런데요. 누구세요?"

"아, 아버님 되시는군요. 죄송하지만 좀 뵙고 드릴 말씀이 있습니다."

목소리로 짐작하여 젊은 사람이다.

"당신 누군데 우리 집사람을 찾아요?"

잠시 버벅대더니 대답했다.

"여기서 말씀드릴 순 없구요. 좀 뵙고 싶습니다."

막무가내로 나오니 은근히 부아가 치밀었다.

"조순영 씨 지금 집에 없어요. 여행을 가서 사흘 뒤에 오니까 그때 오세요."

사내는 또 잠시 어리대다가 말했다.

"조순영 씨도 그렇지만 아버님께도 드릴 말씀입니다. 저 나쁜 사람 아닙니다. 좀 뵙게 해 주세요."

참 이거야말로 땅 팔 노릇이었다. 아래층에 내려가 현관문을 열고 내다보았다. 대문 밖에 벙벙한 오리털 파카를 입고 섰던 사람이 굽실 인사를 했다.

"안녕하세요. 전 김철우라는 사람입니다. 긴히 드릴 말씀이 있으니 문 좀 열어 주세요."

내게도 할 말이 있다니 궁금하기는 하지만 함부로 문을 열 수도 없다.

"이봐요. 당신이 누군데 막무가내로 들어오겠다는 게야? 우리 집은 감시카메라가 작동하고 있어요."

사내는 주위를 두리번거리고 나서 애원하다시피 대답했다.

"아버님, 저 절대 나쁜 사람 아닙니다. 차를 여기 대놓았습니다. 보십시오."

베란다로 나가 내려다보니 대문 옆에 산타페 승합차가 있다. 일단 안심이 되어 문을 열었다. 40대 후반으로 보이는 사내가 계단을 올라와 코가 땅에 닿도록 인사를 했다.

"고맙습니다. 뵙게 되어 반갑습니다."

사내는 키가 훤칠하고 얼굴도 번듯하니 잘 생기고 순하게 보여 일단 안심했다.

"들어오시오."

내가 소파에 앉자, 사내는 넙죽 엎드리며 절을 했다. 깜짝 놀라 일어섰다.

"이거 왜 이래요? 웬 절을 하구 그래요."

사내는 꿇어앉아 말했다.

"어르신을 첨 뵙는데 절을 드려야지요. 저는 청주에서 온 김철우입니다."

청주! 청주는 내가 2년간 대학을 다닌 곳이다.

"어서 일어나 의자에 앉아요. 청주에서 왔다구요?"

사내는 소파에 앉으며 대답했다.

"예, 청주에 살고 있습니다."

사내와 마주 앉아 살펴보았다. 어디서 본 듯도 하고 아닌 것도 같은 얼굴이었다.

"그래, 꼭 하고 싶은 말이 뭐요?"

"아버님, 어머님 고향이 충북 제천이시지요?"

이런, 청주에서 또 웬 제천!

"그래, 그런데요?"

"저도 제천입니다. 혹시 제천 태양연탄공장을 아시는지요?"

나는 잠시 멍해졌다. 연탄공장은 제천에 둘이 있었는데, 아버지가 태양연탄 직매장을 했었다. 그뿐만 아니라 그 사장 아들이 고등학교 1년 선배며 친구였다.

"알지, 알구말구."

"그 사장님 아들 김상태 씨도 아시겠네요?"

이거 뭐가 이상하게 돌아가는 것 같아 어안이 벙벙했다.

"그래, 김상태 알지."

사내는 빙그레 웃으며 말했다.

"김상태 씨가 제 아버지입니다."

나는 깜짝 놀랐다. 김상태는 당시 제천에서 소문난 바람둥이였다. 여고생부터 유부녀까지 건드리는 등 망나니였는데, 여고생을 임신시켜 스무 살에 결혼을 했었다. 그 아들이라면 젖먹이 때 내가 보았었다. 이제서 보니 제 아비를 닮아 첫눈에 낯익게 보였다. 김상태는 10여 년 전에 죽었다는 소문을 들었다.

"그런데, 무슨 일로 날 찾아왔어?"

그는 얼굴이 얄궂게 일그러지며 잠시 어리대더니 대답했다.

"이거 참, 어떻게 말씀드려야 할지 모르겠습니다. 많이 놀라실 것 같아서요."

나 이거야 원, 네가 놀라다니? 대체 뭔 말인지 이해가 되지 않아 궁금증보다 신경질이 났다.

"이봐, 내가 놀라다니? 안 놀랄 테니 말해 봐."

사내는 또 얼굴이 일그러지며 머리를 긁적이다가 말했다.

"저어, 사실은 참 죄송한 말씀이지만, 조순영 씨가 제 어머니입니다."

나는 순간적으로 가슴이 툭 떨어지며 이내 서늘해졌다. 대체 이게 뭔 말인가! 정신이 산만해 잠시 버벅거리다가 말이 터졌다.

"그게 뭔 소리여, 우리 마누라가 어머니라구?"

사내는 이제 당당하게 고개를 쳐들고 대답했다.

"죄송하지만 그렇습니다. 어머니는 핏덩이인 저를 태양연탄공장 사장님 부인에게 내던지고 서울로 이사를 가셨습니다."

이런, 기가 막힌다. 머리가 띵하고 어질어질했다. 마누라가 김상태 아들을 낳고 나와 결혼했다는 말인데, 어떻게 이럴 수가 있는가! 서서히 분노가 치밀었다. 그렇다고 이놈에게 분풀이를 할 수는 없다. 감정을 찍어 누르고 물었다.

"너, 몇 살이여?"

녀석은 아까보다 더 당당해져서 곤댓짓을 하며 대답했다.

"1970년 3월에 태어났으니 쉰한 살입니다."

이제 자세히 보니 얼굴 눈매에 조순영 모습이 보였다. 허탈하고 기가 막혔다. 조순영의 끼로 보나, 김상태의 끼로 보아 있을 수 있는 일이었다. 70년이면 내가 월남전에 파병되었을 때다. 김상태는 스무 살에 결혼하여 군대에 갈 때는 아들 하나와 딸이 있었다. 그러니 조순영은 유부남과 연애를 하여 아들을 낳은 것이다. 당시 제천바닥은 좁았다. 조순영은 고등학교 때부터 나와 연애를 하던 사이였다. 게다가 김상태는 이웃에서 같이 자란 그야말로 불알친구인데 번연히 알면서 그런 짓을 했다.

내가 월남전에 파병되기 전 8월 강원도 양구 오음리에서 한 달간 훈련을 받을 때였다. 조순영은 토요일마다 면회를 왔었는데, 우리는 담배 냄새가 코를 찌르는 무덥고 허름한 여관방에서 전쟁터에 나가는 용기로 젊음을 불태우곤 했었다. 그렇게 결혼을 약속했던 여자가 18개월간 월남에 있는 동안 김상태와 붙어 아들을 낳았다는 결론이다. 당장 제주도에 있을 조순영에게 전화를 해서 확인하고 싶은 욕구가 솟구치지만, 생각해 보니 그건 당사자 앞에서 내가 너무 비참해질 것 같아 참기로 했다. 조순영 아들이 틀림없다는 확신이 있기도 해서다.

김상태는 부잣집 아들이라 고등학교 때부터 돈을 그야말로 물쓰듯 했다. 돈으로 유부녀도 꼬이고, 엄마 또래의 과부도 건드렸다. 1년 선배였던 그는 똘똘한 우리 친구 대여섯 명을 돈으로 거느렸다. 두 남녀 관계가 충분히 이해가 되자 마음이 안정되었다. 조순영은 충분히 그럴 수 있는 여자였다. 이 녀석에게는 아무런 죄가 없다. 벌건 대낮인데 귓전에서 모기가 앵앵거렸다. 손을 흔들어 모기를 쫓고 물었다.

"근데 왜 이제서 어미를 찾는 게야?"

녀석은 이미 궁리를 했던 듯 금방 대답했다.

"저는 어려서부터 엄마가 친엄마가 아니라는 건 알고 있었는데, 할머니와 아버지는 친엄마가 죽었다고 했습니다. 그런 데다 할머니도 아버지도 일찍 돌아가셨으니 제가 알 길이 없었습니다."

"그런데 이제 어떻게 알고 찾아왔어?"

녀석은 쿨렁쿨렁 울다가 손수건으로 눈물을 닦고 말했다

"두어 달 전 직장에 아주머니 한 분이 새로 들어오셨는데, 고향이 제천이라고 해서 저도 제천이라고 했지요. 그 아주머니는 태양연탄공장도 알고 우리 할머니와 아버지도 알고 있었습니다. 그리고 며칠 후 다시 만나 고향 얘기를 했는데, 제 생모가 자기 고등학교 때 친구 조순영 씨라고 말해주었습니다."

차차 가리새가 잡혀 물었다.

"그래서, 그 여자가 우리 집 주소를 알려주었나?"

"아닙니다. 주소도 전화도 모른다고 해서 제천에 가서 수소문 끝에 서울 상계동에 사신다는 것을 알아내고 오늘 뵙게 되었습니다. 놀라시게 해드려 죄송하지만 저는 어머니 거처를 알면서 찾지 않을 수 없었습니다."

눈물을 찍어내는 녀석을 보며 생각했다. 청주에 사는 조순영 친구, 누굴까?

"그 여자 이름을 알어?"

"예, 같은 직장이니까 박영자 씨라는 거 알았습니다."

박영자, 조순영 친구 맞다. 박영자와 조순영은 죽고 못 사는 단짝이었다. 우리는 고등학교 때부터 내가 청주 교육대학에 들어가기 전까지 어울려 다녔었다. 이제 알 것 다 알았으니 이 녀석을 보내야 한다. 당장 꼴이 보기 싫을뿐더러 분노가 치밀어 두들겨 패고 싶어 안달이 날 지경이었다.

"알았다. 니 어미 지금 없으니 가거라. 친구들이랑 어제 제주도 갔으니 사흘 뒤에 온다. 전화번호를 줄 테니 둘이 통화를 하고 다시는 우리 집에 오지 마라."

녀석은 잠시 미적대다가 말했다.

"이제 어차피 서로 알게 되었으니 가끔 찾아뵙겠습니다. 제 아버지가 안 계시니 이제부터 아버님으로 모시겠습니다."

울컥 분노가 치밀었다. 똥 싼 놈이 매화타령한다더니, 이건 아주 주저앉겠다는 수작이었다. 뻔뻔스럽기가 제 아비 볼 줴지를 놈이었다.

"그게 뭔소리여, 내가 왜 니 애비여. 꼴도 보기 싫으니 어서 가거라."

전화번호를 적어주고 등 떠밀다시피 내보냈다. 녀석은 공손히 인사를 하고 나갔다.

현관문을 걸어 잠그고 분을 못 이겨 한참 마음을 가라앉히고는 제주도에 있는 조순영에게 전화를 했다. 와자지껄 소리가 나면서 전화를 받았다. 치미는 분노를 억누르며 말했다.

"조용한데 나가서 전화해."

"우리 점심 먹으러 왔는데, 왜 그래요."

뻔뻔스런 목소리에 왈칵 열이 치받았다. 점심이 목구멍으로

224

넘어가나 어디 보자.

"나가서 전화하라니까."

열을 받아 속이 부글부글 끓는데 10여 분이 지나서 전화가 왔다.

"대체 왜 그래요? 뭔 일이 있어요?"

"그래 있다. 당신 아들이 하늘에서 뚝 떨어졌다."

잠시 침묵하더니 말했다.

"여보, 그게 무슨 말이에요? 아들이 하늘에서 떨어지다니….."

"계속 시치미 뗄 거야? 당신이 낳아서 버린 김상태 아들이 하늘에서 뚝 떨어져 기어들어 왔다니까."

이번엔 한참 만에 대답했다.

"지금 거기 있어요?"

열불이 나서 소리쳤다.

"있기는, 하도 기가 막혀 내쫓았다."

전화를 끊은 줄 알고 열이 끓어오를 때 말이 들렸다.

"알았어요. 집에 가서 얘기해요."

전화가 끊어졌다. 더할 말이 있을 턱이 없을 것이다. 혼자 열을 받아 헐떡거리다가 한참 뒤에 진정이 되었다. 신경을 곤두세웠더니 속이 쓰리고 배가 고프다. 식탁에 앉았으나 국이 식고 고등어구이도 식었다. 궁상맞게 웅크리고 앉아 밥 먹을 기분이 아니었다.

해장국집에 앉아 조순영에게 전화를 해도 받지 않고, 다시 걸면 계속 통화중이었다. 틀림없이 어미와 아들이 만리장성을 풀고 있을 것이다. 당장 집에 오라는 문자를 넣고 해장국을 안주로 소주 두 병을 먹었다. 취한 상태로 푹 자고 싶었다. 밤에는 또 겨울 모기 때문에 잠을 설칠 것이다. 오늘 밤에는 인간 모기까지 나를 잠 못 들게 할 것이다.

오후 내내 낮잠을 자고 7시에 일어났다. 샤워를 하고 컴퓨터 앞에 앉았으나 작업을 할 수 없이 잡념이 일고 신경질만 났다. 배신감! 김상태 그놈은 조순영이 내 애인이라는 걸 알면서도 데리고 놀았다. 그래, 그놈은 워낙 그런 놈이니까 그렇다 치고, 조순영 그년은 죽 떠먹은 자리, 강물에 배 지나간 자리라 생각하고 돈을 펑펑 쓰는 그놈과 즐겼을 것이다. 그러고도 내 앞에선 요조숙녀인 척했다.

조순영은 홀어머니 손에서 자랐다. 아버지가 한국전쟁 때 보국대에 끌려가서 행방불명되었다고 했다. 일설로는 낙동강 전투에서 고지에 지게로 실탄을 져 나르다가 죽었다고 하지만 알 길이 없는 행방불명자였다. 얼굴이 반반한 조순영 엄마는 전쟁이 휴전된 뒤에 제천읍에서 미장원을 시작하여 돈을 잘 번다고 소문이 났다. 하여 조순영과 언니 혜영은 돈을 아까운 줄 모르고 잘 썼다.

조순영은 눈 흰자위가 옅은 분홍빛이다. 우리가 고등학교 시절에 '산스타'라는 안약이 나왔었다. 나도 가끔 쓰던 그 안약 광고가 지금도 생각난다.

－피로한 눈 충혈 된 눈, 산 산 산스타
－눈은 마음의 창, 아름다움의 심볼.
－피로하고 충혈된 눈, 아름다운 눈에 산스타

당시 처녀들은 물론 여학생들까지 산스타가 필수품이었다. 미스아이 선발대회까지 있어서 입상한 눈 미녀들이 모델로 등장하는 등 미스아이 바람을 타고 산스타는 약국에서 없어 못 살 정도였다. 산스타를 눈에 한 방울만 넣어도 흰자위가 하얗다 못해 푸른빛이 돌 정도로 눈이 반짝인다. 그 약을 하루에 대여섯 번씩 계속 넣으면 중독이 되어 눈 흰자위가 발갛게 충혈이 된다. 그래서 또 넣으면 금방 하얗게 반짝인다. 그렇게 2, 3년 계속하면 흰자위가 중독이 아니라 완전히 만성이 되어 산스타를 넣어도 희어지지 않는다. 그래도 시력이 나빠지지 않은 것은 다행이지만 조순영 눈은 일흔이 넘은 지금도 발갛다. 청주에 산다는 박영자 눈도 그렇다. 낮에 처음 보는 사람은 낮잠 자다 금방 일어나 나온 여자처럼 보인다.

우리 아버지는 제천에서 태양연탄 직매장과 쌀가게를 겸한 미곡상회를 운영했다. 쌀과 연탄을 배달하는 인부가 늘 대여섯 있었으니 제법 큰 상회였다. 제천고를 졸업한 나는 65년 청주 교육대학에 입학했다. 2년제 국어교육학과를 졸업하고 68년 2월에 군에 입대하여 9월에 월남전에 파병되었다. 병과가 보급행정이던 나는 군수지원 십자성부대 제1단 사령부에서 18개월 근무하고 귀국했다.

당시 맏형이 서울 면목동에 살아서 나는 제대하여 주소를 서울로 옮기고 면목중학교 국어 교사로 발령받았다. 그리고 이듬해 73년 27세에 조순영과 결혼했다. 조순영 엄마는 70년 서울에 올라와 청량리에서 미용실을 열고 딸 순영과 운영하고 있었다.

김상태 아들 철우가 70년생이라고 했다. 조순영은 김상태 아들을 낳아 그 모친에게 던지고 서울로 올라갔을 것이다. 김상태 처 김연옥이 조순영보다 한 살 더 먹은 고등학교 한 학년 선배였으니, 족제비도 낯짝이 있다고 제천바닥에서 얼굴 들고 살 수 없었을 것이다.

우리는 결혼하여 비교적 행복하게 살았다. 첫아들을 낳고 둘째로 딸을 낳아 잘 키웠다. 아들은 k대학 영문과 교수이고, 며느리도 Y대학 영문과 교수다. 딸 부부도 고등학교 교사이니 우리는 교육자 집안이다. 조순영은 나와 결혼한 뒤 아들이 태나며 전업주부로 두 아이만 지극정성으로 양육한 그야말로 현모양처였다. 그러다가 아이들이 대학에 들어가자 엄마 미용실을 이어받아

2017년까지 운영하다가 그만두었다.

나는 55세 늦은 나이에 신춘문예를 통하여 소설가로 등단하여 소설을 쓰다가 2007년 고등학교 교장으로 정년 퇴임하였다. 소설가로 등단한 지 18년이지만 나는 열세 권의 단행본을 출간하며 나이를 잊고 문학에 전념한다. 한데, 겨울 모기처럼 나타난 김상태 아들이 아무래도 내 문학에 걸림돌이 될 것 같은 예감이 들고 불안했다.

울화가 치밀고 답답하여 옥상 발코니로 올라갔다. 낮에는 바람을 쐬러 가끔 올라가지만, 밤에 올라와 보기는 참 오랜만이다. 서쪽 하늘에 예쁜 조각달과 개밥바라기 대각선으로 맞서 반짝인다. 의자에 앉아 하늘을 보았다. 아름답다! 드넓은 하늘에 별이 가득하다. 별이 전부터 저렇게 많았던가? 좀 외딴집이라 주변에 가로등이 없어 별이 잘 보이겠지만 참 많기도 하다. 그런데도 나는 최근에 별을 보지 않고 살았다. 뭐가 그리 바빠서 머리 위에 있는 발코니에도 올라와 보지 못했던가! 빛나는 별을 보기 위해서는 깊은 어둠속으로 들어가야 한다. 간단하지만 그것이 가장 아름다운 별을 보는 방법이다. 그런데 나는 여태껏 가장 빛나는 별을 보기 위하여 짙은 어둠속으로 들어가 본 적이 없었다. 세상에서 가장 사랑하던 아내 조순영이 내게 별이었던가? 그래서 별을 잊고 살았을까? 가장 사랑했던 여자가 애초부터 배신하고 50년을 속였다.

조순영은 내가 별을 잊고 사랑했던 만큼 나를 사랑했을까? 찬 바람이 귓불을 스쳤다. 그래서 별이 더 싸늘하고 명징하게 보이나 보다. 나는 이제 50여 년간 사랑했던 허구의 별을 버리고 하늘의 별을 보며 살 것이다. 하늘의 별은 나를 속이고 배신하지 않을 것이다. 희망은 절망에서부터 시작된다. 어둠이 짙을수록 별이 더 빛나듯이 나는 앞에 닥친 짙은 어둠 속에서부터 새로운 삶을 시작할 것이다. 으스스하게 춥다. 남쪽 하늘이 보이는 거실 창문 앞에 앉아 밤새도록 별을 보며 술을 마셔야겠다.

이튿날 10시경 전화벨 소리에 잠이 깨었다. 제주도에서 조순영 친구가 전화를 했다. 서울에 와서 사귄 친구라지만 두 여자는 마음이 맞아서인지 아주 친하게 지낸다. 그들 부부와 우리 부부가 함께 여행도 다니고 하는 사이다.

"선생님, 집에 무슨 일이 생겼어요?"

나는 이내 감이 잡히지만 인정할 내용이 아니다.

"아닌데, 왜 그러세요?"

"순영이가 집에 일이 생겼다며 아침에 갔어요."

지금까지 전화 한 통도 없는 여자가 먼저 왔다면 집에 오는 것이 아닐 것이다. 둘러대는 수밖에 없다.

"아마 친정 조카에게 뭔 일이 있는 것 같은데 난 아직 잘 몰라요. 무슨 딴말은 없었나요."

"없었어요. 근데 어제 오후에 누군가와 통화를 하더니 왠지 시무룩하니 기분이 처진 것 같기는 했어요."

왜 아니랴. 당연히 그럴 것이다.

"알았습니다. 이제 전화라도 하겠지요. 고맙습니다."

조순영, 아들을 만나러 청주에 갔을 것이다. 전화를 해도 받지 않았다. 문자도 넣지 않고 기다려 볼 것이다. 조순영은 십여 년 전부터 J여고 동기동창 3명과 서울에서 사귄 친구 3명, 자기까지 동갑내기 7명이 '칠공주파'라는 모임을 만들어 매월 모임을 갖고 계절마다 여행도 다닌다. 이번에도 칠공주가 겨울 여행으로 제주도에 갔다.

어제부터 손에 일이 걸리지 않아 아무것도 못 하고 있는 상태였다. 청탁받은 작품이 급하지만 작업이 되지 않았다. 이럴 때는 산에 가야 한다. 오늘은 지칠 때까지 산행을 할 작정으로 간식과 과일을 챙겼다. 불암산과 수락산을 완주하면 여섯 시간은 걸릴 것이다. 혼자 걸으며 조순영과 그 아들 문제를 생각해 볼 작정이었다.

이튿날 오후 2시에 조순영이 전화를 했다. 어쩌나 보느라고 모른 척했다.

"여보, 미안해요. 집에 가는 중이에요. 가서 모든 얘기 다 할게요."

"거기가 어딘데, 제주도야?"

"청주에요. 어제 청주에 왔어요."

"알았어."

그건 솔직하다. 모자가 만났다는 걸 생각하니 분하고 허탈하다. 저 뻔뻔스런 여자, 대체 어떻게 나올 것인가 궁금했다. 그 오랜 세월 나를 속이고 잘도 살았다. 저런 여자를 안고 살았던 지난 날들을 생각하면 소름이 돋는다. 나는 45년간 교단에 섰던 교육자다. 내 개념으로는 용서가 되지 않는다. 한데, 어미는 핏덩이로 버렸다는 아들 행방을 지금까지 모르고 있었을까? 김상태는 아버지가 죽자 그 넓은 연탄공장 땅을 팔아 건설업을 한다고 설치다가 쫄딱 망하고 술주정뱅이로 살다 환갑 전에 죽었다는 소문을 들었다. 그 소문은 조순영도 알고 있다. 그렇다면 어미는 아들 행방을 알았을 것이다. 그런데 어제 왔던 아들놈은 어미 행방을 몰랐다고 했다. 김상태 아들에게 생모가 조순영이라고 알려주었다는 박영자와는 가끔 전화를 주고받는다는 것을 나는 알고 있었다. 생각할수록 화가 나고 속은 것이 억울하기만 했다.

조순영은 6시에 집에 들어왔다. 오자마자 소파에 앉은 내 앞에 무릎을 꿇고 앉아 울면서 말했다. 딴에는 이틀간 속을 끓여서인지 얼굴이 핼쑥해졌다.

"여보, 죽을죄를 졌어요. 미안해요."

막상 얼굴을 대하니 분노는 치밀지만 마음은 차분히 가라앉았다. 어차피 버릴 여자 머리채를 잡고 싸워보았자 나만 손해다. 어제 산행을 하며 많은 생각을 한 효과일 것이다.

"조순영, 참 대단한 여자다. 숨겨놓은 아들이 쉰 살이 넘도록 어찌 그리 감쪽같이 나를 속이고 뻔뻔하게 살았냐? 어디 말 좀 해봐라."

"미안해요. 죽을죄를 졌어요. 나도 그동안 참 살얼음판을 밟듯이 마음 졸이면서 살았어요. 그 죗값으로 우리 애들한테 온갖 정성을 쏟으며 키웠어요. 그것만큼은 알아주셨으면 좋겠어요."

참 기가 막히는 궤변이다. 치미는 분노를 꺾어 누르며 말했다.

"어미가 자식들을 정성 들여 키우지, 누군 건성으로 키우나? 대체 유부남인 그놈과 얼마나 붙어 분탕질을 쳤기에 애까지 낳았어. 어디, 좀 들어보자."

억지로 콧물 눈물을 짜내고 대답했다.

"그런 게 아니라 단 한 번이었어요. 당신이 월남 있을 때 그놈이 제대를 했는데, 딱 한 번 어쩌다 걸려들었는데 임신이 되었어요. 그래서 우물쭈물하다 보니 애를 낳게 되었어요. 여보, 믿어주세요."

참 가증스럽기는 하지만, 당시는 낙태가 어렵던 시절이니 이해가 되기도 했다. 두 연놈의 끼로 보아 한번 터놓은 길을 가지 않을 수 없었을 것이다. 그 길은 처음 내기가 어렵지 한 번 터놓으면 일사천리다. 두 연놈이 붙어 그 짓거리를 하면서도 월남에 있는 내게 보낸 편지에는 구구절절 사랑한다, 보고 싶다고 했다. 그렇더라도 지금 내게 그것은 문제가 아니다. 벌써 50년 전인데 한 번이든 백번이든 그야말로 죽 떠먹은 자리다. 그걸 모른 내가 바보일 뿐이다.

"이제 다 드러났으니 솔직하게 말해 봐. 아들놈 행방 진즉부터 알고 있었지?"

알고 있었다면 돈도 빼돌렸을 것이다. 어미는 펄쩍 뛰었다.

"몰랐어요. 정말 몰랐어요. 솔직히 궁금하기는 했지만, 애초부터 찾을 생각은 안 했어요. 정말이에요."

속에서 열불이 부글부글 끓어올랐다.

"아들놈은 청주 사는 박영자에게서 생모가 조순영이라는 걸 알았다고 했어. 근데 당신 박영자와 지금까지도 연락하잖아. 그런데 몰랐어?"

"그건 오해에요. 어제 영자 만났어요. 5년 전에 영자가 전화로 느닷없이 그놈 말을 해서 대판으로 싸우고 전화번호도 바꾸었어요. 그건 당신도 알잖아요. 이거 진심이에요. 여보, 믿어 주세요."

5년 전인가 언제 뜬금없이 집 전화도 휴대전화도 번호를 바꾸었다. 왜 그러냐고 했더니, 귀찮은 친구들이 하도 전화를 해서 바꾸겠다고 했었다. 전화통을 잡고 살던 여자였기에 그러려니 했었다.

"김상태가 사업하다가 쫄딱 망하고 죽었다는 거 당신도 알았잖아. 그런데 그 아들이 궁금하지도 않았다는 게 말이 돼?"

조순영은 진하게 펑펑 울면서 하소연했다.

"내게는 어려서 버린 그놈보다 우리 애들이 더 소중했어요. 그 사실이 드러나면 가정이 파탄 나는데, 내가 왜 그놈을 찾겠어요. 여보, 이건 내 진심이에요."

듣고 보니 그건 그렇다. 이해가 되기도 했다.

"그래, 이제 어떻게 할 것이여? 아들놈 만나서 무슨 얘기 했어."

이미 생각하고 있었던 듯 금방 대답했다.

"다시는 우리 앞에 나타나지 않겠다고 다짐했어요. 그러니 용서해 주세요."

"뭐, 우리 앞에? 그놈이 내 앞에 나타날 이유가 없잖아. 근데 뭔 다짐을 해. 당신이 아들놈과 같이 살든 말든 이제 나하고는 상관없으니 맘대로 해."

잠시 생각하더니 고개를 바짝 쳐들고 말했다.

"아들놈과 살라니, 그게 무슨 말이에요?"

"무슨 말, 말 그대로지. 난 조순영이라는 여자와 더 살고 싶지 않으니 맘대로 하란 말이잖아."

"그럼, 이혼을 하겠다는 거예요?"

"그럼, 이 마당에 계속 같이 살 생각을 했어?"

마침내 여자 얼굴에 독이 올랐다. 눈을 동그랗게 뜨고 대들었다.

"어쩌다 한번 한 실수였는데 이혼을 한다구요? 난 못해요."

"뭐 어쩌다 한번 실수, 그게 실수야? 서로 좋다고 붙어먹을 땐 좋았구 이젠 실수야? 조순영, 참 뻔뻔스럽다. 그럼 애들 앞에서도 한번 실수로 애를 낳았다구 말할 거여?"

자식들 말이 나오자 어미는 또 진하게 펑펑 울었다. 우는 꼴도 보기 싫을뿐더러 더는 말을 섞기도 싫어 내 방으로 들어와서 문을 걸어 잠갔다.

맨정신으로는 잠을 이룰 수 없어 술을 취하도록 마시고 잠자리에 들었는데 모기가 앵앵거려 잠을 이룰 수 없다. 나는 체질적으로 모기약 냄새를 싫어해 여름에도 뿌리지 않지만, 오늘 밤에는 흠뻑 부려 모기를 잡을 것이다. 수건으로 입을 가리고, 선글라스를 쓰고 모기약을 안개처럼 뿌렸다. 계속 치익 치익 뿌려대자 조순영이 들어와 약통을 빼앗았다. 나는 술김에 악을 썼다.

"이리 줘, 더 뿌려야 해. 난데없는 겨울 모기 모조리 잡을 거야."

"내 방에도 뿌려야 해요."

여자는 뒤도 안 돌아보고 2층으로 올라가고, 나는 제풀에 죽어 작업실로 들어갔다. 온몸에 모기약 냄새가 진동하여 욕실에 들어가 샤워를 했다. 작업실 의자에 앉았다가 잠이 들었다. 추워서 깨어 보니 새벽 3시였다. 그래도 마누라라고 담요를 덮어주었다.

이튿날 아침, 조순영 얼굴도 마주하기 싫을뿐더러 숙취로 속이 거북스러워 나가서 해장국을 먹고 들어왔다. 쇠뿔은 단김에 뺀다고 오늘 결판을 내야 한다. 찻잔을 놓고 마주 앉았다.

여자는 기가 팍 죽은 모습으로 말했다.

"여보, 죽을죄를 졌어요. 용서해 주세요."

나는 뻔뻔스런 얼굴을 한참 바라보았다. 그 얼굴에 김상태 얼굴이 겹친다. 입술을 물고 빠는 모습도 보인다. 열불이 치밀어 벌떡 일어섰다. 죽어라고 패고 싶지만 그건 아니다. 거실을 한참 서성이며 분노를 삭이고 마주 앉았다.

"용서를 어떻게 하는 건데? 용서라는 게 뭐야?"

독한 여자다. 이젠 울지도 않았다. 잠시 뜸을 들이다가 말했다.

"아이들을 봐서라도 한 번만 참아주세요. 내가 이 나이에 당신 없이 어떻게 살아요."

기가 막혔다. 아이들을 핑계 대고, 그 나이에 당신은 혼자 살수 있겠냐는 말이다. 이 여자는 김상태가 살아있다면 얼씨구나, 하고 달려갈 여자다.

"아이들 얘기는 하지도 마라. 내가 죽는 날까지 애들한테는 김상태 얘기하지 않겠다고 약속할게. 같이 살면 매일 싸우게 될 텐데 아들놈 말이 안 나올 수 있겠어? 우리 조용히 이혼하자. 지금도 각방을 쓰고 있잖아."

우리는 5년 전부터 각방을 쓴다. 내가 주로 밤에 작업을 하기때문이지만, 조순영은 잠자리에서 나를 가만두지 못한다. 60대

후반이 되면서부터 그것이 부담스러웠다.

"그래도 50년 넘게 살다가 어떻게 헤어져요. 내가 임금님처럼 모시며 살게요."

그건 그렇다. 나보다 한 살 아래인 조순영과 중학교 때부터 알고 친구며 애인이었으니 그 세월이 60여 년이다. 우리는 부부가 되어서도 서로 막말하며 싸운 적이 별로 없었다. 그러나 이제는 아니다. 내가 모르는 남자하고 살던 과부였다면 살 수 있지만, 이건 경우가 다르다. 조순영 얼굴을 볼 때마다 망나니 바람둥이 김상태 얼굴이 겹쳐 보이고, 한데 엉겨 붙어 헐떡거리는 모습이 떠올라 구역질이 날 것이다. 김상태는 고3 때부터 제 엄마 친구인 과부와 놀아나고는 그 행위를 우리에게 자랑하곤 했었다. 그런 놈이 데리고 놀던 여자와 내가 여적 살 섞으며 살았다. 모르고 살았으니 행복했다. 그 행복했던 지난날들조차 역겹다. 지울 수만 있다면 그 역겨운 지난날들을 모조리 지우고 싶었다.

"자꾸 말하면 나 정말 화난다. 지금 온갖 힘으로 참고 있다. 그러니 두말 말고 헤어지자. 조용히 합의 이혼하자."

여자도 이미 이혼을 각오하고 있던 듯 담담하게 말했다.

"애들한테는 뭐라고 말해요?"

바로 그게 문제다. 우리 아들과 딸은 아빠 엄마처럼 금슬 좋은 부부는 세상에 없을 것이라고 늘 말했었다. 그 자식들이 엄마에게 혼전 아들이 있었다는 걸 알면 기절을 할 것이다. 고부라지게 늙은 나이에 이혼을 하게 되는 이유가 있어야 한다. 하지만 그게 없다. 그렇다고 하지 않을 수도 없다. 참 난감하지만 없으면 만들어야 한다.

"그냥 서로 싫증이 나서 당분간 떨어져 살겠다고 하자. 나는 젊어서 쓰지 못한 소설 이제 본격적으로 쓰고 싶어 조용히 혼자 살겠다고 말할 것이여. 당신은 내 소원을 들어주기 위하여 요새 흔히 말하는 졸혼을 하겠다고 말해요. 다른 방법이 없어."

여자는 한참 생각하다가 대답했다.

"알겠어요. 그럼 어떻게 해요?"

"재산 문제인데, 내 친구 변호사한테 이혼 일임하구 재산분배 문제도 해결해 달라고 하지. 법적으로 방법이 있을 것이여."

"그렇게 해요."

이혼 못 하겠다고 울며불며 나댈 줄 알았더니 싱겁게 끝났다. 하긴 아무리 뻔뻔스런 낯짝이라도 버티지 못할 것이라는 생각은 했었다. 아이들에게 알리지 않겠다는 내 약속은 지킬 것이다. 그러나 당장이 문제다. 조순영 이 여자 얼굴도 보기 싫을뿐더러 목소리도 듣기 역겹다. 둘 중 하나는 집을 나가야 한다. 애들을 봐서라도 엄마를 내쫓을 수는 없고 당분간 내가 나가야 한다.

"서로 얼굴 보기 거북스러우니 내가 며칠 여행을 가지. 오늘 친구 만나서 모든 것을 일임하구 난 바로 동해안으로 가겠어. 일이 해결될 때까지 애들한테도 말하지 마."

"알겠어요. 내가 나가야 하는데, 미안하네요."

그래도 양심은 있는 여자다. 즉시 변호사 친구를 만나 창피를 무릅쓰고 이혼 수속을 일임했다. 오후에 집을 나와 동해안으로 향했다.

혼자 차를 몰고 포항에서 화진포까지 동해안 바다 곳곳을 돌아보기로 작정하고 떠났다. 아무도 없는 겨울 바다가 이렇게 좋은 줄을 나는 이제 알았다. 고즈넉한 밤에 파도가 철썩이는 바닷가 백사장에 누워 하늘을 보면 온통 별이 천지다. 우리 집 발코니에서 보던 별보다 훨씬 굵고 빛이 찬란했다. 어둠이 짙을수록 별이 아름답다는 것을 새삼 깨달으며 별과 벗이 되고 싶다는 생각을 했다.

차를 몰고 바닷가 도로를 달리다가 등산로가 있는 산을 만나면 산에 오르고, 한적한 바닷가에 숙소가 있으면 하룻밤씩 묵고는 했다. 스티로폼 깔개를 사서 차에 싣고 다니며 밤마다 백사장에 앉거나 누워 별을 보았다. 겨울이지만 동해 바닷가는 별로 춥지 않았다. 별을 보며 소주를 마시다가 술에 취해 잠이 들기도 했다. 깨고 나면 자정이 넘곤 하였다.

나이가 들어 소설가가 된 것이 참 행복하다는 걸 이제 깨달았다. 소설을 쓰지 않았다면 이러한 낭만과 그에 따른 행복을 알지 못했을 것이다. 그러면서 결심했다. 겨울마다 동해에 자주 오겠다고.

17일 만에 집에 들어왔다. 친구가 그동안 완벽하게 이혼 수속을 해 놓았다. 용서 못 할 여자지만, 아들딸을 잘 키워 출가시키고, 그동안 내조 잘해준 공이 있어서 현금 5억을 주었다. 언니 조혜영이 40대에 죽어 외동딸이어서 조순영은 엄마 재산을 물려받아 청량리에 아파트 한 채가 있다. 그만하면 먹고사는 데 모자람은 없을 것이다. 하기는 그래서 이혼을 쉽게 결정했을 것이다.

문제는 내게 있었다. 혼자 2층짜리 단독주택을 관리할 능력이 없다. 팔아서 아파트로 가야 편하다. 나는 지금까지 아파트에 살아보지 않았다. 아버지가 물려 준 집에서 40년을 살았다. 수락산 밑에 30여 평 작은 정원이 있는 아담한 집이다. 아깝기는 하지만 어쩔 수 없다.

집에 들어온 이튿날 아들 부부와 딸 부부를 불러놓고 졸혼을 하겠다고 말했다. 느닷없는 선언에 자식들은 서로 멍하니 얼굴을 마주 보다가 아들이 말했다.

"아버지, 졸혼이라니요? 대체 무슨 말씀이세요?"

"무슨 말이기는, 오래 함께 살았으니 좀 떨어져 살고 싶어 그러기로 합의했다. 그리 알고 인정해다오."

자식들은 내 성격을 알아 두말해 봐야 소용없음을 안다. 사람들은 흔히 말한다. 늘그막에 이혼하면 남자는 금방 죽는다고 한다. 딸과 며느리가 가장 걱정한 것이 그것이었다. 대놓고 말을 안

했지만, 늙어서 먹는 것이 부실하면 건강을 해친다고 했다. 밥은 기계가 하지만 반찬은 손으로 해야 한다. 며느리와 딸은 그 책임이 버거웠을 것이다. 그러나 나는 자신 있다. 20대 초반 청주에서 대학 다닐 때 2년간 자취하며 내 손으로 해 먹었다. 그러니 걱정 말라고 하자 대학교수 아들이 말했다.

"두 노인네가 지금까지 너무 포시랍게 잘 사시더니 고생을 자처하시는군요. 저희가 간섭할 문제가 아닐 것 같으니 두 분이 알아서 하세요."

늙은 부모의 이혼을 충격으로 받아들일까 큰 걱정을 했는데, 그게 아니다. 반찬을 해 날라야 할 걱정이 우선이었다. 살아온 날들이 허무하다. 늙어가며 속이 좁아져서인지 섭섭하고 괘씸하다. 괜한 걱정을 한 것이 억울하다. 이제 보니 자식들은 어미가 혼전에 연애를 하여 아들을 낳고 아비와 결혼했다고 해도 놀라지 않을 것이다. 그러나 그 말은 내가 부끄러워 내 입으로는 못한다. 그래서 더 억울하다.

게도 구럭도 다 잃는다더니, 내가 그 짝이 되는가 싶기도 했다. 그러나 이미 엎질러진 물이었다. 눈을 감으면 말은 더 잘 들린다. 그때는 보이는 것이 아니라 들리는 것에 집중해야 한다. 잘 듣게 되면 잘 보게 될 것이다.

늙은 부모는 결국 자식들에게 짐일 것이다. 난 그걸 이제 아들 말을 듣고 깨달았다. 그렇더라도 내 자식들이 아직 여든도 안 넘은 부모를 짐으로 생각할 줄은 몰랐다. 자식들을 생각하여 서울에 아파트를 살 작정이었는데 그게 아니라고 생각했다. 한적하고 경치 좋은 동해 바닷가에 작은 집을 장만하고 별을 보며 살 결심을 했다.

아들이 에멜무지로 졸혼인지 이혼인지를 다시 생각해 보라고 했다. 조순영이 기대 어린 눈길로 나를 보지만 그럴수록 내 결심은 굳어졌다. 나는 자식들에게도 배신감을 느끼지만, 조순영과 김상태가 엉겨 붙은 상상을 하며 사느니 차라리 죽는 게 낫다고 생각했다. 그 마음은 죽는 날까지 그럴 것이다. 나는 지금까지 허깨비로 살았다는 자괴감이 들었다. 엊그제 보고 온 동해바다가 고향처럼 그리워졌다. 아름답게 빛나던 굵은 별들이 보고 싶었다.

혼자 살아도 건강을 지키며 잘 산다는 본때를 보여주기 위해서라도 나는 죽어라고 악을 쓰며 건강하게 살겠다고 결심을 했다.

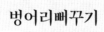

벙어리뻐꾸기

빼곡한 잡목 숲을 헤치며 산비탈을 오르던 나는 깜짝 놀라 순간적으로 나무둥치 뒤에 몸을 숨겼다. 말라죽은 고목 우듬지에 앉아 꽁지를 좌우로 느릿느릿 저으며 '궁궁 궁궁궁······' 단조롭게 우는 벙어리뻐꾸기 소리와 내가 움직이는 소리뿐이었는데, 별안간 머리끝이 주뼛해지는 이상한 소리가 쏟아지듯 계속 들리고 있었다.

눈을 부릅뜨고 귀여겨들으니 땅을 박차는 네 굽질 소리며 거친 숨소리는 산짐승이 날뛰는 소리가 분명했다. 그 소리는 금방이라도 내게로 들이닥칠 듯 긴박하게 지척에서 계속되었는데, 들을수록 뭔가 이상하다는 느낌이 들었다. 어떤 산 짐승이던 저런 기세로 내 뛴다면 벌써 산등성이를 넘어 사라졌을 터인데, 그 소리는 더욱 숨 가쁘게 계속되고 있었다.

귀를 기울이며 고개를 갸웃거리던 나는 그만 가슴이 덜컥 내려앉았다. 저 소리를 처음 들었을 때는 단지 머리끝이 쭈뼛하고 소름이 오싹 돋았을 뿐이었다. 그런데 상황이 대충 판단되자 가슴이 걷잡을 수 없이 마구 뛰었다.

비록 경우는 다르지만, 이렇게 뛰는 가슴을 부여안고 쩔쩔매었던 적이 있었다. 20여 년간 몸담았던 은행이 퇴출 대상에 올랐다는 정보를 남 먼저 알았을 때, 대충 짐작은 하고 있었으면서도 심장이 터지도록 뛰는 가슴을 절제하지 못하고 털썩 주저앉고 말았었다.

그때의 충격과 지금의 이러한 충격이 같을 수는 없지만, 심장고동의 주파수가 뇌리에 전하는 둔중한 충격에 나는 지금도 털썩 주저앉을 뻔했다. 절구질을 하듯 쿵쿵 뛰는 가슴을 부여안고 계속되는 소리에 귀를 기울이던 나는 정신을 바짝 차렸다. 낫자루에 침을 '탁!' 뱉어 움켜쥐고는 위쪽을 노려보다가 몸을 사리며 몇 걸음 올라갔다.

눈을 부릅뜨고 전방을 톺아보며 올라갔지만, 보이는 것은 없고 짐승이 날뛰는 소리만 점점 거칠어졌다. 상황이 대충 짐작되어 낫자루에 다시 침을 뱉어 아금받게 움켜쥐고는 성큼성큼 비탈을 올라가다가 나는 그만 참나무 둥치를 와락 그러안고 말았다. 얼마나 놀랐던지, 내 심장의 고동으로 참나무가 부르르 떨리는 듯싶어 나무우듬지를 힐끔 쳐다보았다.

인간의 심리란 참 묘하다. 이런 판국에 심장의 고동으로 아름드리 참나무가 떨림을 느끼다니. 긴장을 풀며 딴기적은 눈길로 다시 소리가 들리는 쪽을 쳐다보았다. 어쩔 수 없이 보아야 할 것일수록 즉시 마주 볼 수 없이 우선 딴전을 보게 되는 것은, 시간을 벌어 상황을 판단하자는 무의식적인 방어 태세 행위일 것이다.

내 짐작은 맞아떨어졌다. 왼쪽 대각선으로 이십여 미터 위쪽에 제법 굵직한 박달나무가 있었는데, 산짐승 한 마리가 그 나무를 중심으로 바람개비처럼 뱅글뱅글 맴을 돌고 있었다. 이태가 넘도록 산을 타면서 산짐승 잡는 올무를 심심찮게 보기는 했지만, 실제로 올무에 걸려 날뛰는 산짐승을 보는 건 난생처음이었다. 저 산짐승이 날뛰는 몸짓으로 보아 올무에 뒷다리가 걸렸음이 분명한데, 엄청난 덩치와 날뛰는 기세가 틀림없는 멧돼지였다.

나는 큰 횡재를 했다는 기쁨에 들떠 또 가슴이 뛰기 시작했다. 잠시 서서 마구 뛰는 가슴을 진정시키며 짐승의 동태를 살피다가 나무둥치마다 몸을 은폐하며 가까이 다가갔다. 십여 미터 지점까지 다가간 나는 아름드리 참나무 둥치에 몸을 숨기고 바라보았다. 박달나무를 중심으로 맴을 도는 짐승은 분명 멧돼지였는데, 기가 질릴 만큼 엄청나게 큰놈이었다.

사람의 접근을 알아차린 멧돼지는 더욱 사납게 한참 날뛰더니, 돌연 짚 동이 쓰러지듯 픽 쓰러졌다. 나자빠진 멧돼지는 네 굽을 버둥거리며 일어나려고 하지만 일어나지 못하고 있었다. 이내 네 굽질도 못하고 늘어져 헐떡거리는 멧돼지는 어림짐작으로도 150근은 훨씬 넘을 듯싶었다. 게거품을 물고 축 늘어진 멧돼지를 잠시 더 지켜보다가 이제 좀 안심이 되어 용기를 내고는 조심스레 다가갔다.

몇 걸음 내디디던 나는 기함을 하고는 그만 우뚝 멈추고 말았다. 난데없이 어디서 나타났는지 마치 다람쥐 같은 작은 짐승들이 떼를 지어 우르르 몰려오더니 나자빠진 멧돼지 앞으로 달려드는 것이 아닌가! 순식간에 오글오글 모여든 그 짐승들은 멧돼지의 뱃구레에 달라붙는데, 그 수를 미처 헤아릴 수 없을 만큼 바글거리고 있었다.

온몸에 뜨거운 물을 뒤집어쓴 듯이 화끈하게 열이 올라 어쩔 줄 모르던 나는 몇 걸음 더 다가서서 들여다보았다. 이런 세상에……! 고물거리는 작은 짐승들은 놀랍게도 멧돼지 새끼들이었다. 마치 칭얼대듯이 꿀꿀거리며 다투어 어미젖을 빠는 멧돼지 새끼들은 다람쥐처럼 등에 줄무늬가 있었는데, 크기가 신발짝 만큼씩이나 한 것이 태어난 지 한 이레쯤은 되었을 듯싶었다. 모든 정황으로 짐작하건대, 저 멧돼지는 새끼를 거느리고 다니다가 올무에 걸린 것이 아니라, 올무에 걸린 뒤에 새끼를 낳았을 것으로 짐작되었다.

나는 어미젖을 빠는 멧돼지 새끼들을 망연히 지켜보며 아무 생각도 할 수 없었다. 다만, 저렇게 비쩍 야윈 어미에게서 과연 젖이 나오기나 하는 것일까? 하는 안타까운 생각뿐이었다. 헐떡거림이 웬만큼 가라앉은 멧돼지는 신음 같은 숨죽인 소리를 '꾸-욱 꾸-욱……' 연방 토해내며 젖을 빨리고 있었다.

잠시 지켜보며 마음을 다져 먹고는 낫을 든 손을 등 뒤에 감추고 조심스레 다가갔다. 6, 7미터 지점까지 다가가자 멧돼지가 '꾸-웩!' 날카로운 비명을 내지르며 벌떡 일어났다. 그 순간, 눈깜박할 순간이었는데, 멧돼지 새끼들은 거미 새끼처럼 팍삭 흩어져 한 마리도 보이지 않았다.

바짝 긴장했던 나는 오금이 굳어 산비탈에 털썩 주저앉고 말았다. 가까운 주변에는 몸을 숨길만 한 은폐물도 없는데, 멧돼지는 나를 마주 보고 서서 기다란 대가리를 푹 숙이고 콧구멍을 벌룽거리며 금방이라도 달려들 기세였다.

잔뜩 겁을 먹고 멧돼지를 살펴보던 나는 살며시 일어섰다. 멧돼지 뒷다리 오른쪽 발목에 올무가 걸렸는데 새끼손가락 굵기만 한 와이어였다. 저만한 굵기의 와이어라면 끊어질 염려는 없으므로 안심하고 네댓 걸음 더 다가섰다.

뒷걸음질을 치다가 두어 번 펄쩍펄쩍 날뛰던 멧돼지는 다시 맴을 돌기 시작했다. 멧돼지 발목에 감긴 올무는 길이가 2미터는 됨직했는데, 올무를 맨 나무를 중심으로 뺑 돌아가며 3미터 정도의 주변은 가랑잎 하나 마른풀 한 줄기 찾아볼 수 없고, 땅이 온통 마구 파헤쳐져 있었다. 그뿐만 아니라 올무가 매어진 박달나무는 사람 넓적다리 굵기였는데, 멧돼지 키 높이까지 하얗게 껍질이 벗겨져 있었다.

멧돼지는 주둥이가 자라는 데까지 풀뿌리는 물론 나무뿌리까지 모조리 캐 먹고, 한창 물이 올라 잎이 피어나는 박달나무 껍질까지 벗겨 먹은 것이 분명했다. 나무껍질이 벗겨져 묶어진 와이어가 헐거워졌기 때문에 줄이 나무에 감기지 않고 멧돼지는 뱅글뱅글 맴을 돌 수 있었을 것이다. 껍질이 벗겨진 높이가 2미터쯤일 것으로 미루어 보아도 멧돼지의 키도 뒷발로 버티고 일어서면 2미터 가까울 성싶었다.

사방을 둘러보던 나는 깜짝 놀라 눈을 치떴다. 멧돼지가 있는 십여 미터 왼쪽에 꽤 큼직한 바위가 있었는데, 그 바위 밑에 멧돼지 새끼들이 오글오글 엎드려 있었다. 새끼들은 태어나서부터 오직 이곳에만 있었기 때문에 숨을 곳이라고는 오직 바위 밑뿐이었을 것이다. 올무가 매인 다리를 끌며 잠시 날뛰던 멧돼지는 기진했는지 주둥이를 땅에 대고 멈춰 서서 허연 게거품을 버걱거리며 바튼 숨을 몰아쉬고 있었다.

나는 이제 저 멧돼지를 잡을 수 있겠다는 자신감이 들고 신바람이 나기 시작했다. 어쩐지 간밤에 꿈이 좋더라니……. 헌데, 대체 무슨 꿈을 꾸었더라. 간밤에 내가 꿈을 꾸기는 꾼 걸까? 무슨 짐승을 껴안고 실랑이질을 벌린 것 같기도 하고, 강아지를 안고 뒹군 것도 같은데, 꿈에서 깨어나 한참 멍하니 앉아 있다가 벽시계를 보고는, 깜짝 놀라 산행 준비를 했었다는 생각이 떠올랐다.

암튼 오늘은 이상하게도 새벽에 집을 나설 때부터 기분이 매우 좋았었다. 오늘은 또 어느 산을 헤매야 다만 일당벌이나마 할 수 있을까? 하고 늘 하던 걱정을 하지 않았다. 집을 나설 때는 단지 아내의 배웅을 받지 않아 홀가분하다는 생각만 했을 뿐이었는데, 지금 생각하니 그것만이 아니라 꿈이 좋았던 탓인 듯도 싶었다.

아내는 늘 졸린 눈을 껌벅거리며 문간에 서서 앵무새같이 되뇌곤 한다. 뱀 조심해라. 욕심부리지 말고 일찍 들어와라. 피곤하더라도 졸지 말고 운전해라. 귀에 더뎅이가 앉은 당부가 이제는 은근히 부담스러워 오늘처럼 새벽잠이 깨이는 날은 아내 몰래 집을 나서기도 했던 터였다.

직장을 잃은 뒤에 나는 허탈감과 무료함을 달래기 위해 등산을 시작했다. 때마침 봄이라 산에는 산나물이 지천이었는데, 강원도 산골에서 유년을 보냈던 터여서 그 맛을 기억하며 두릅과 취나물을 비롯한 서너 종류의 산나물을 몇 번 뜯어다 먹었다. 먹을수록 산나물 맛은 나를 매료시켰고, 아내는 물론 아이들까지 그 맛의 진미를 알게 되었다. 그때부터 산나물이 있을 만한 산을 찾아다니며 나물을 뜯어 날랐고, 아내가 친지들과 이웃들에게 나누어 주다 보니 산나물이 돈이 된다는 사실을 알게 되었다.

그 뒤부터 본격적으로 산나물 산행을 하기 시작했는데, 하루에 십여만 원을 버는 날도 있을 만큼 수입이 짭짤했다. 밥벌이가 될 만한 직장을 찾아 전전긍긍하던 나는 마침내 적성과 취향에 맞는 돈벌이 방법을 참으로 엉뚱한 곳에서 찾아낸 것이었다. 산은 나만의 천국이었다. 인적이 없는 산속에서 혼자 돈벌이를 한다는 것은 전과자라는 낙인이 찍히는 등 운신의 폭이 좁은 내게 엄청난 행운이었다. 알면 알수록 산은 보물창고였다. 봄에는 산나물, 여름부터 가을까지는 약초와 야생 과실 등등이 이태가 넘도록 우리 식구들을 먹여 살렸다.

귀동냥으로 얻어들은 소문이기는 하지만, 멧돼지는 쓸개만 팔아도 2백만 원은 받는다고 한다. 게다가 소문을 안 낼 잘 아는 사람들에게 맛이 기막히게 좋다는 멧돼지고기를 팔면 줄잡아도 백만 원은 받을 수 있을 터였다.

밀렵은 하는 사람도 먹는 사람도 크게 걸린다지만 이러한 상황은 경우가 다르다. 내가 놓은 올무도 아닐뿐더러, 도대체 올무에 걸려 날뛰는 성난 멧돼지를 풀어 줄 수도 없지 않은가 말이다. 나는 오늘 횡재를 한 것이다. 일생에 한 번 있을까 말까 한 횡재를 걷어차 버린다는 것은 한심한 머저리나 할 짓이다. 올무에 걸린 저 멧돼지는 내가 아니더라도 어차피 죽을 짐승이었다.

생각을 가다듬은 나는 등에 진 배낭을 벗어 놓고는 한 걸음 두

걸음 멧돼지에게 다가갔다. 멧돼지는 펄쩍 뛰어오르더니, 대가리를 마구 내두르고 식식거리며 뒷걸음질을 쳤다. 잔뜩 독이 오른 그 몸짓이 섬뜩했지만, 웬만큼 다가서서 '쉭쉭……' 하고 쫓는 소리를 내며 낫을 휘두르자 멧돼지는 다시 날뛰며 맴을 돌기 시작했다.

그래, 바로 저것이다! 이제 나는 마음 푹 놓고 멧돼지를 자꾸 약을 올려 날뛰게 해서 힘이 빠지면 날이 잘 선 낫으로 명줄을 끊고 각을 뜨면 그만이었다. 나는 늘 혼자 산에 오르기 때문에 호신용으로도 좋아서 자루가 길고 묵직한 조선낫을 들고 다닌다. 게다가 요새 한창 알맞게 피는 두릅을 따기에는 낫이 제격이었다. 두릅나무는 가시가 많고 쪽 곧게 자라는데, 자루가 긴 낫으로 걸고 당겨야 힘 안 들이고 두릅을 딸 수 있다.

나는 멀찍이 물러서서 어지럽게 맴을 도는 멧돼지를 느긋하게 지켜보았다. 멧돼지는 입에 거품을 물고 한참 날뛰더니 갑자기 또 픽 쓰러졌다. 그러면 그렇지! 먹는 것 없이 새끼들에게 젖을 빨렸으니 힘이 없을 것은 당연한 이치였다. 쓰러져 헐떡거리는 멧돼지를 바라보던 나는 깜짝 놀라 주춤 물러섰다. 바위 밑에 모여 꼬물거리던 멧돼지 새끼들이 나를 아랑곳하지 않고 자빠져 헐떡거리는 어미에게로 마구 달려들고 있었다. 순식간에 달려든 새끼들은 어미 배에 달라붙어 젖을 빨기 시작했다.

무르춤하니 서서 멧돼지 새끼들을 바라보던 나는 비로소 이해가 되어 무겁게 머리를 끄덕였다. 젖이 나올 턱이 없는 어미 멧돼지는 느긋하게 누워 새끼들에게 젖을 빨 기회를 주지 않았음이 분명했다. 그리하여 새끼들은 어미가 눕기만 하면 본능적으로 달려드는 것이리라. 멧돼지 새끼들은 앞발로 어미 젖퉁이를 꾹꾹 누르기도 하고, 주둥이로 쿡쿡 박기도 하며 젖을 빨고 있었지만, 젖이 시원스레 나올 리가 없다.

넋을 놓고 우두망찰하여 지켜보다가 벗어 던졌던 배낭을 집어 들고 지퍼를 열었다. 간식으로 준비한 오이와 토마토가 담긴 비닐봉지를 들어냈다. 배낭을 다시 던지고 멧돼지에게 다가서던 나는 정신이 번쩍 들었다. 아니, 대체 내가 지금 무엇을 하자는 것인가? 정신이 들기는 했지만 내 육신은 정신에 따르지 않았다. 오이를 하나 꺼내 들고 멧돼지에게 다가서서 뚝 분질렀다.

그때였다. 누워서 헐떡거리던 멧돼지가 별안간 '꽤—액!' 하고 멱따는 소리를 내지르며 용수철에 퉁기듯이 튀어 일어났고, 새끼들은 순식간에 흩어졌다. 멧돼지는 부르르 한 차례 몸을 떨더니 대가리를 치켜들고 코를 벌름거리며 겁도 없이 내게로 성큼 다가오는 것이 아닌가! 멧돼지의 돌연한 행위를 이내 알아차린 나는 향긋한 오이 냄새를 코끝에 대고 맡다가 한입 베어 물고는 뒷걸음질을 쳤다. 멧돼지는 올무에 걸린 뒷다리가 팽팽하게 당겨지도록 내게로 다가섰고, 나는 어적어적 씹던 오이를 물을 품듯이 '푸!' 하고 내 품었다. 멧돼지는 땅에 코를 박고 분산된 오이조각을 허겁지겁 핥아먹고는 대가리를 치켜들고 다가섰다.

나는 분지른 오이 도막을 던졌다. 멧돼지는 성큼 달려들어 오이를 물고 두어 번 어적어적 씹더니 환장을 하며 달려들었다. 뒤로 주춤 물러서며 오이를 또 분질러 던졌다. 멧돼지는 한입에 삼키고 다가섰다. 나는 또 분질러 던지고, 멧돼지는 다가서고…….
오이 하나를 세 등분 네 등분으로 잘라 던지며 나도 멧돼지도 박달나무를 한 바퀴 돌았다. 오이 세 개가 동이 났다.

주먹만 한 토마토를 꺼내 들여다보다가 한입 베어 물고 몇 번 씹다가 내 품었다. 멧돼지는 코를 킁킁거리며 땅바닥을 훑다가 대가리를 치켜들었다. 토마토를 코앞에 들고 어르다가 던졌다. 멧돼지는 씹을 것도 없이 덥석 삼키고는 또 다가섰다. 하나 남은 토마토를 반으로 갈라 던졌다. 게 눈 감추듯이 삼킨 멧돼지가 다가섰지만, 나는 물러서지 않고 멧돼지와 토마토를 번갈아 보다가 또 한입 베어 물고 씹다가 내 품었다.

처음에 오이를 씹어뱉은 것은 어쩌다가 하게 된 무의식적인 행위였지만, 두 번째와 세 번째는 의도적인 행위였다. 결과가 어떻게 나타날지는 모르지만, 멧돼지에게 내 침 냄새를 맡게 해서 체취를 인식시키자는 생각이 번개처럼 머리를 스쳤다. 씹어뱉은 자잘한 조각까지 알뜰하게 핥아먹은 멧돼지는 또 다가서서, 감질난다는 듯 입맛을 쩝쩝 다시며 마치 먹이를 재촉하는 강아지처럼 간절한 눈으로 나를 쳐다보았다.

이제는 더 줄 것도 없어 안타깝던 나는 물병이 생각났다. 배낭에는 되들이 페트병에 물이 절반 정도 남아 있었다. 물병을 꺼내 들고 어미와 새끼들을 둘러보다가 우선 새끼들이 모여있는 바위 앞으로 갔다. 멧돼지 새끼들은 내가 다가가자 이리저리 후다닥 흩어졌지만 멀리 도망가지는 않고 대가리를 갸우뚱거리며 주위에서 머뭇거렸다. 그중 제일 가까이 있는 한 마리를 향해 물을 휙 뿌렸다. 물은 멧돼지 새끼 등에 뿌려졌는데, 흩어졌던 새끼들이 요란하게 꿀꿀거리며 왈칵 몰려들어 등에 묻은 물방울을 다투어 핥았다.

정신없이 물을 탐하는 멧돼지 새끼들을 넋을 놓고 바라보다가 손바닥에 물을 받아 흩뿌리며 다가갔다. 아니나 다를까, 멧돼지 새끼들은 도망가지 않고 외려 모여들었다. 오글오글 모여서 주둥이를 치켜들고 물병을 쳐다보는 새끼들에게 물을 흩뿌리며 살며시 앉았다. 손바닥에 물을 받아 내밀자 새끼들은 다투어 달려들어 손바닥의 물을 핥았다. 멧돼지 새끼들의 따듯한 혀가 손등과 손바닥을 핥아대자 온몸에 잔 소름이 돋고, 온몸이 속속들이 간지러워 몸이 오그라드는 듯싶었다. 혀를 물고 웃음을 참으며 손바닥에 몇 번 물을 받아 먹이던 나는 어미가 요란하게 나대는 소리에 일어섰다. 물 냄새를 맡은 멧돼지는 가랑이가 찢어지도록 내 쪽으로 오려고 몸부림을 치며 사납게 꿀꿀거리고 있었다.

어미에게 다가간 나는 대가리를 치켜들고 꿀꿀대는 입에 물을 흘렸다. 어느 틈에 새끼들까지 내 발밑에 모여들어 꿀꿀대며 물을 달라고 아우성을 치고 있었다. 어미와 새끼들은 이제 나를 경계하지 않았다. 그제야 찬찬하게 세어보니 멧돼지 새끼는 모두 여덟 마리나 되었다.

마침내 물이 떨어졌다. 물병을 탈탈 털어 비운 나는 요란하게 꿀꿀대는 멧돼지 새끼들을 멀거니 바라보았다. 새끼들은 이제 내 바짓가랑이에 비비적거리고 발등에 올라타기도 하며 재롱을 부리는지 보채는지도 모를 귀여운 짓을 하고 있었다. 살며시 앉아 손으로 잡으려고 하자 새끼들은 후다닥 흩어져 멀찍이서 눈을 말똥거리며 나를 보고 있었고, 어미는 먹이를 더 덜라는 듯 대가리를 좌우로 흔들며 나대고 있었다.

더 줄 것이 없어 안타깝던 나는 퍼뜩 정신이 들었다. 생각하고 자시고 할 것도 없이 배낭을 집어 들고는 한나절 내내 고생을 하며 꺾은 두릅을 한 움큼 꺼내 멧돼지 앞에 던졌다. 성큼 다가와서 킁킁 냄새를 맡던 멧돼지는 게걸스레 쩝쩝거리며 먹기 시작했다. 순식간에 먹어치운 멧돼지는 마치 강아지 같은 눈으로 나를 쳐다보았다. 기다란 대가리에 길쭉한 주둥이, 벌겋게 충혈된 움푹하고 부리부리한 눈, 날카로운 송곳니 하며 섬뜩하도록 험상궂지만, 그 눈빛이며 표정에서 이제 나를 경계하는 빛이 느껴지지 않았다.

멧돼지는 어서 먹이를 달라는 듯 앞다리를 들썩거리며 대가리를 내둘렀다. 두릅을 또 한 움큼 던졌다. 새끼들도 우르르 달려들었지만, 어미가 순식간에 먹어 치우고는 내 앞으로 다가왔다. 나는 물러서지 않고 멧돼지를 내려다보다가 두릅과 취나물을 또 한 움큼 던졌다. 새끼들에게도 던졌지만 달려들어 냄새만 맡을 뿐 먹지는 못했다. 왼손에 두릅을 들고 멧돼지를 어르며 오른손으로 등을 만져보았다.

멧돼지는 '꽥!' 소리를 지르며 주춤 물러섰지만, 이내 다가와 손에 들린 먹이에 주둥이를 댔다. 나는 다시 멧돼지 등에 손을 댔고, 멧돼지는 또 흠칫 물러섰다. 그렇게 네댓 번을 반복하자 마침내 등을 쓰다듬어도 반항하지 않았다. 이미 내 침을 먹어 체취를 인식한 결과가 나타나는지도 모를 일이었다. 멧돼지 등의 털은 마른 억새풀 같이 거칠었고, 등가죽도 나무껍질처럼 단단하게 느껴졌다. 어미가 순해져서인지, 새끼들도 내 발밑에 모여들어 치근대며 재롱을 부리고 있었다.

나는 두어 걸음 뒤에 있는 낫을 힐끔 돌아보고는 두릅을 한 움큼 던져주고 뒷걸음질로 걸어가서 낫을 집어 들었다. 낫을 등 뒤에 감추고 다가가서 배낭을 들여다보았다. 두릅은 이제 서너 줌 정도 남았다. 적어도 반 관이 넘어 4~5만 원어치나 되는 두릅을 멧돼지가 먹어 치웠다. 멧돼지는 이제 내 간식과 두릅값을 물어내야 한다.

굵은 두릅을 왼손으로 한 움큼 쥐고는, 낫을 든 오른손은 등 뒤에 숨기고 다가섰다. 여전하게 먹이를 달라고 보채던 멧돼지는 두릅을 던지자 허겁지겁 달려들었다. 왼손으로 등을 쓰다듬어도 먹는 데만 정신이 팔려있다. 이제 멧돼지를 잡기는 여반장이다. 낫으로 뱃구레를 퍽 찍어 당기면 그걸로 끝이다.

두방망이질 치는 가슴을 큰 숨을 쉬어 진정시키고는 낫을 든 오른팔을 치켜들었다. 잠시 진정되던 가슴이 내 귀에 들릴 만큼 더욱 큰 파장으로 쿵쿵 뛰기 시작했다. 순간적으로 머리가 어찔했다. 다리가 덜덜 떨리고, 낫을 치켜든 팔도 떨려 가늠을 할 수도 없다. 서 있는 멧돼지 뱃구레를 낫으로 찍기는 아무래도 쉽지 않을 것 같다.

발등이며 바짓가랑이에서 치근덕거리는 멧돼지 새끼들을 어미가 놀라지 않게 슬몃슬몃 밀어내며 다가서던 나는 치켜든 팔이 그만 저절로 툭 떨어지고 말았다. 갑자기 구멍 뚫린 풍선처럼 온몸에서 힘이 빠져나갔다. 마침내 서 있기조차도 힘에 겨워 비틀거렸다. 눈앞이 뿌옇게 흐려지고 어지러웠다.

눈을 질끈 감았다가 다시 뜨고 멧돼지를 보았다. 멧돼지는 여전하게 간절한 눈으로 나를 쳐다보고 있었다. 나는 고개를 들어 허공을 보다가 배낭을 집어 들었다. 두릅을 한 움큼 꺼내 들자 멧돼지가 앞발을 들썩이며 요동을 쳤다. 두릅 서너 개를 던지자 덥석 달려들었다. 허겁지겁 먹이를 씹는 멧돼지 등을 쓰다듬었다. 멧돼지는 이제 내 손길을 피하지 않았다.

뱃구레를 사정없이 찍어야 한다는 생각은 간절하지만, 육신은 여전하게 생각 같지 않아 마음만 점점 조급했다. 그렇지만 조급해서는 안 된다. 아무리 간절하게 인간에 의지하려는 산짐승이지만 짐승은 오로지 짐승일 뿐이다. 마음을 단단히 다져 먹고 멧돼지를 사정없이 죽여야 한다. 나는 모름지기 멧돼지고기를 먹어야 하는 사람이니까.

며칠 전이었다. 고등학교 3학년에 올라간 아들 녀석이 제 어미에게 잔뜩 뜸을 들이다가 말했다고 한다. 삼겹살을 한 번만 실컷 먹고 싶다고. 그 이튿날 저녁이었다. 여덟 시가 넘어 어둑어둑할 무렵 나물 배낭을 지고 들어갔는데, 내 밥상에 난데없이 뻐덕뻐덕하게 굳어 기름이 허옇게 엉긴 삼겹살 네댓 점이 올라왔다.

웬 고기냐고 하자, 아내가 말했다. 삼겹살 두 근을 사다가 구웠는데, 세 아이들이 게 눈 감추듯이 먹어 치웠다고 했다. 그리고 덧붙였다. 다른 건 다 못해도 한 달에 한 번씩이라도 아이들에게 삼겹살이나마 실컷 먹여야겠다고 말하며 울먹였다. 불과 이태 전까지만 해도 우리 아이들은 삼겹살이 아닌 소갈비에 불고기를 한 달에 네댓 번씩은 먹었었다. 그야말로 고기가 먹기 싫어 들이 씹고 내씹고 하던 아이들에게서 그런 말을 들은 제 어미의 속인들 오죽했을까.

쓰디쓴 소주잔을 비우고 허옇게 기름이 엉긴 고깃점을 뒤적거리면서도 나는 그 고깃점을 차마 입에 넣을 수 없었다. 한창 먹을 나이인 세 아이들에게 돼지고기나마 한번 실컷 먹일 걱정을 해야 하는 어미 아비라니. 이태가 넘도록 그렇게 고기가 먹고 싶어도 그런 말을 차마 못 했을 아이들이 안타까워 밤새도록 잠을 이룰 수 없었다.

한데, 이 멧돼지만 잡으면, 돈을 3백만 원이나 넘게 벌고도 맛이 기막히게 좋다는 멧돼지고기를 아이들에게 실컷 먹일 수 있다. 아이들은 물론 나도 지금까지 야생 멧돼지고기라고는 먹기는커녕 구경도 못 했었다. 이것은 횡재다. 하늘이 주신 횡재를 그냥 버릴 수는 없다.

낫자루에 침을 '탁!' 뱉어 아금받게 움켜잡고는 낫을 치켜들었다. 내려찍을 멧돼지 뱃구레를 가늠하던 나는 고개를 돌려 오른쪽 허공을 힐끔 쳐다보았다. 저런 망할 놈의 벙어리뻐꾸기! 저놈은 아직도 말라죽은 고목 꼭대기에 동그마니 앉아 잊을 만하면 궁궁 궁궁……, 능청맞게 울고 있었다. 저놈은 잎이 무성한 나뭇가지에 숨어 앉는 법이 없다. 언제나 시야가 확 트인 말라죽은 고목 나뭇가지에 동그마니 올라앉아 꽁지를 좌우로 느릿느릿 저으며 '궁, 궁, 궁' 능청스레 운다. 생김생김이며 하는 짓은 영락없는 뻐꾸기지만, '뻐꾹뻐꾹' 울지 못하고, 궁궁궁 울어서 벙어리뻐꾸기라는 저놈이 나는 전부터 싫었고, 주는 것 없이 미웠다. 생각 같아서는 저 얄미운 벙어리뻐꾸기 먼저 멀리 쫓고 나서 멧돼지를 잡고 싶지만, 그러다가 멧돼지가 놀라 날뛰면 지금까지 들인 공이 허사가 될 터였다.

　나는 다시 용기를 내서 낫을 든 팔을 치켜들다가 맥없이 내리고 말았다. 벙어리뻐꾸기가 여전하게 내 모습을 빤히 지켜보며 '궁 궁 궁……' 능청맞게 운다. 놈이야 울거나 말거나 힐끗 쳐다보고는 팔을 치켜들었다. 멧돼지와 눈이 마주쳤다. 이미 순한 강아지가 되어 나를 쳐다보는 멧돼지와 눈이 마주치자, 치켜든 팔이 저절로 툭 떨어지고 말았다. 내 발밑에는 멧돼지 새끼들 여덟 마리가 엎드리거나 벌렁 누워 있거나 발발거리며 재롱을 부리고 있었다. 새끼들은 이제 나를 전혀 경계하지 않음이 분명하다. 그렇더라도 나는 과연 이 어린놈들을 모조리 잡을 수가 있기나 있을까?

　무심코 손에 든 낫을 빙글빙글 돌리다가 깜짝 놀라 주춤 뒤로 물러섰다. 번쩍번쩍 빛나는 낫을 보고 놀랐는지, 갑자기 펄쩍 뛴 멧돼지가 올무에 걸린 맹수로 돌변하여 주둥이를 땅에 박은 채 버티고 서서 식식거리고 있었다. 새끼들도 어느새 내 발밑에서 감쪽같이 사라졌다. 멧돼지는 내가 한눈을 팔기만 하면 여지없이 달려들 기세였다. 새끼들도 어미의 어떤 행동이나 소리에 위험을 느끼고 본능적으로 숨는 것이리라.

　나는 펄쩍펄쩍 날뛰는 멧돼지를 피해 물러섰다. 서너 번 날뛰던 멧돼지는 미친 듯이 박달나무를 맴돌기 시작했다. 그 기세가 하도 사나워 더럭 겁이 나서 멀찍이 물러섰다. 오이에 토마토에 두릅에 난생처음 먹어보는 먹이로 포식을 해서 기운을 차렸는지, 멧돼지는 점점 사납게 날뛰었고, 새끼들은 바위 밑에 모여 납작하게 엎드려 죽은 듯이 기척이 없다. 그제서 보니 바위 밑에 엎드린 멧돼지 새끼 등의 줄무늬는 바위와 산비탈에 널린 낙엽과 어우러져 알아볼 수 없을 만큼 위장되는 절묘한 보호색이었다.

나는 쓴 입맛을 쩝쩝 다시며 우두커니 서서 하릴없이 어미와 새끼를 지켜보는 것이 고작이었다. 한참 날뛰던 멧돼지는 게거품을 허옇게 내 뿜으며 앞다리를 쩍 벌리고 서서 주둥이를 땅에 박고 사나운 눈초리로 나를 노려보고 있었다. 먹이를 바라고 쳐다보던 강아지 같던 멧돼지 눈은 내 마음속으로만 보았던 눈일 뿐이었다. 멧돼지와 나는 마주 서서 한참 눈싸움을 했다. 시간이 흐를수록 멧돼지 눈빛이며 버티고 선 자세에서 서서히 살기가 빠지는 것을 나는 느낄 수 있었다.

마음을 다져 먹고 슬금슬금 다가가자 멧돼지는 뒷걸음질을 쳤다. 배낭을 집어 들자 멧돼지가 두어 번 고개를 내둘렀다. 두릅을 한 움큼 꺼내 들고 다가섰지만, 이제는 배가 불렀는지 여전하게 버티고 서서 잔뜩 경계하고 있었다. 멧돼지 주둥이가 미치지 않을 만큼 다가서서 두릅을 흔들었다. 뻥 뚫린 콧구멍을 벌름거리며 냄새를 맡더니 마침내 다가왔지만, 아까처럼 곁을 주지는 않았다.

배낭을 들여다보았다. 두릅은 서너 개 남았다. 손에 든 두릅을 멧돼지 앞으로 던졌다. 여전하게 허겁지겁 먹어 치우고는 미적미적 다가왔다. 그러나 역시 손이 닿을만한 간격은 아니었다. 나는 멧돼지란 놈에게 여지없이 농락당한 찜찜한 기분이 되어 어처구니없이 '허허허……' 웃고 말았다. 놈을 풀어주든지 낫으로 찍어 죽이든지 간에 곁을 주어야 생각할 문제였다.

두릅을 들고 아무리 얼러도 놈은 더이상 다가올 기미가 아니었다. 얼마 안 남은 미끼를 아껴야 했으므로 두릅 하나를 주둥이가 닿을만한 지점에 던졌다. 코를 끌며 냄새를 맡더니 번개같이 달려와 물고는 멀찍이 물러서서 먹어 치웠다. 아무리 먹이를 들고 얼러도 주둥이를 땅바닥에 끌며 경계를 늦추지 않는 놈이 점점 속수무책으로 느껴지기 시작했다. 이제 어떻게 해야 하나? 곰곰이 생각해도 묘안이 있을 턱이 없다. 인간에 의해 사로잡힌 악에 받친 산짐승에게 무슨 수가 나겠는가. 배고플 때와 배부른 뒤의 감정을 예측할 수 없기는 인간이나 짐승이나 역시 매한가지임을 쓰디쓰게 느껴야 했다.

나는 그래도 포기할 수 없어 먹이를 흔들며 다가섰다. 놈이 맴을 돌며 매대기를 친 언저리에 비무장 지대쯤의 지점을 눈대중으로 정하고는 다가가서 먹이를 흔들었지만, 놈은 대가리를 내두르며 식식거릴 뿐 다가오지 않았다. 그렇다고 내가 비무장지대를 넘을 수도 없다. 놈이 맹수라는 엄연한 사실과 함께 엄니에 들이받힌다면 나는 그걸로 그만이라는 섬뜩한 생각이 들었다.

나서지도 물러서지도 못한 채 엉거주춤하니 섰던 나는 번개같이 스치는 생각의 꼬리를 잡았다. 오이 세 개, 토마토 두 개, 취나물과 두름을 반 관이나 먹어 포만해진 놈을 같은 먹이로 꾀인다는 것은 어림없는 수작일 뿐이다. 짐작건대 놈은 짧아도 열흘은 넘게 올무에 걸려 있었을 것이다. 게다가 여덟 마리의 새끼들에게 젖을 빨렸으니, 목이 타도록 갈증이 날 것은 당연한 이치였다. 금년 봄은 유난스레 가물어 숲이 무성한 산비탈조차 흙먼지가 보얗게 일곤 했었다. 아니나 다르랴, 내던졌던 물병을 집어 들자 놈은 펄쩍펄쩍 뛰며 환장을 하고 있었다.

나는 회심의 미소를 지으며 배낭에 남은 두름 두 개를 놈의 앞에 던지고는 물병과 빈 배낭을 들고 산비탈을 내리뛰었다. 거의 뛰다시피 산비탈을 내려오자 계곡에서 물소리가 들렸다. 시계를 보니 1시 20분이었다. 산비탈을 내려오는 데 이십여 분 걸렸으니 놈과 한 시간 가까이 실랑이질을 벌린 것이었다.

계곡에는 맑은 물이 흐르고 있었다. 우선 개울에 엎드려 물을 실컷 마시고는 페트병에 물을 채웠다. 한 병으로는 아무래도 모자랄 듯싶어 배낭에서 비닐봉지를 꺼내 물을 담았다. 물병은 배낭에 넣어 지고 물이 담긴 비닐봉지를 조심스레 들고 산비탈을 오르기 시작했다. 내려오는 데 이십여 분이 걸렸으니 올라가자면 반 시간이 넘게 걸릴 것이었다. 처다보면 볼수록 올라가야 할 산비탈이 아득했다. 마음은 급하지만 다리는 마음 같지 않다. 뻣

뻣하게 쥐가 나는 종아리를 몇 번이나 주무르며 올라갔다.

가쁜 숨을 몰아쉬며 허위허위 한 참 올라갔을 때, 별안간 놈이 날뛰는 소리가 들리기 시작했다. 직선거리로 100여 미터가 넘을 터이고, 보이지도 않을뿐더러 나는 별로 소리도 내지 않았다. 놈은 인기척과 사람 냄새를 귀신같이 알고 있음이 분명했다. 날뛰는 소리가 아까보다 훨씬 거칠게 들렸다.

포식을 해서 기운을 차린 놈이 혹시 올무를 끊었을지도 몰라 조심스레 살피며 올라갔다. 낫을 두고 온 것이 후회도 되었지만 어쩔 수 없는 노릇이었다. 사납게 날뛰던 놈은 나를 알아보았는지 우뚝 멈춰 서서 코를 땅에 박으며 식식거리고 있었다. 어미 옆에서 부닐던 새끼들이 바위 밑으로 몰려가는 것을 분명 보았었는데, 여전하게 죽은 듯이 엎드려 있었다.

물이 담긴 비닐봉지를 나뭇가지에 걸어놓고는 물병을 꺼내 들었다. 우선 내가 몇 모금 벌컥벌컥 마시자, 물 냄새를 맡은 놈이 대가리를 내두르며 나대기 시작했다. 그러거나 말거나 숨이 차고 맥이 빠진 나는 덜퍽 주저앉았다. 놈은 금방 숨넘어가는 듯한 이상한 소리로 꽥꽥거리며 가랑이가 찢어지도록 내 쪽으로 내닫고 있었다.

숨을 돌린 나는 천천히 일어나서 다가갔다. 눈대중으로 그어놓은 비무장지대까지 다가가서 물병을 치켜들고 질금질금 흘렸다. 놈은 길쭉한 대가리를 치켜들고 입을 쩍 벌렸다. 어느 틈에 몰려왔는지 새끼들이 발길에 걸리적거리기 시작했다. 놈의 아가리에 물을 흘려 넣으며 오른손으로 등을 쓰다듬었다. 물 받아먹기에 정신이 팔렸는지 별다른 반응을 보이지 않았다. 멀찍이 있는 낫을 발로 당겨 가까이 두고는 살며시 앉았다. 후다닥 흩어지던 새끼들이 물을 흘리자 왈칵 모여들었다. 손바닥에 물을 받아 들이대자 새끼들은 다투어 주둥이를 대고 핥았다. 네댓 마리가 손바닥이며 손등을 핥아대자, 쟁그러운 감촉과 함께 온몸에 잔소름이 돋고 부르르 진저리가 쳐졌다. 멧돼지 새끼들의 작은 혓바닥이 참으로 따듯하다는 느낌이 거듭 들어 비죽이 웃음이 터졌다. 네댓 번 계속하자 물병이 비었다.

새끼들은 이제 손으로 잡아도 버둥거리기만 할 뿐 도망가지 않았다. 새끼 두 마리를 잡아 가슴에 안았다. 우스꽝스레 귀엽고 생각보다 털이 보드라운데, 작은 몸뚱이가 놀랍게도 따뜻했다. 등에 얼굴을 대고 문질러 보았다. 사람과 짐승의 피부가 맞닿는 따듯한 감촉과 볼을 간질이는 보드라운 털의 느낌이 황홀하도록 기분이 좋았다.

멧돼지 새끼는 인간의 입냄새가 싫은지 별안간 꽥꽥거리며 나대기 시작했다. 주먹만 한 놈들이지만 나대는 발길에 차이니 제법 아팠다. 물을 달라는 것인지, 새끼를 잡았기 때문인지 어미가 미친 듯이 날뛰고 있었다.

나는 정신이 번쩍 들어 안았던 새끼를 내려놓았다. 사납게 날뛰는 어미가 겁나기도 하지만 이렇게 노닥거릴 시간이 없다. 빈 물병을 집어 들었다. 비닐봉지를 걸어둔 나무로 가서 나무꼬챙이로 구멍을 뚫고는 병에 물을 받았다. 물은 한 병이 채 되지 않았다. 반 이상은 흘려야 하므로 물을 아껴야 한다. 놈에게 다가간 나는 물병을 나지막하게 들고 물을 뿌렸다. 가까이 다가가자 뒤로 주춤 물러서던 놈이 다가서며 대가리를 치켜들었다.

나는 억지로 웃는 얼굴을 하고는 놈과 눈을 맞추었다. 절대 너를 헤치지 않겠다는 간절한 내 눈길을 잠시 받아내던 놈은 앞발을 들썩거리며 대가리를 내둘렀다. 어서 물을 달라는 뜻인지 내 마음을 알았다는 뜻인지는 몰라도 경계심이 많이 풀렸음을 놈의 몸짓에서 여실히 느낄 수 있었다.

두어 걸음 다가가자 놈은 자동적으로 대가리를 치켜들고 입을 쩍 벌렸다. 그제서 보니 멧돼지의 이빨은 엄청 굵고 날카로웠다. 저 정도의 이빨과 큰 입이라면 사람의 넓적다리도 단번에 물어 뜯어낼 수도 있겠다 싶어 섬뜩했지만 그래도 다가섰다. 벌어진 입에 물을 질금질금 흘리며 다가서서 오른손으로 등을 쓰다듬어도 별다른 반응이 없다. 강한 철사처럼 빳빳하게 곤두섰던 등의 털이 많이 부드러워 졌다는 느낌이 들었다.

새끼들도 어미 턱 밑에 모여들어 떨어지는 물방울을 핥느라고 야단들이었고, 갈증이 풀린 새끼들은 내 발등에 기어오르고, 발발거리며 돌아치고 정신이 하나도 없이 부닐고 있었다. 녀석들은 이제 나를 제 아비쯤으로 여기는지도 모르겠다고 생각하며 히죽 히죽 웃었다. 태어나서 어미 외에 다른 짐승은 본 적이 없을 터이니 그럴지도 모를 일이었다.

나는 어떻게 하든 놈을 땅에 눕혀야 한다는 생각을 했다. 서 있는 놈의 배를 찍는다는 것은 아무래도 무리였다. 등가죽을 만져본 감촉과 철선같이 빳빳한 털로 보아도 어지간한 힘으로 찍어서는 뱃가죽을 뚫을 수 없을 것 같았다. 괜스레 섣불리 건드렸다가는 이도 저도 헛일이 되고 만다.

돼지든 개든 뱃구레나 사타구니를 긁어주면 다리를 번쩍 치켜든다는 생각이 떠올랐다. 그렇지만 과연 멧돼지는 어떨는지⋯⋯. 일단 한번 시도해 보고 싶지만, 옆에 붙어 앉아 손으로 멧돼지 사타구니를 긁을 수는 없는 노릇이었다. 돼지우리에 벌렁 자빠져 새끼들 젖을 먹이는 어미 돼지의 사타구니를 작대기로 긁어주던 어릴 적의 생각이 떠올랐다. 두리번거리며 작대기를 찾았지만, 주변에 작대기가 있을 턱이 없다. 그렇다고 작대기를 찾으러 간다면, 지금까지 놈을 구슬려 안심시켜 놓은 공이 허사가 될 것은 뻔하다.

궁리를 짜던 나는 물병을 땅에 눕히다시피 하며 앉았다. 우선은 낫자루로 긁어 볼 생각이었지만 가까이 다가앉을 엄두는 나지 않았다. 지팡이 겸 낫자루를 길게 만들어 박은 것이 이럴 때도 요긴하게 써먹을 수 있음에 우선 흐뭇했다. 새끼들은 이제 아무런 경계심 없이 내 주위에 부닐고 있었지만, 그래도 어미는 안심할 수 없다.

놈은 주둥이를 내밀어 물병을 핥으려고 하지만 나는 가만두고 보았다. 올무가 걸린 다리를 한껏 당기며 주둥이를 내밀고 꿀꿀거렸다. 조금 다가가서 주둥이 옆으로 물을 뿌리며 낫을 거꾸로 잡고는 낫자루로 뒷다리 안쪽에 대고 슬쩍 문질러 보았다. 움찔 놀라던 놈은 여전하게 물만 탐하고 있었다. 물은 이제 반병도 남지 않았다.

나는 지금 비무장지대를 넘어 놈의 행동반경 안에 들어와 있다. 주둥이로 나를 들입다 받는다면 꼼짝없이 당한다. 새끼 네댓 마리가 한꺼번에 물병으로 달려들어 꿀꿀거렸다. 왼손에 든 물병을 놈의 입에 질금질금 흘리며 낫자루로 사타구니를 살살 긁어보았다. 놈의 왼쪽 뒷다리에 힘이 빠지고 있음이 여실히 느껴졌다. 아랫배 쪽으로 뱃가죽을 긁었다. 마침내 놈의 왼쪽 뒷다리가 들썩들썩 들리기 시작했다. 좀 더 힘주어 긁어주자, 그에 엉덩이를 털썩 땅에 대며 엉거주춤 주저앉았다.

놈의 이런 행위를 간절하게 바라고 있었으면서도 나는 순간적으로 깜짝 놀라 주춤했다. 경계심이 많이 풀어진 듯싶은 놈의 표정을 살피던 나는 조심스레 다가가서 오른쪽 발목을 보았다. 올무는 며느리발톱 바로 위의 관절에 걸렸는데, 살가죽을 파고들어 피가 엉겨 붙어 있었다.

새끼들이 엉덩이를 땅에 대고 앉은 어미의 배 앞으로 몰려들어 젖을 찾기 시작했다. 한 마리 두 마리 젖을 물고 늘어지자 놈은 마침내 털썩 드러눕고 말았다. 새끼들은 시끄럽게 꿀꿀거리며 다투어 달려들어 젖을 빨기 시작했다. 처음에는 끽소리도 없이 젖을 빨았는데, 이제는 나를 아비로 여기는지 안심하고 마구 꿀꿀대며 젖을 빨고 있었다.

그러면 그렇지! 들인 공덕이 얼만데, 이제는 더없이 좋은 기회였다. 나는 거꾸로 잡았던 낫자루를 바로 잡고는 팔에 힘을 주었다. 목이 길쭉한 황새목 조선낫이 새삼스레 섬뜩하게 보여 부르르 몸이 떨렸고, 다리도 덜덜 떨렸다. 이 낫으로 놈의 뱃구레를 찍는 것은 이제 일도 아니라고 다짐하지만, 몸은 여전하게 마음 같지 않았다. 오른팔에 힘을 주고는 어디를 어떻게 찍을까 가늠하며 바라보았다. 놈은 눈을 게슴츠레 뜨고 아주 편안하게 누워 젖을 먹이고 있다.

마냥 평화로운 그 모습을 물끄러미 바라보다가 눈을 질끈 감고는 머리를 흔들며 생각했다. 어미는 간단하게 잡을 수 있다. 그러나 여덟 마리나 되는 새끼들을 모조리 잡을 수는 없을 것이다. 뱃구레에 낫이 박힌 어미의 단말마 비명은 새끼들에게 위험을 경고하는 급박한 경계신호일 것이고, 새끼들은 야생 짐승의 본능이 발동하여 산지사방으로 거미 새끼 흩어지듯 팍삭 흩어질 것이다. 그렇게 되면 새끼는 한 마리도 잡을 수 없다. 나는 결국 멧돼지 아홉 마리를 죽이는 것이다. 어미와 새끼를 내 손으로 모조리 잡는다면 모르지만, 어미 없는 새끼들을 굶어 죽도록 내버려두는 것은 내 양심에도 그렇지만, 죽은 어미 멧돼지에게도 차마 못 할 짓이다.

나는 한해 남짓 감옥살이를 했었다. 몸담았던 은행이 퇴출당한 뒤, 은행 부실화의 책임을 지고 다섯 명 대표 중의 한사람으로서 자의 반 타의 반으로 입을 다물고 감옥에 들어갔었다. 그러나 들어갈 때와 나왔을 때의 상황은 딴판이었다. 구색 맞추기의 일환으로 껴묻어 들어가 있으면, 나중에 좋은 결과가 있으리라 던 소위 몸통들의 다짐은 감언이설이었다. 상황이 달라진 마당에 다물었던 입을 열어 왜곡된 진실을 밝힐 수도 있었지만, 내 양심으로는 차마 그럴 수 없었고, 설사 용기를 내서 대들었다 해도 내 힘으로는 역부족일 것이 뻔해서 끝내 벗을 수 없는 멍에를 지고 말았다.

그때의 양심과 지금 갈등하는 이 양심의 근원이 같지는 않을 것이다. 하지만, 어린 멧돼지 새끼들을 여덟 마리나 굶겨 죽이고 내 양심으로 평생 마음 편히 살 수가 있기나 있을까? 온갖 생각으로 머리가 떵하고 어지럽다.

나른하게 맥이 풀려 무의식적으로 젖을 빠는 멧돼지 새끼들 등을 쓰다듬던 나는 낫을 든 손에 다시 힘을 주었다. 비록 천벌을 받는다고 해도 놈의 뱃구레를 낫으로 찍어야 한다. 돈을 3백만 원이나 넘게 벌고도 식구들이 몇 번이나 포식을 할 횡재를 차버릴 수는 없다. 돈이 3백만 원이면 우리 식구가 두 달은 먹고산다. 게다가 오늘은 이놈 때문에 고스란히 공쳤다. 빈 몸으로 집에 들어가서는 변명할 여지가 없다.

하루 종일 꺾은 두릅을 올무에 걸린 멧돼지에게 먹이고 풀어 주었다는 것을 알면 아내는 길길이 뛸 것이다. 그러나 과연 그럴까? 새끼가 여덟 마리나 달린 어미 멧돼지를 살려 준 것은 천만 잘한 짓이라고 외려 칭찬할 여자가 아니던가? 아내는 내가 감옥에 있는 14개월 동안 주식투자를 하다가 3억여 원을 말아먹었다. 내가 은행 부장급으로 있으면서 시작한 주식투자였으니 아내를 탓할 수도 없었다.

온몸이 번조롭도록 갈등을 하던 나는 그예 낫을 내던지고 말았다. 우두커니 서서 내던진 낫을 바라보다가 발로 밀어 멀리 내쳤다. 낫을 가까이 두었다가는 언제 다시 집어 들고 놈의 뱃구레를 찍을지 나 자신을 예측할 수 없다.

나는 살며시 다가앉아 오른손으로 멧돼지 아랫배와 사타구니를 긁어보았다. 편안하게 젖을 먹이던 멧돼지는 움찔 놀라는 듯하더니 별다른 반응 없이 오히려 긴장을 푸는 듯싶었다. 나도 긴장을 풀고는 아랫배와 사타구니를 번갈아 긁었다. 마른 갈대같이 거친 등이나 옆구리의 털에 비해 사타구니와 아랫배의 털은 밀어지지 않을 만큼 부드럽다.

인간의 따뜻한 손길을 느꼈는지 멧돼지는 아예 눈을 지그시 감은 채 마치 집돼지처럼 평화롭게 젖을 먹이고 있었다. 새끼들이 젖을 빠는 소리가 쪽쪽…… 그대로 감칠맛이 느껴질 지경이다. 물과 먹이를 먹은 지가 한 시간 가까이 되었으니 젖이 제법 나오는 모양이었다. 그렇게 보아서 그런지 새끼들 배가 통통하게 불러지는 듯도 싶어 그저 대견스럽기만 했다. 마냥 평화로운 그 모습을 지켜보며 나는 저절로 하뭇하게 웃음이 나와 입이 벌어졌다.

세상에서 가장 보기 좋은 것이 자식들 입에 밥 들어가는 것이고, 마른 논 물꼬에 물 들어가는 것이라는데, 나는 지금 그 두 가지 보기 좋은 광경을 한꺼번에 보고 있는 느낌이었다. 자꾸만 큰 소리로 웃고 싶어 견딜 수 없다. 그러나 소리내어 웃어서는 안 된다.

터지는 웃음을 억지로 참으며 오른손으로 올무가 걸린 오른쪽 뒷다리 사타구니를 긁어주자 다리가 움찔 움직이며 부르르 떨리는 듯싶었지만 이내 잠잠해졌다. 사타구니에서 넓적다리로 긁어 내려 와도 멧돼지는 별다른 반응이 없다. 점점 용기가 생기면서도 속은 떨리고 불안했다. 언제 어느 때 벌떡 일어나 들이받을지는 예측도 할 수 없는 맹수가 아니던가. 게다가 나는 이제 멧돼지의 상처를 건드려야 한다. 제발 가만있어야 할 텐데 과연 그럴까?

비록 사람과 산짐승 간이지만, 내 간절한 마음을 이심전심으로 알아준다면…….

하지만 그 안타까운 바램은 만에 하나 있을까 말까 한 기대에 불과하다. 잘못 건드렸다가는 지금까지 들인 공이 헛일이 되고, 나는 목숨이 위태로운 지경이 될 수도 있다. 인적이라곤 없는 무인지경에서 치명적인 상처라도 입는다면 내 인생은 그걸로 끝장일 것이다.

그렇지만 나는 목숨을 걸고라도 올무를 풀어줘야 한다는 사명감이 느껴졌다. 올무는 발목 뒤에서 꺾여 있었다. 하지만 가는 철사가 여러 가닥으로 꼬인 워낙 굵은 와이어라서 직각으로 꺾이지는 않아 보였다. 그제서 보니 와이어 군데군데를 이빨로 물어뜯은 자국이 있고, 철사가 한두 가닥씩 끊어져 풀어진 부분도 많았지만, 와이어가 끊어질 정도는 아니었다. 저 정도 굵기의 와이어는 탄력도 있어서 조금만 밀어도 느슨하게 풀릴 수 있다는 것을 나는 안다. 산을 타면서 가끔 눈에 띄는 올무를 보는 족족 풀어 내던지면서 경험을 했던 터였다.

나는 점점 긴장되어 마구 벌렁거리는 가슴을 진정시키기에 애를 써야 했다. 참 이상한 일이다. 멧돼지를 살려주려는 참인데, 죽이려고 마음먹었던 때보다 외려 더 가슴이 뛰는 것이다. 이렇게 고생할 것이 아니라 박달나무에 매어진 쪽을 풀면 간단하다. 그렇게 풀어주면 내게는 위험성도 없고 손쉽지만, 멧돼지는 2미터가 넘는 와이어를 평생 발목에 달고 살아야 할 것이다. 질질 끌리는 와이어를 발목에 달고서는 여덟 마리나 되는 새끼들을 제대로 기를 수 없을 것은 불을 보듯 뻔한 노릇이다. 생각할수록 어떻게 하든 발목에 걸린 올무를 풀어야 한다는 사명감이 불같이 일었다.

언제까지나 젖을 먹이는 멧돼지 식구를 지켜볼 수만은 없어 마음을 단단히 다져 먹었다. 여전하게 뛰는 가슴을 진정하며 올무가 걸린 발목에 손을 대보았다. 손가락에 피가 묻어났다. 멧돼지는 다리를 움찔했지만 그걸로 그만이었다. 조심스레 올무를 잡았다. 약간 흔들어도 반응이 없다. 조금 더 흔들어도 마찬가지였다. 그렇게 날뛰었으니 상처의 감각이 무디어져서 웬만한 충격에는 반응이 없을 것이라는 안도감이 들었다.

비로소 용기가 생긴 나는 왼손으로 올무가 걸린 발목을 잡는 듯 마는 듯 살며시 잡고 멧돼지의 반응을 살펴보았다. 내 예감은 맞아떨어졌다. 멧돼지는 마냥 편안한 모습으로 새끼들에게 젖을 먹이고 있을 뿐이었다. 덩달아 마음이 푸근하게 놓인 나는 더욱 자신감이 들어 오른손으로 올무가 꺾인 부분 가까이 잡았다. 그러나 방심을 해서는 안 된다. 오랜만에 포식을 해서 젖이 돈 멧돼지는 지금 어미의 본능과 일시적인 생리적 현상에 취해 있을 뿐, 우리나라 산에 서식하는 야생동물 중에서는 가장 윗자리를 차지하는 맹수다. 단번에 올무를 풀지 못하면 그걸로 그만이고, 나는 치명적인 타격을 받을 수도 있을 것이다. 발목과 와이어를 잡은 양손에 동시에 힘을 가하며 올무를 풀어야 한다. 가슴이 두방망이질을 하여 손이 덜덜 떨렸다. 나는 가까스로 마음을 안정시키고는 속으로 하나, 둘, 셋! 하고 전신의 힘을 양손에 모으며 오른손으로 잡은 와이어를 발목 쪽으로 힘껏 밀었다.

순간, 멧돼지가 '꽤-액!' 하고 멱따는 소리를 내지르며 용수철에 퉁기듯이 튀어 일어났고, 나는 기함을 해서 뒤로 벌렁 나자빠지며 한 바퀴 구르고는 비탈로 내리뛰었다. 여남은 걸음 뛰다가 참나무 둥치를 그러안고 돌아보았다. 새끼들은 그 틈에 한 마리도 보이지 않았는데, 멧돼지는 그 자리에 여전히 버티고 서서 주둥이를 땅에 박은 채 나를 노려보고 있었다. 소리를 내지르며 일어설 때와는 달리 날뛰지도 않을뿐더러 버티고 선 자세에서도 살기가 느껴지지는 않았다.

멧돼지를 살펴보던 나는 그만 온몸의 맥이 풀렸다. 올무가 풀리지 않은 것이 분명했다. 실컷 먹어 기운을 차린 멧돼지는 이제 손댈 수 없이 길길이 날뛸 것이고, 곁을 주지 않을 것이다. 지금까지 들인 공이 모두 허사가 되고 말았다. 낫으로 뱃구레를 찍어 잡을 수도 없고, 풀어 줄 수는 더더구나 없다. 그냥 산을 내려가는 수밖에는 방법이 없다. 가슴이 형언할 수 없이 답답하고, 전신에 벌레가 기는 듯이 가려워 몸을 으쓱거려 보지만 마음이 진정되지 않았다.

하릴없이 우두커니 서서 멧돼지를 지켜보았다. 주둥이를 땅에 대고 마주 보던 멧돼지는 나와 눈이 마주치자, 앞발을 번갈아 들썩이며 머리를 흔들고 있었다. 왜 저런 행위를 하는지 알 수는 없지만, 모든 것이 허사가 된 마당에 언제까지나 이렇게 서서 멧돼지만 지켜볼 수는 없는 노릇이었다. 해도 이미 설핏하게 기울어 시간도 없다. 지금 하산한다고 해도 집에 가면 여덟 시가 넘을 것이다.

그렇다! 올무에 걸린 멧돼지는 오늘이나 내일이나 달라질 것이 없다. 차라리 잘 됐다. 집에 가서 오늘 밤 곰곰 생각해 보고, 아내와도 의논해서 내일 처리해도 될 일이었다. 생각을 가다듬자 한결 기분이 좋아졌다.

배낭과 낫은 집어 와야 하므로 살금살금 올라갔다. 대여섯 걸음 올라가자 멧돼지가 식식거리며 뒷걸음질을 쳤다. 나는 올무가 걸린 멧돼지 발목을 보다가 무릎을 철썩 쳤다. 그러면 그렇지! 올무가 느슨하게 풀려 있는 것이 아닌가! 갑자기 날뛰는 바람에 바로 밑에서 다시 옥죄었으나 며느리발톱을 벗어난 저 정도라면 발목이 빠질 수도 있을 것 같았다. 새끼들이 궁금해서 바위 밑을 보았다. 녀석들은 여전하게 바위 밑에 납작 엎드려 있었다.

되든 안 되든 멧돼지가 놀라 날뛰게 해볼 생각으로 네댓 걸음 더 올라가서 낫을 집어 들고 휘두르며, '쉬!' 하고 발을 굴렀다. 그 순간, 놀란 멧돼지가 세차게 펄쩍 뛰어오르더니 돌연 "쿵!" 하고 저만큼 나가떨어졌다.

나는 깜짝 놀라 주춤 물러섰다가 다시 보았는데, 멧돼지 발목에서 올무가 벗겨져 죽은 뱀처럼 널브러져 있었다. 세차게 날뛰어 올무가 벗겨지면서 그 탄력으로 멧돼지는 공중제비를 한 모양이었다. 쓰러졌던 멧돼지가 벌떡 일어나서 부르르 진저리를 치더니 위쪽으로 경중경중 내 뛰었다. 십여 미터 뛰던 멧돼지가 갑자기 휙 돌아서서 나무둥치 사이로 나를 빠꼼하니 바라보고 있었다.

나는 얼른 새끼들을 보았다. 녀석들은 주위가 산만해서인지 죽은 듯이 납작 엎드려 있었다. 멧돼지도 엉뚱한 상황에 너무 놀라 정신이 없는지, 멍하게 버티고 서서 나를 보고 있었다. 잠시 마주 보던 나는 큰 소리로, '으하하하……' 하고 웃으며 낫을 든 오른손을 냅다 휘둘렀다.

그 순간, 멧돼지는 한번 펄쩍 뛰더니, 전에 없이 이상한 소리를 '꾸-웩!' 내지르고는 후다닥 금방 눈앞에서 사라졌다. 나는 빠른 눈길로 바위 밑을 더듬었다. 멧돼지 새끼들은 비로소 어미의 소리를 알아들었는지, 어미가 사라진 쪽으로 쪼르르 몰려가고 있었다.

나는 온몸이 화끈하게 열이 올라 손뼉을 치며 큰 소리로 외쳤다.

"잡아라! 저놈들 잡아라!"

벙어리뻐꾸기가 대통 두드리는 소리로 내동 '궁 궁궁⋯⋯' 울다가 이제 볼 것 다 보았다는 듯 물결을 타듯이 느릿느릿 얄밉게 날아가고 있었다. 졸음이 오도록 단조롭던 벙어리뻐꾸기 소리마저 사라진 산비탈은 오싹 소름이 돋을 만큼 적막했다. 세상에⋯⋯, 이렇게 막막한 적막이라니! 우두커니 서 있던 나는 비로소 제정신이 들기 시작했다. 마치 꿈에서 깬 듯이 멍하고 전신에 맥이 풀려 털썩 주저앉고 싶었다. 뿌듯하게 한 아름 안았던 것을 몽땅 빼앗긴 듯이 가슴은 허전하지만, 마음은 큰 것을 얻은 듯 흐뭇하여 어쩔 줄 모르고 하릴없이 서 있었다.

저런 망할 놈의 벙어리뻐꾸기! 금방 날아간 벙어리뻐꾸기가 고작 맞은편 능선에서 여전히 능청스레 '궁 궁 궁⋯⋯' 울고 있었다. 이 근방에 분명 저놈이 탁란하여 양육시키는 멧새 둥지가 있을 것이다. 남의 둥지에 알을 내질러 양육까지 시켜놓고는 능청스럽게도, 닭기는 어미를 닮으라고 둥지 근처를 밤낮으로 맴돌며 '궁 궁 궁⋯⋯,' 울어대는 얄밉도록 얌체 같은 탁란 철새다.

나를 감옥에 보낸 직속상관이 그랬다. 아무 말 말고 내가 하라는 대로만 하라고. 그리고는 감옥에서 나오자 그놈도 저놈 벙어리뻐꾸기처럼 도대체 알아들을 수 없는 소리만 궁 궁 궁 해댔다. 망할 놈의 벙어리뻐꾸기! 이제 생각하니, 저놈만 아니었으면 나는 멧돼지 뱃구레를 낫으로 찍었을지도 모른다. 그렇다! 분명 망설임 없이 뱃구레를 찍었을 것이다. 저런 망할 놈의 벙어리뻐꾸기, 저놈은 이제부터 내 눈에 뜨일 적마다 돌팔매질을 받을 것이다.

멧돼지가 매대기를 친 자리와, 발목을 옭아맸던 철삿줄 올무를 멀거니 바라보았다. 참 별일이다. 그렇게 굵고 튼튼하게 보이던 와이어가 실낱같이 가늘게 느껴졌다. 지난 몇 시간 동안 나는 과연 무엇을 했던 것인지 도무지 실감이 나지 않았다. 정말 아홉 마리의 멧돼지가 저 가느다란 철삿줄에 묶여 있었던 것일까? 아니다. 아무래도 꿈이다. 꿈이 아니고서는 내가 멧돼지를 살려 보냈을 리가 없다.

우두망찰하여 이도 저도 아니게 멧돼지처럼 머리만 내젓던 나는 온몸에 소름이 돋도록 번조로워 가슴을 텅텅 두들기고는 딴기적은 몸짓으로 주섬주섬 빈 배낭을 챙겼다. 텅 빈 가뿐한 배낭을 등에 지기는 했지만, 그냥 돌아서기가 아무래도 허전했다. 설핏하게 기울어진 해를 힐끗 쳐다보고는 연신 뒤를 돌아보며 매가리 없는 걸음걸이로 산비탈을 내려가기 시작했다.

엄마

초판 1쇄 인쇄 2024년 2월 3일
초판 1쇄 발행 2024년 2월 5일
저 자 박충훈
발행인 박지연
발행처 도서출판 도화
등 록 2013년 11월 19일 제2013-000124호
주 소 서울시 송파구 중대로34길 9-3
전 화 02) 3012-1030
팩 스 02) 3012-1031
전자우편 dohwa1030@daum.net
인 쇄 유진보라
ISBN 979-11-92828-44-2 *03810
정가 13,000원

도화道化, fool는
고정적인 질서에 대한 익살맞은 비판자,
고정화된 사고의 틀을 해체한다는 뜻입니다.